W0109215

CARLO MANZONI

SIGNOR VENERANDA UND ANDERE KURIOSE GESCHICHTEN

WILHELM HEYNE VERLAG
MÜNCHEN

HEYNE ALLGEMEINE REIHE
Nr. 01/7714

Aus dem Italienischen von Maria Kern,
Herbert und Marlys Herlitschka, Johannes Piron
und Raimund Mayer-Rosa

Signor Veneranda

*im eigenen Haus
und vor fremden Türen*

Die Beleuchtung

Signor Veneranda stand vom Tisch auf und knipste die Beleuchtung an.

»Warum machst du Licht, wenn es noch heller Tag ist?« fragte der Freund des Signor Veneranda, als er sah, daß dieser an seinen Platz zurückkehrte und das Licht brennen ließ.

»Es hat nicht gebrannt«, sagte Signor Veneranda.

»Stimmt, aber man sieht doch tadellos«, sagte der Freund des Signor Veneranda, »es ist sogar ungewöhnlich hell im Zimmer: das Fenster ist offen, und die Sonne scheint herein.«

»Wenn es so ist«, sagte Signor Veneranda, »muß man das Licht ausknipsen.«

»Das scheint mir auch«, sagte der Freund.

»Jetzt schon«, sagte Signor Veneranda, »aber vorher nicht. Vorher mußte man es nicht ausknipsen.«

»Warum?«

»Weil es nicht angeknipst war«, sagte Signor Veneranda. »Wenn das Licht nicht brennt, kann man es auch nicht ausknipsen.«

»Sicher kann man das nicht«, sagte der Freund des Signor Veneranda.

»Wenn ich vorher das Licht ausgeknipst hätte, was würdest du gesagt haben?« sagte Signor Veneranda, »du hättest protestiert, nicht? Aber ich habe es nicht ausgeknipst.«

»Wie hättest du es ausknipsen können, wenn es gar nicht gebrannt hat?« sagte der Freund des Signor Veneranda, der nicht verstand, worauf Signor Veneranda hinaus wollte.

»Genau das habe ich gesagt«, sagte Signor Veneranda, stand auf und knipste das Licht aus. »Um es auszulöschen, muß man es ja erst anzünden. Da kommt man nicht drum herum. Wenn einer das Licht auslöschen will, muß das Licht erst brennen.«

»Na, allerdings...«, stotterte der Freund, der nicht mehr wußte, was er sagen sollte.

»Deshalb ist es absolut logisch, daß ich erst das Licht angeknipst habe«, sagte Signor Veneranda und setzte sich wieder an seinen Platz, »eben weil die Sonne ins Zimmer scheint und man ausgezeichnet sieht.« Und Signor Veneranda aß seelenruhig weiter.

Schauen Sie in die Höhe?

Signor Veneranda schaute zum Fenster hinaus.

»Entschuldigen Sie«, rief Signor Veneranda einem Herrn zu, der gerade vorbeiging, »entschuldigen Sie... ja Sie... Sie meine ich!«

»Was wollen Sie denn?« fragte der Herr, blieb stehen und schaute zum Fenster hinauf.

»Schauen Sie in die Höhe?« fragte Signor Veneranda.

»Wie bitte?« fragte der Herr, in der Meinung, falsch verstanden zu haben.

»Ich habe gefragt«, wiederholte Signor Veneranda, »ob Sie in die Höhe schauen?«

»Ich nicht«, stotterte der Herr, der nicht wußte, was er antworten sollte.

»Wieso nicht?« fragte Signor Veneranda, »und was tun Sie denn gerade jetzt? Schauen Sie vielleicht hinunter? Oder nur so vor sich hin?«

»Ich schaue hin, wo es mir paßt«, sagte der Herr, der nicht ahnte, worauf Signor Veneranda hinaus wollte.

»Jetzt schauen Sie in die Höhe«, insistierte Signor Veneranda, »das können Sie nicht leugnen.«

»Also gut, ich schaue in die Höhe, aber wenn Sie mich nicht gerufen hätten, schaute ich nicht hinauf«, sagte der Herr, der langsam die Geduld verlor. »Was zum Teufel wollen Sie eigentlich von mir?«

»Ich, gar nichts«, sagte Signor Veneranda, »es freut mich, wenn Sie in die Höhe schauen, sonst gar nichts. Es wäre sicher unangenehm für Sie, wenn Sie nicht in die Höhe schauen könnten.«

»Ich ... hol Sie dieser und jener!« schrie der Herr nun los, weil er endgültig die Geduld verloren hatte.

»Puh«, brummte Signor Veneranda, »was für ein Getue wegen gar nichts. Begegnen Sie mir doch im Mondschein!«

Und Signor Veneranda zog sich ins Zimmer zurück, nicht ohne die Fensterläden mit lautem Krach zuzuschlagen.

Das Bügeleisen

Signor Veneranda ließ den Elektriker hereinkommen, den er kurz zuvor bestellt hatte, und zeigte ihm das Bügeleisen.

»Das werden wir gleich haben«, sagte der Elektriker, während er das Bügeleisen von allen Seiten betrachtete. »Was ist denn damit los?«

»Es ist elektrisch«, sagte Signor Veneranda.

»Das sehe ich«, sagte der Elektriker, »aber was ist denn damit los? Ist es kaputt?«

»Nein«, sagte Signor Veneranda, »wenn ich es am Stecker anschließe, funktioniert es ausgezeichnet. Schließe ich es nicht an, so funktioniert es nicht. Allerdings schließe ich es nie am Stecker an.«

»Und warum nicht?« fragte der Elektriker erstaunt.

»Also gut, wenn Sie wollen, daß ich es am Stecker anschließe, so schließe ich es an, aber wozu?«

»Wozu? Zum Bügeln«, rief der Elektriker. »Das Bügeleisen ist zum Bügeln da.«

»Das weiß ich«, sagte Signor Veneranda. »Aber um was zu bügeln? Haben Sie etwas zum Bügeln mitgebracht?«

»Ich nicht«, stotterte der Elektriker, der nicht mehr recht wußte, was er sagen sollte.

»Warum wollen Sie denn ausgerechnet jetzt das Bügeleisen am Stecker anschließen, da weder Sie noch ich ausgerechnet jetzt etwas zu bügeln haben?«

»Um zu sehen, ob es kaputt ist«, stotterte der Elektriker.

»Es ist nicht kaputt«, erwiderte Signor Veneranda.

»Dann schließen Sie es eben nicht an«, schrie der Elektriker, der die Geduld verlor.

»Natürlich schließe ich es nicht an!« brüllte Signor Veneranda.

»Seit einer geschlagenen halben Stunde erkläre ich Ihnen, daß ich es nicht anschließe, und nun fangen Sie zu schreien an, weil ich es nicht anschließe. Sie sind mir aber einer!«

»Verzeihung«, stotterte der Elektriker, sich zur Ruhe zwingend.

»Dürfte ich vielleicht wissen, warum Sie mich gerufen haben?«

»Sind Sie Elektriker?« fragte Signor Veneranda.

»Ich? Ja.«

»Und ist dieses Bügeleisen elektrisch?«

»Es ist elektrisch«, bestätigte der Elektriker.

»Wen hätte ich also, wenn das Bügeleisen elektrisch ist, nach Ihrer Meinung rufen sollen? Den Anstreicher?«

»Nein, aber ...«, stotterte der Elektriker, dem es die Sprache verschlug.

»Hören Sie«, sagte Signor Veneranda, »wahrscheinlich sind Sie heute ein bißchen zerstreut. Es ist besser, daß Sie ein andermal wiederkommen. Da das Bügeleisen nicht kaputt ist, kann ich warten.«

Und er brachte den Elektriker zur Tür und bat ihn, übermorgen wiederzukommen.

Die Tomate

Signor Veneranda zeigte sich am Fenster und machte einem Herrn, der vorbeikam, Zeichen, stehenzubleiben.

Der Herr blieb also stehen, und Signor Veneranda nahm eine Tomate in die Hand und deutete mit einer Bewegung an, daß er sie mit aller Kraft hinunterschleudern würde.

»He, Sie!« schrie der Herr gestikulierend, »was zum Teufel haben Sie denn vor?«

»Eine Tomate hinunterzuschleudern«, sagte Signor Veneranda und ließ den erhobenen Arm sinken, »warum?«

»Auf mich?« fragte der Herr ganz erstaunt, »auf mich wollen Sie eine Tomate herunterschleudern?«

»Ich versuch's wenigstens«, sagte Signor Veneranda, »aber ich bin nicht sicher, ob ich Sie treffe. Sie sind zu weit weg. Sie müßten etwas näher kommen.«

»Sie sind ja verrückt«, schrie der Herr, »reif fürs Irrenhaus!«

»Dann bleiben Sie eben stehen, wo Sie sind«, sagte Signor

Veneranda, »aber wenn ich Sie verfehle, dann schimpfen Sie nicht. Ich habe Sie vorgewarnt.«

Signor Veneranda hob wieder den Arm, um zu zielen, und der Herr fing schreiend zu laufen an.

»Schau dir nur diesen komischen Menschen an, jetzt läuft er auch noch«, sagte Signor Veneranda kopfschüttelnd zu sich selber und ließ den Arm wieder sinken, »ich frage mich nur, wie ich einen laufenden Menschen auf diese Entfernung treffen soll. Es wäre schon schwer genug gewesen, wenn er stehengeblieben wäre. Heutzutage gibt es wirklich nur noch kopflose Menschen.«

Und Signor Veneranda schloß das Fenster und ging brummend ins Zimmer zurück.

Via Rossini

Signor Veneranda schaute aus dem Fenster.

»He!« schrie Signor Veneranda, und ein Herr, der eben vorbeiging, blieb stehen und schaute in die Höhe.

»Was wollen Sie?« fragte der Herr, der stehengeblieben war.

»Ich weiß, wo die Via Rossini ist«, sagte Signor Veneranda, »Sie gehen immer geradeaus bis zur Allee, dann rechts, und die dritte Querstraße ist dann die Via Rossini.«

»Ist schon recht«, sagte der Herr erstaunt, »aber ich will gar nicht in die Via Rossini.«

»Das heißt gar nichts«, sagte Signor Veneranda, »auch wenn Sie nicht in die Via Rossini gehen, die Via Rossini ist immer, wo sie ist. Es ist gar nicht gesagt, daß, weil Sie nicht in die Via Rossini wollen, die Via Rossini irgendwo anders ist.«

»Ich verstehe«, sagte der Herr, der sehr viel Geduld hatte, »aber, entschuldigen Sie, was habe ich damit zu tun?«

»Nichts«, sagte Signor Veneranda.

»Und warum haben Sie mich dann angerufen?«

»Ich konnte ja nicht wissen, daß Sie nicht in die Via Rossini wollen«, sagte Signor Veneranda, »man sieht's Ihnen wirklich nicht an.«

»Aber wenn ich auch in die Via Rossini wollte, was ginge Sie das eigentlich an?« fragte der Herr.

»Nichts«, sagte Signor Veneranda, »überhaupt nichts. Von mir war es pure Höflichkeit. Mißfällt es Ihnen, wenn ich zu den Passanten höflich bin?«

»Aber ich weiß genau, wo die Via Rossini ist!« schrie der Herr, der langsam in Wut geriet, »ich weiß es ganz genau, haben Sie verstanden?«

»Wenn Sie es also wissen, warum stehlen Sie mir meine Zeit und lassen mich halb erfrieren am offenen Fenster?« schrie nun Signor Veneranda seinerseits, der die Geduld verlor.

Signor Veneranda schloß das Fenster und zog sich brummend ins Zimmer zurück.

Wollen Sie einen Moment heraufkommen?

Signor Veneranda stand auf seinem Balkon.

»He ... Sie ... entschuldigen Sie!« schrie er zu einem Herrn hinunter, der gerade vorbeiging.

Der Herr blieb stehen.

»Meinen Sie mich?« fragte der Herr.

»Ja, Sie...«, sagte Signor Veneranda. »Wollen Sie einen Moment heraufkommen?«

»Ich?« fragte der Herr erstaunt.

»Natürlich Sie!« sagte Signor Veneranda.

Der Herr zuckte mit den Achseln, ging ins Haus und stieg die Treppe hinauf bis zur Wohnungstüre des Signor Veneranda, wo dieser ihn erwartete. »Da bin ich«, sagte der Herr, »was wollen Sie von mir?«

»Ich, gar nichts«, sagte Signor Veneranda.

»Wieso gar nichts?« stammelte der Herr, der glaubte, nicht recht gehört zu haben, »warum haben Sie mich dann heraufgerufen?«

»Ich habe Sie heraufgerufen?« sagte Signor Veneranda erstaunt, »ich habe Sie nicht heraufgerufen. Ich habe Sie nur gefragt, ob Sie einen Moment heraufkommen wollen. Wenn Sie heraufgekommen sind, heißt das, daß Sie wollten. Wenn einer nicht heraufkommen will, kommt er nicht, ist's nicht so? Besonders wenn er gar keinen Grund hat.«

»Aber Sie haben doch gesagt, ich soll heraufkommen«, protestierte der Herr energisch.

»Ich habe Ihnen gesagt, heraufzukommen, wenn Sie wollen«, sagte Signor Veneranda, »aber wenn Sie nicht wollten, hätte ich mich schwer gehütet, Sie zu zwingen, heraufzukommen. Aus welchem Grund auch?«

»Eben... ja... ich... zum Donnerwetter...«, schrie der Herr, der nicht mehr wußte, was er denken sollte.

»Hören Sie zu«, sagte Signor Veneranda, »fangen Sie jetzt ja nicht mit mir zu schimpfen an. Diese Angelegenheit läßt sich sofort in Ordnung bringen. Sie brauchen nur wieder hinunterzugehen, und alles ist okay.«

»Ich will aber...«, stotterte der Herr mit letzter Kraft.

»Bitte nein«, sagte Signor Veneranda, »ich möchte klarstellen, daß ich Sie in keiner Weise zwingen will, hinunterzugehen: wenn Sie bleiben wollen, bitte. Ich habe wirklich nichts dagegen.«

Signor Veneranda drehte sich um, ging in seine Wohnung zurück und schlug die Tür hinter sich zu.

Der Hausschlüssel

Signor Veneranda blieb vor einer Haustür stehen, betrachtete die dunklen geschlossenen Fensterläden und pfiff mehrmals, als wolle er jemanden rufen.

An einem Fenster des dritten Stockes erschien ein Herr.

»Haben Sie keinen Schlüssel?« schrie der Herr, um sich verständlich zu machen.

»Nein, ich habe keinen Schlüssel«, schrie Signor Veneranda.

»Ist die Haustür zugeschlossen?« schrie der Herr am Fenster wieder.

»Ja, sie ist zu«, antwortete Signor Veneranda.

»Dann werfe ich Ihnen den Schlüssel hinunter.«

»Wozu?« fragte Signor Veneranda.

»Um die Haustür aufzuschließen«, erwiderte der Herr am Fenster.

»Also gut«, schrie Signor Veneranda. »Wenn Sie wollen, daß ich die Haustür aufschließe, dann werfen Sie mir nur den Schlüssel herunter.«

»Aber müssen Sie denn nicht herein?«

»Ich? Nein. Wozu auch?«

»Wohnen Sie denn nicht hier?« fragte der Herr am Fenster, der nicht mehr recht mitkam.

»Ich? Nein«, schrie Signor Veneranda zurück.

»Und warum wollen Sie dann den Schlüssel?«

»Wenn Sie wollen, daß ich die Tür aufschließe, muß ich sie doch mit dem Schlüssel aufschließen. Glauben Sie vielleicht, ich könnte es mit einer Pfeife?«

»Ich will gar nicht, daß die Tür aufgemacht wird«, rief der Herr am Fenster. »Ich meinte, Sie wohnen hier: ich hörte Sie pfeifen.«

»Pfeifen denn alle, die hier im Haus wohnen?« erkundigte sich Signor Veneranda mit voller Lautstärke.

»Nur wenn sie keinen Schlüssel haben«, antwortete der Herr oben am Fenster.

»Ich habe keinen Schlüssel«, schrie Signor Veneranda.

»Dürfte ich vielleicht wissen, was diese Schreierei zu bedeuten hat? Man kann dabei kein Auge zutun«, brüllte ein Herr, der sich an einem Fenster des ersten Stockes zeigte.

»Wir schreien, weil sich der Herr dort im dritten Stock befindet und ich auf der Straße stehe«, sagte Signor Veneranda. »Wenn wir leise sprechen, können wir uns nicht verständigen.«

»Aber was wollen Sie denn?« fragte der Herr, der im ersten Stock am Fenster stand.

»Das müssen Sie den Herrn im dritten Stock fragen«, sagte Signor Veneranda. »Ich habe es noch nicht herausbekommen: zuerst will er mir den Hausschlüssel herunterwerfen, damit ich die Haustür aufschließe, dann will er wieder nicht, daß ich die Haustür aufschließe, dann sagt er, daß ich, wenn ich pfeife, in diesem Haus wohnen müsse. Kurzum, ich habe es noch nicht herausbekommen. Pfeifen Sie übrigens?«

»Ich? Nein. Wieso sollte ich pfeifen?« fragte der Herr am Fenster des ersten Stockes.

»Weil Sie in diesem Haus wohnen«, sagte Signor Veneranda. »Der Herr im dritten Stock hat gesagt, daß die Leute, die in diesem Haus wohnen, pfeifen. Mir ist es jedenfalls einerlei: meinetwegen können Sie ruhig pfeifen.«

Signor Veneranda verabschiedete sich mit einer leichten Verbeugung, ging seines Weges und murmelte vor sich hin, daß dies bestimmt eine Art Irrenanstalt sein müsse.

Am Treppenabsatz

Signor Veneranda stand gute zehn Minuten unbeweglich auf dem Treppenabsatz zum sechsten Stock.

»Entschuldigen Sie«, fragte der Portier, der ihn seit einer Weile beobachtete, »auf was warten Sie?«

»Ich warte auf die Tram«, sagte Signor Veneranda.

»Auf die Tram«, stotterte der Portier erstaunt, »meinen Sie wirklich, daß hier eine Tram vorbeikommt?«

»Das meine ich keinesfalls«, sagte Signor Veneranda, »wer hat behauptet, daß ich das meine? Ich denke gar nicht daran.«

»Aber wenn Sie auf die Tram warten...«, stotterte der Portier, der nicht wußte, was er sagen sollte, »Sie haben doch gesagt, daß Sie auf die Tram warten...«

»Und auf was soll ich Ihrer Meinung nach warten im sechsten Stock?« fragte Signor Veneranda, »ein Taxi vielleicht?«

»Es ist doch sinnlos, auf die Tram zu warten, wenn keine vorbeifährt«, sagte der Portier.

»Aber wenn ich vor einer halben Stunde da unten eine vorbeikommen sah?« sagte Signor Veneranda.

»Da unten fährt sie ja auch vorbei, aber nicht hier oben.. «, stotterte der vollständig verwirrte Portier.

»Wissen Sie, daß Sie ein Original sind?« sagte Signor Veneranda, »ich sage Ihnen doch, daß ich ganz genau weiß, hier oben fährt keine Tram vorbei, aber wenn ich keine Tram brauche, ist's mir doch egal, ob sie vorbeifährt oder nicht.«

»Aber warum warten Sie dann auf sie?« stotterte der Portier.

»Weil sie *nicht* vorbeifährt«, schrie Signor Veneranda, der die Geduld verlor, »wenn sie vorbeikäme und Sie wollten einsteigen, würden Sie dann warten?«

»Aber sicher...«

»Wieso sicher?« schrie Signor Veneranda, »ich, wenn ich eine Tram brauche und sie kommt daher, steige ein. Wenn Sie dagegen immer weiter warten, ist's doch vollständig unnötig, daß Sie sich an eine Haltestelle stellen.«

»Aber ich...«, stotterte der Portier, unfähig, etwas zu begreifen.

»Aber Sie, aber Sie...«, schrie nun Signor Veneranda erbost, »Sie sind ein sonderbarer Mensch mit skurrilen Ideen. Aber mir ist die Lust vergangen, sie mir noch weiter anzuhören...«

Und Signor Veneranda zuckte die Achseln und stieg brummend die Treppen hinunter.

Es schneit

Signor Veneranda läutete, und ein weibliches Wesen öffnete.

»Verzeihen Sie«, sagte Signor Veneranda, »haben Sie gesehen, wie es schneit?«

»Ja... allerdings«, antwortete das weibliche Wesen langsam

und schaute Signor Veneranda sonderbar an. »Was wollen Sie eigentlich?«

»Ich möchte, daß es zu schneien aufhört«, sagte Signor Veneranda, »schneien ist schön und gut, aber nur in gewissen Grenzen, finden Sie nicht auch?«

»Ja«, sagte das weibliche Wesen, »nur verstehe ich nicht, was Sie von mir wollen?!«

»Gar nichts«, sagte Signor Veneranda, »ich weiß genau, daß das nicht von Ihnen abhängt. Ich verlange gar nicht von Ihnen, daß Sie das Hundewetter einstellen sollen. Das kann keiner von uns.«

»Warum haben Sie dann bei mir geläutet?« fragte das weibliche Wesen.

»Sehen Sie«, sagte Signor Veneranda, »ich glaube, daß auch Ihr Nachbar in der Wohnung nebenan in der gleichen Lage ist, er kann das Schneien auch nicht aufhören lassen — denken Sie nicht auch?«

»Stimmt... aber«, stammelte das weibliche Wesen, das nicht mehr wußte, was es sagen sollte, »was wollen Sie also von mir?«

»Ich sagte Ihnen schon, ich will gar nichts«, sagte Signor Veneranda, »aber es schneit. Das ist eine konkrete Tatsache, der Sie sich wohl nicht entziehen können?«

»Natürlich nicht«, sagte das weibliche Wesen, »es schneit, und wenn schon?«

»Wenn schon, wenn schon, Sie können doch nicht leugnen, daß die Leute und die Autos rutschen und daß die Weichen der Trambahnen eingefroren sind«, sagte Signor Veneranda.

»Ich leugne es ja gar nicht«, stotterte das weibliche Wesen.

»Dann sind wir uns also einig«, sagte Signor Veneranda, »dann sehe ich keinen Grund, warum Sie mir dauernd widersprechen.«

»Aber ich . . «, stotterte sie wieder und wußte nicht mehr, was sie sagen wollte.

»Sie nicht, Sie nicht!« schrie Signor Veneranda und verlor die Geduld. »Sie können nichts dafür und ich auch nicht! Wir können nichts tun als zu warten, daß es zu schneien aufhört!« – setzte seinen Hut auf und stieg brummend die Treppen wieder hinunter.

Das Klopfen

Signor Veneranda blieb am Treppenabsatz stehen und klopfte an die Wand. Ein Herr, der die Treppe heraufkam, schaut ihm neugierig zu.

»Entschuldigen Sie«, sagte der Herr, als er sah, daß Signor Veneranda weiter an der Wand herumklopfte, »suchen Sie jemanden?«

»Nein«, antwortete Signor Veneranda, »ich suche niemanden. Warum glauben Sie, daß ich jemanden suche?«

»Aber, ich sehe doch, daß Sie klopfen«, sagte der Herr etwas irritiert, »wenn einer anklopft, heißt das doch, daß man ihm aufmachen soll.«

»Daß man ihm die Wand aufmachen soll?« fragte Signor Veneranda zurück. »Sie sind wirklich ein Komiker, ich habe noch nie gesehen, daß einem jemand eine Wand aufmacht, da könnten Sie jahrelang klopfen.« – »Aber ... suchen Sie nicht jemanden?« fragte der Herr noch einmal.

»Wenn ich jemanden suche, klopfe ich an die Tür«, sagte Signor Veneranda, »leuchtet Ihnen das ein? Wenn *Sie* jemand suchen, klopfen Sie nicht auch an die Tür, oder klopfen Sie vielleicht an die Wand?«

»Ich klopfe nicht an die Wand.«

»Dann klopfen Sie also an die Tür«, sagte Signor Veneranda.

»Sicher«, sagte der Herr.

»Warum klopfen Sie also nicht?« fragte Signor Veneranda.

»Weil ich niemanden suche«, sagte der Herr. »*Sie* klopfen ja, nicht ich, und ich verstehe nicht, warum.«

»Wissen Sie, daß Sie ein Original sind! Alle klopfen, warum soll ich nicht? Bin ich vielleicht anders als die anderen, daß ich nicht klopfen soll?«

»Dann klopfen Sie wenigstens an die Tür«, bat der Herr, der nichts mehr verstand.

»Ich wiederhole, wissen Sie überhaupt, was Sie für ein Original sind? Ich denke gar nicht daran, an die Tür zu klopfen, auch wenn Sie mich fußfällig darum bitten, haben Sie endlich verstanden? Klopfen *Sie* doch, wenn Sie wollen. Ich verstehe überhaupt nicht, warum ich meine kostbare Zeit mit Ihnen vertrödle.«

Er drehte sich um und ging schimpfend die Treppe wieder hinunter.

Die leere Wohnung

Signor Veneranda läutete die Türglocke und wartete. Da niemand kam, um ihn einzulassen, läutete er viele Male, bis ein Herr die Treppe herunterkam und ihm sagte, daß die Wohnung leer sei.

»Leer?« fragte Signor Veneranda, »sind auch keine Möbel drin?«

»Die Möbel sind wohl drin«, sagte der Herr, »aber die können nicht an die Tür gehen und aufmachen.«

»Auch wenn sie es könnten, interessiert es mich nicht«, sagte Signor Veneranda, »ich will gar nicht, daß mir aufgemacht wird. Wenn ich wollte, daß man mir aufmacht, würde ich an der Wohnung gegenüber läuten. Ich bin sicher, daß diese bewohnt ist.«

»Sie wußten also, daß da niemand drin ist?« fragte der Herr, der langsam begriff, daß er nichts verstand.

»Sicher wußte ich es«, sagte Signor Veneranda, »und gerade deswegen habe ich geläutet. Wenn Leute drinnen wären, würde ich mich hüten, zu läuten.«

»Ich verstehe nicht«, stotterte der Herr.

»Läuten Sie bei Leuten, die Sie nicht kennen?« fragte Signor Veneranda.

»Natürlich nicht«, sagte der Herr.

»Ich auch nicht«, sagte Signor Veneranda. »Da ich also die Leute, die in dieser Wohnung hausen, nicht kenne, hüte ich mich, zu läuten, wenn sie zu Hause sind.«

»Und wenn sie nicht zu Hause sind?«

»Wenn sie nicht zu Hause sind, sind sie eben nicht da und kommen nicht aufmachen, ist das klar?« sagte Signor Veneranda.

»Leider nicht...«, stotterte der Herr, überwältigt von der seltsamen Logik.

»Leider nicht, leider nicht...«, schrie Signor Veneranda, weil er die Geduld verlor, »Sie sind ein alter Schwätzer, sonst nichts!«

Und Signor Veneranda zuckte die Achseln und stieg brummend die Treppen hinunter.

Der Flecken an der Wand

Signor Veneranda blieb am Treppenabsatz stehen, legte einen Finger auf einen Flecken an der Wand neben einer Tür und drückte mit aller Kraft.

Ein Herr blieb stehen und schaute ihm zu.

»Entschuldigen Sie«, sagte der Herr und zeigte auf den Flecken an der Wand, »das ist keine Glocke, das ist ein Flecken an der Wand, der läutet nicht.«

»Ah«, sagte Signor Veneranda, »der Flecken läutet nicht? Und warum sollte er, Ihrer Meinung nach? Ich habe noch nie einen Flecken gesehen, der läutet, auch wenn man auf ihn drückt. Die Glocken läuten, wenn man auf sie drückt.«

»Eben deshalb«, sagte der Herr. »Und das ist eben keine Türglocke, das ist ein Flecken an der Wand.«

»Genau das«, sagte Signor Veneranda. »Und wer hat je behauptet, daß das hier eine Glocke ist? Wenn es eine Türglocke wäre, würde ich nicht mit dem Finger draufdrücken. Warum sollte ich auch?«

»Ja aber ... Sie wollen also gar nicht die Türglocke läuten?«

»Absolut nicht«, sagte Signor Veneranda. »Wenn ich die Türglocke läuten wollte, würde ich dann auf den Flecken hier drücken? Sie haben ja nicht alle Tassen im Schrank. Wenn ich die Türglocke läuten wollte, würde ich auf die Glocke drücken. Wo würden Sie denn hindrücken? Auf den Flecken?«

»Nein, natürlich nicht ...«, stotterte der Herr, der nichts mehr zu sagen wußte. »Ich würde nicht ... aber kann ich wenigstens erfahren, warum Sie auf den Flecken drücken?«

»Sie würden nicht ... und Sie wollen wissen ... und das und jenes«, schrie nun Signor Veneranda los und verlor die Geduld.

»Sie sind schon ein seltsamer Kauz, wissen Sie das? Wenn Sie die Glocke läuten wollen, genieren Sie sich nicht! Ich habe nicht die leiseste Absicht, auch nur irgendeine Glocke zu läuten.«

Und Signor Veneranda ging brummend die Treppen hinunter.

Der vierte Stock

Signor Veneranda stieg in den vierten Stock hinauf, dann ging er wieder ins Parterre herunter, dann stieg er wieder in den vierten Stock, dann kam er wieder herunter.

»Aber entschuldigen Sie«, sagte der Hausmeister, der ihn hinaufsteigen und herunterkommen sah, »was zum Teufel suchen Sie eigentlich?«

»Ich?« sagte Signor Veneranda, »nichts, warum?«

»Sie gehen hinauf, kommen herunter, dann wieder hinauf...«, sagte der Hausmeister.

»Und dann wieder herunter«, sagte Signor Veneranda, »ich bin nicht oben im vierten Stock geblieben, stimmt's?«

»Ja, Sie sind wieder unten, aber warum?« stotterte der Hausmeister, der nichts verstand.

»Was soll ich denn da oben tun?« sagte Signor Veneranda, »ich wohne weder im vierten Stock noch kenne ich irgend jemanden in diesem Haus. Es ist also ganz logisch, daß ich wieder heruntergekommen bin.«

»Aber Sie sind zweimal heruntergekommen...«, stotterte der Hausmeister, ganz durcheinander.

»Wenn einer im vierten Stock nichts verloren hat, kann er

auch zehn Mal herunterkommen, nicht nur zweimal«, sagte Signor Veneranda, »er *muß* doch herunterkommen. Es wäre doch sehr sonderbar, wenn ich oben geblieben wäre, meinen Sie nicht?«

»Ja, warum sind Sie denn dann hinaufgegangen?« fragte der Hausmeister.

»Wenn ich nicht hinaufgehe, wie soll ich dann herunterkommen? Sagen Sie mir doch, wie ich das machen soll«, sagte Signor Veneranda, »man kann doch nicht vom vierten Stock herunterkommen, wenn man nicht vorher hinaufgestiegen ist. Kommen *Sie* herunter, wenn Sie nicht vorher hinauf sind?«

»Ich nicht...«, sagte der Hausmeister.

»Warum soll ich's dann können?« sagte Signor Veneranda, »ich kann doch keine Wunder vollbringen, oder was denken Sie?«

»Ich...nichts...«, stotterte der Hausmeister, der nicht mehr wußte, was er sagen sollte.

»Sie nichts, Sie nichts...«, schrie nun Signor Veneranda, der die Geduld verlor, »Sie wollen nur tratschen, wenn Ihnen jemand unterkommt, der viel Zeit hat. Von mir aus, aber verlangen Sie wenigstens nichts so sonderbare Sachen von den Leuten...«

Signor Veneranda drehte sich indigniert um und ging brummend davon.

Signor Veneranda läutete, und eine Frau öffnete die Tür.

»Was wünschen Sie?« fragte die Frau Signor Veneranda.

»Verzeihen Sie«, sagte Signor Veneranda, »dürfte ich einen Augenblick aus dem Fenster schauen?«

»Aber...«, antwortete die Frau erstaunt. »Wenn Sie unbedingt wollen, kommen Sie herein, wenn ich auch, ehrlich gesagt, nicht verstehe...«

»Was verstehen Sie nicht?« fragte Signor Veneranda.

»Warum Sie aus dem Fenster schauen wollen«, antwortete die Frau. »Na ja«, sagte Signor Veneranda, »hie und da kommt's eben vor, daß man aus dem Fenster schauen muß. Nicht daß ich pausenlos hinausschaue.«

»Ja, aber«, sagte die Frau, »ich verstehe nur nicht, warum Sie ausgerechnet aus *meinem* Fenster schauen wollen.«

»Ich will absolut nicht aus Ihrem Fenster schauen«, sagte Signor Veneranda. »Wer hat Ihnen gesagt, daß ich aus Ihrem Fenster schauen will?«

»Ich dachte, Sie wollten hereinkommen, um aus meinem Fenster zu schauen«, sagte die Frau.

»Wenn Sie unbedingt wollen, kann ich's ja tun«, sagte Signor Veneranda, »aber zu Hause habe ich schließlich auch Fenster zum Hinausschauen, warum soll ich dann Sie stören.«

»Wenn Sie wollen... es stört mich nicht —«, stammelte die Frau.

»Danke«, sagte Signor Veneranda, »aber ich gehe lieber nach Hause. So großartig werden Ihre Fenster gar nicht sein, daß ich unbedingt hinausschauen müßte.«

»Ich...«, stotterte die Frau.

»Ich danke Ihnen schön, aber ich habe keine Zeit mehr«,

sagte Signor Veneranda, »wenn Sie unbedingt wollen, kann ich ja ein anderes Mal kommen und aus Ihrem Fenster schauen.«

Freundlich grüßte Signor Veneranda die Frau und ging.

Signor Veneranda
auf der Straße

So ein Flegel

Signor Veneranda hielt eine Dame auf der Straße an.

»Gestatten Sie«, sagte Signor Veneranda zu der Dame. »Ich bin soeben von Venedig zurückgekommen.«

»So?« sagte die Dame. »Ich danke Ihnen für die Mitteilung. Aber was geht mich das an?«

»Geht Sie das wirklich nichts an?« fragte Signor Veneranda und tat sehr erstaunt.

»Ganz und gar nichts«, erwiderte die Dame.

»Und jetzt?« sagte Signor Veneranda, indem er der Dame auf den Fuß trat. »Geht Sie die Tatsache, daß ich aus Venedig zurück bin, immer noch nichts an?«

»Au!« schrie die Dame und machte einen Satz zurück. »Was sind das für Manieren! Was erlauben Sie sich eigentlich?«

»Sehen Sie?« sagte Signor Veneranda, ohne sich aus der Ruhe bringen zu lassen. »Wenn ich nicht von Venedig zurückgekommen wäre, hätte ich Ihnen nicht auf den Fuß treten können, oder? Oder glauben Sie, daß ich, wenn ich noch in Venedig wäre, Ihnen hier in Mailand auf den Fuß hätte treten können?«

»Sie unverschämter Flegel!« rief die Dame wütend.

»Wie Sie meinen«, sagte Signor Veneranda. »Aber von Venedig aus hätte ich Ihnen nicht auf den Fuß treten können, wenn ich auch tausendmal flegelhafter wäre, als ich tatsächlich bin. Nicht einmal der Weltmeister der Flegel kann, wenn er in Venedig ist, einer Dame in Mailand auf den Fuß treten.«

»Ich weiß nicht...«, stammelte die Dame verwirrt und tief gekränkt.

»Sie wissen es nicht«, sagte Signor Veneranda, »und doch behaupten Sie steif und fest, es gehe Sie nichts an, daß ich von Venedig zurückgekommen sei. Dabei tut Ihnen der Fuß weh. Sie sind ein Dickkopf. Ja, das sind Sie!«

»Das ist doch die Höhe!« schrie die Dame wütend.

»Schon gut«, sagte Signor Veneranda. »Jetzt bin ich zufriedener. Denn ich lese in Ihren Augen, daß meine Rückkehr Sie doch etwas angeht.«

Und Signor Veneranda warf ihr eine Kußhand zu und ging, sich ständig nach ihr umblickend, davon.

Die Neuigkeit

Signor Veneranda hielt auf der Straße einen Herrn an.

»Entschuldigen Sie«, sagte Signor Veneranda zu dem Herrn, »kennen Sie schon die letzte Neuigkeit?«

»Die letzte Neuigkeit?« stotterte der Herr, »welche Neuigkeit denn?«

»Sie wissen es gar nicht?«

»Nein«, sagte der Herr, »um was für eine Neuigkeit handelt es sich?«

»Das weiß ich auch nicht«, sagte Signor Veneranda, »ich habe geglaubt, Sie wüßten sie, und ich hätte mich gern informiert. Also wissen Sie keine Neuigkeit?«

»Ich weiß keine«, stotterte der Herr immer konfuser. »Geht irgendeine Neuigkeit um?«

»Was Sie für Fragen stellen!« wunderte sich Signor Veneranda.

»Ich frage Sie, ob Sie eine wissen, und Sie, statt mir zu antworten, fragen mich, ob ich eine weiß. Wenn ich Sie gefragt habe, ist das doch der Beweis, daß ich keine weiß, sonst hätte ich Sie doch gar nicht gefragt.«

»Ich verstehe nicht«, stotterte der Herr verwirrt. »Ich verstehe nicht, warum Sie solche Fragen stellen.«

»Wieso verstehen Sie nicht?« sagte Signor Veneranda, »und dabei ist's doch sonnenklar. Ich frage Sie, ob Sie eine Neuigkeit wissen, und Sie antworten mir, daß nicht, und damit Schluß. Ich konnte ja nicht riechen, daß Sie keine wissen. Sie hätten ja auch eine wissen können.«

»Aber welche Neuigkeit denn?« stotterte der Herr.

»Sie haben immer noch nicht begriffen«, sagte Signor Veneranda. »Wie oft muß ich Ihnen denn noch sagen, daß ich keine weiß? Sie haben aber eine lange Leitung, wie mir scheint! Ich weiß keine, gar keine, sonst hätte ich Sie ja nicht gefragt!«

»Aber ich...«, stotterte der Herr.

»Aber Sie, aber Sie...«, schrie Signor Veneranda und verlor die Geduld, »stottern Sie nur weiter, so viel Sie wollen, aber töten Sie nicht Leuten den Nerv, die es eilig haben. Ist das klar?«

Und der Signor Veneranda ging achselzuckend und brummend seiner Wege.

Die Dame hat keine Bonbons gekauft

»Entschuldigen Sie«, sagte Signor Veneranda und hielt eine Dame auf der Straße an, »haben Sie 100 Gramm Bonbons gekauft?«

»Nein«, sagte die Dame erstaunt. »Ich habe keine Bonbons gekauft. Warum?«

»Das weiß ich nicht«, antwortete Signor Veneranda. »Ich

weiß nicht, warum Sie keine Bonbons gekauft haben. Das müssen Sie besser wissen als ich. Vielleicht mögen Sie keine Bonbons. Mögen Sie sie, oder mögen Sie sie nicht?«

»Ich mag sie«, sagte die Dame erstaunt.

»Nun, und«, sagte Signor Veneranda, »wenn Sie sie mögen, warum haben Sie dann keine gekauft?«

»Aber warum sollte ich Bonbons kaufen?« stammelte die Dame, die nichts mehr zu antworten wußte.

»Nun, weil Sie sie mögen!« sagte Signor Veneranda, »Sie haben das gesagt, nicht ich, daß Sie Bonbons mögen! Und wenn Sie sie schon gern essen, konnten Sie sich auch welche kaufen. Ich habe leider keine bei mir und kann Ihnen deshalb keine anbieten.«

»Aber ich habe doch keine Bonbons von Ihnen verlangt«, stammelte die Dame verwirrt.

»Wer soll Ihnen schon Bonbons anbieten?« sagte Signor Veneranda. »Ich ganz sicher nicht. Sie haben keine verlangt, und deshalb gebe ich Ihnen auch keine.«

»Ich habe nicht ...«, stammelte die Dame noch verwirrter und wußte nicht mehr, was sie sagen sollte.

»Sie haben nicht, Sie haben nicht ...«, schrie nun Signor Veneranda los und hatte die Geduld verloren, »ich habe gesagt, daß ich keine Bonbons habe. Wissen Sie, daß Sie eine sonderbare Person sind? Ich habe keine, ich habe keine ... wie oft soll ich Ihnen das noch sagen?«

Und Signor Veneranda entfernte sich achselzuckend und brummend.

Der Radfahrer

Signor Veneranda hielt einen jungen Mann an, der mit dem Fahrrad vorbeikam. »Entschuldigen Sie«, sagte Signor Veneranda, »fahren Sie rechts?«

»Aber sicher«, sagte der Radfahrer und schaute Signor Veneranda erstaunt an, »was soll diese Frage? Sehen Sie denn nicht, daß ich rechts fahre?«

»Jetzt sehe ich es freilich«, sagte Signor Veneranda, »aber gestern habe ich Sie nicht gesehen, und morgen werde ich nicht sehen, ob Sie rechts fahren. Ich kenne Sie ja überhaupt nicht, und im nächsten Moment fahren Sie weiter, und ich werde Ihnen wahrscheinlich nie mehr begegnen. Vielleicht fahren Sie morgen links, was weiß denn ich?«

»Und was zum Teufel geht das Sie an?« fragte der junge Mann leicht irritiert.

»Wie, was mich das angeht?« sagte Signor Veneranda, »das geht mich sogar sehr viel an! Ich bin Fußgänger und beachte die Vorschriften. Und wenn Sie, ein Radfahrer, links statt rechts fahren, gefährden Sie meine Sicherheit.«

»Aber ich fahre doch rechts!« protestierte der junge Mann, der anfing, konfus zu werden.

»Und Sie tun nur Ihre Pflicht!« schrie Signor Veneranda und kam in Rage. »Wenn Sie rechts fahren, tun Sie nichts anderes, als die Vorschriften befolgen. Damit brauchen Sie sich also gar nicht zu brüsten!«

»Ich brüste mich nicht!« schrie nun der junge Mann, stieg vom Rad und näherte sich drohend Signor Veneranda, »Sie reden einen Haufen dummes Zeug!«

»Sie sind ja verrückt!« schrie nun seinerseits Signor Veneranda und ging einen Schritt auf den Radfahrer zu, »ich habe Sie nur gefragt, ob Sie rechts fahren.«

»Das geht Sie überhaupt nichts an!«

»So, und wenn Sie links fahren, überfahren Sie mich, ist Ihnen das klar?« schrie Signor Veneranda.

»Zum Donnerwetter, ich ...«, stotterte der junge Mann, der nicht mehr wußte, was er sagen sollte.

«Ach, gehen Sie doch zum Teufel!« schloß Signor Veneranda die Diskussion ab, und ging schnell weiter, »man braucht wirklich eine Schafsgeduld, um diesen undisziplinierten Radfahrern beizubringen, wie sie fahren sollen!«

Tanzen Sie?

Signor Veneranda hielt auf der Straße eine Dame an.

»Gestatten Sie?« fragte Signor Veneranda und verbeugte sich korrekt.

»Was bitte?« fragte die Dame.

»Gestatten Sie?« wiederholte Signor Veneranda. »Sie tanzen doch, nicht?«

»Ob ich tanze?« stotterte die Dame perplex, »was kommt denn Ihnen in den Sinn?«

»Mir, nichts«, antwortete Signor Veneranda. »Ich verstehe nicht, warum Sie sich so wundern. Ich frage Sie, ob Sie tanzen oder nicht. Wenn Sie nicht tanzen können, macht's auch nichts.«

»Aber wollen Sie denn jetzt, hier auf der Straße tanzen?« stotterte die immer verwirrtere Dame.

»Aber nein«, sagte Signor Veneranda, »warum, wollen Sie denn jetzt und hier tanzen?«

»Ich will überhaupt weder jetzt noch hier tanzen«, sagte die

Dame, die nicht mehr wußte, was sie sagen sollte, »aber Sie sind doch dahergekommen und haben mich eingeladen.«

»Entschuldigen Sie«, sagte Signor Veneranda, »wenn ein Unbekannter Sie zum Tanzen einlädt, tanzen Sie dann?«

»Warum sollte ich nicht?« stotterte die Dame. »Ich tanze gern.«

»Das ist aber kein guter Grund, um am hellichten Tag mitten auf der Straße im Verkehrsgewühl tanzen zu wollen«, sagte Signor Veneranda. »Und dann, was würden die Leute sagen? Musik gibt's hier auch keine, wie könnten Sie also tanzen?«

»Aber ich...«, stotterte die Dame noch verwirrter.

»Aber Sie... was?« schrie nun Signor Veneranda los, weil er die Geduld verlor, »versuchen Sie's doch bei jemand anderem, denn, wissen Sie, ich habe nicht die geringste Lust, hier auf der Straße den Hanswurst zu spielen, nur um Ihnen einen Gefallen zu tun.« .

Und Signor Veneranda drehte der Dame den Rücken zu und entfernte sich brummend.

Die Stunden

Signor Veneranda hielt auf der Straße einen Herrn an.

»Es ist acht Uhr«, sagte Signor Veneranda.

»Und warum soll mich das interessieren?« fragte der Herr erstaunt.

»Es interessiert Sie nicht, daß es acht Uhr ist?« fragte Signor Veneranda und nahm seine Uhr aus der Tasche, »dann sage ich Ihnen halt, daß es halb drei ist.«

»Aber kümmern Sie sich doch um Ihre Angelegenheiten, und töten Sie nicht anderen Leuten den Nerv!« protestierte der Herr und wollte weitergehen.

»Warum ist das meine Sache, wenn es halb drei ist?« fuhr Signor Veneranda fort und hielt den Herrn an der Jacke fest, »halb drei ist immer halb drei, auch für Sie, wenn es für mich und alle anderen halb drei ist. Haben Sie vielleicht Ihre persönliche Uhrzeit?«

»Das nicht . . .«, stotterte der Herr, der nicht mehr wußte, was er sagen sollte.

»Das nicht, das nicht . . .«, schrie Signor Veneranda nun los, weil er die Geduld verlor, »Sie sind mir schon eine Type, das sind Sie. Ich tue Ihnen einen Gefallen und sage Ihnen, daß es acht Uhr ist, dann sage ich, daß es halb drei ist, und statt sich zu bedanken, sind Sie geradezu beleidigt. Soll ich Ihnen sagen, daß es vier Uhr ist? Gut also: es ist vier Uhr. Sind Sie jetzt zufrieden?«

Und Signor Veneranda entfernte sich brummend und kopfschüttelnd.

Der Rauch

Signor Veneranda hielt auf der Straße eine Dame an.

»Entschuldigen Sie«, sagte er zu ihr, »ist Ihnen der Rauch unangenehm?«

»Wie bitte?« stotterte die Dame.

»Ich habe Sie gefragt, ob Ihnen der Rauch unangenehm ist«, wiederholte Signor Veneranda.

»Keineswegs«, antwortete die Dame etwas erstaunt. »Aber warum fragen Sie mich das?«

»Aus Höflichkeit«, sagte Signor Veneranda, »wenn Ihnen der Rauch unangenehm ist, rauche ich natürlich nicht, das ist doch klar!«

»Aber von mir aus können Sie rauchen, so viel Sie wollen«, sagte die Dame, »wir sind doch auf der Straße und nicht in einem geschlossenen Raum.«

»Warum, ist Ihnen in einem geschlossenen Raum der Rauch unangenehm?« fragte Signor Veneranda weiter.

»Nein«, sagte die Dame, »er stört mich auch in einem geschlossenen Raum nicht.«

»Und warum reden Sie dann von geschlossenen Räumen?« fragte Signor Veneranda.

»Weil ich noch nie gesehen habe, daß man eine Dame auf der Straße fragt, ob sie das Rauchen stört«, antwortete die Dame.

»Wenn Sie wollen, können wir von mir aus gern in einen geschlossenen Raum gehen«, sagte Signor Veneranda und setzte sich in Bewegung, »mir liegt zwar nichts daran, aber, wenn es Ihnen Spaß macht...«

»Überhaupt nicht«, protestierte die Dame, die sich langsam Gedanken zu machen begann. »Was fällt Ihnen eigentlich ein?«

»Mir?« sagte Signor Veneranda erstaunt, »mir fällt absolut nichts ein. Es war einzig und allein Ihre Idee. Sie haben angefangen, von geschlossenen Räumen zu sprechen.«

»Aber ich...«, stotterte die Dame, die nicht mehr wußte, was sie sagen sollte.

»Hören Sie mal!« protestierte nun seinerseits Signor Veneranda, »Sie, sie... sonderbare Person! Erst sagen Sie etwas, und dann sind Sie beleidigt...«

Und Signor Veneranda drehte der Dame den Rücken zu und ging brummend seiner Wege.

Das Taschentuch

Signor Veneranda hielt auf der Straße einen Herrn an. »Entschuldigen Sie«, sagte Signor Veneranda und zog ein Taschentuch aus der Tasche, »haben Sie dieses Taschentuch gesehen?«

»Ich? Nein«, sagte der Herr und schaute erstaunt erst das Taschentuch, dann Signor Veneranda an.

»Es war in meiner Tasche«, sagte Signor Veneranda und legte es sorgfältig zusammen.

»Gut«, sagte der Herr, der nichts verstand, »und damit?«

»Nichts«, sagte Signor Veneranda, »es ist absolut logisch, daß Sie dieses Taschentuch nie gesehen haben. Finden Sie dabei etwas Außergewöhnliches? Sie schauen mich so sonderbar an.«

»Ich wundere mich nur, daß Sie mir eine solche Frage stellen«, sagte der Herr immer erstaunter. »Ich gehe meiner Wege, und Sie halten mich wegen einer solchen Nichtigkeit auf. Warum soll ich mich für Ihr Taschentuch interessieren?«

»Aber mich interessiert es«, sagte Signor Veneranda. »Ich muß mir damit die Nase putzen. Nicht Sie. Ich weiß recht gut, daß Sie mein Taschentuch nicht interessiert. Ich habe Sie auch nicht gefragt, ob Sie sich mit meinem Taschentuch die Nase putzen wollen, ich habe Sie nur gefragt, ob Sie es gesehen haben. Man kann doch auch das Taschentuch von jemandem anschauen, oder nicht?«

»Aber wenn Sie es in der Tasche haben, wie kann ich es dann sehen?« fragte der Herr.

»Meinetwegen also!« schrie Signor Veneranda los, weil er die Geduld verlor, »wenn Sie schon unbedingt mein Taschentuch sehen wollen, halte ich es in der Hand, wenn wir uns das nächste Mal begegnen! Wie, zum Donnerwetter, hätte ich das vorher wissen sollen?

Was es doch für Leute gibt!« brummte Signor Veneranda, als er dem Herrn den Rücken zuwandte und sich entfernte, »wer weiß, warum sie die Taschentücher der anderen sehen wollen?! Verrückte gibt's auf dieser Welt, ts, ts, ts . . .«

Ein Frosch, der Pfeife raucht

Signor Veneranda hielt auf der Straße eine Dame an.

»Entschuldigen Sie«, sagte Signor Veneranda. »Haben Sie je einen Frosch gesehen, der Pfeife raucht?«

»Wie bitte?« stotterte die Dame.

»Ich habe gefragt«, wiederholte Signor Veneranda, »ob Sie je einen Frosch gesehen haben, der Pfeife raucht?«

»Niemals«, sagte die Dame verwirrt, »Frösche rauchen nicht. Ich wenigstens habe nie einen Frosch Pfeife rauchen gesehen.«

»Ich auch nicht«, bestätigte Signor Veneranda.

»Nun also«, sagte die Dame indigniert, »warum haben Sie mich dann danach gefragt?«

»Weil«, sagte Signor Veneranda, »es sehr seltsam gewesen wäre, wenn Sie mir geantwortet hätten, daß Sie schon einen Frosch Pfeife rauchen gesehen hätten. Stimmt's? Wenn Sie mir das geantwortet hätten, wäre es entweder eine Lüge gewesen, oder Sie wären verrückt.«

»Was erlauben Sie sich?« stammelte die Dame. »Sie beleidigen mich!«

»Ich beleidige Sie überhaupt nicht«, sagte Signor Veneranda.

»Entschuldigen Sie«, sagte Signor Veneranda zu einem Herrn, der vorbeiging, »wenn einer sagt, er habe einen Frosch gesehen, der Pfeife raucht, ist's nicht so, daß er entweder lügt oder verrückt ist?«

»Nur zu wahr«, antwortete der Herr.

»Aber ich habe doch nicht gesagt, daß ich einen Frosch gesehen habe, der Pfeife raucht«, stotterte die arme Dame.

»Und wer behauptet, daß Sie so etwas gesagt haben?« schrie Signor Veneranda nun los, weil er die Geduld verlor; »Sie sind wirklich eine ulkige Nudel! Wenn Ihnen nur darum zu tun ist, den Leuten die Zeit zu stehlen, sagen Sie's doch gleich, dann hört man Ihnen einfach nicht zu!«

Und Signor Veneranda kehrte der Dame den Rücken zu und ging brummend und kopfschüttelnd seiner Wege.

Vergeßlichkeit

Signor Veneranda hielt einen Herrn auf der Straße an.

»Entschuldigen Sie«, sagte Signor Veneranda, »haben Sie etwas vergessen?«

»Wer? Ich?« fragte der Herr ganz erstaunt.

»Sicher, Sie«, antwortete Signor Veneranda.

»Ich habe nichts vergessen«, sagte der Herr und schaute neugierig den Signor Veneranda an.

»Sind Sie sicher?«

»Absolut. Wie kommen Sie darauf, mich zu fragen, ob ich etwas vergessen habe, wenn Sie mich nicht einmal kennen?«

»Warum?« fragte Signor Veneranda zurück. »Sind vielleicht alle, die etwas vergessen haben, verpflichtet, mich zu kennen? Einer kann mich auch nicht kennen und doch einen Haufen Sachen vergessen. Glauben Sie nicht auch?«

»Allerdings«, gab der Herr leicht stotternd zu, »aber ich habe nun tatsächlich nichts vergessen.«

»Das ist großartig«, sagte Signor Veneranda. »Aber auch Sie müssen zugeben, daß ich das nicht wissen konnte, da ich Sie ja nicht kannte.«

»Sie kennen mich nicht und haben die Unverschämtheit, mich auf der Straße anzuhalten und mir blödsinniges Zeug zu sagen!« schrie der Herr erbost.

»Aber aber«, sagte Signor Veneranda, »ich bin doch nicht verpflichtet, die ganze Stadt zu kennen! Meine Schuld ist's nicht, wenn ich ausgerechnet Sie nicht kenne, Sie sind ganz schön unverfroren, Sie...! Ich sehe Sie zum ersten Mal, und Sie setzen voraus, daß ich Sie kenne!«

»Aber nein...«, stotterte der Herr ganz konfus und irritiert.

»Aber nein... aber nein...«, schrie Signor Veneranda los und verlor die Geduld, »Sie sind ein unverschämter Patron und stehlen den Menschen nur ihre Zeit!«

Und Signor Veneranda drehte ihm den Rücken zu und entfernte sich brummend.

Vor dem Zeitungskiosk

Signor Veneranda blieb vor dem Zeitungskiosk stehen. »Entschuldigen Sie«, sagte Signor Veneranda zum Zeitungshändler, »geben Sie mir eine Zeitung von gestern?«

»Eine Zeitung von gestern?« sagte der Händler und suchte im Innern des Häuschens herum, »da ist sie schon«, sagte er und reichte die Zeitung heraus.

Signor Veneranda nahm die Zeitung, schaute hinein und gab sie dem Mann zurück.

»Die habe ich schon gelesen«, sagte Signor Veneranda.

»Sie haben sie schon gelesen?« fragte der Händler erstaunt, »ich habe keine anderen Zeitungen von gestern.«

»Ich habe keine anderen Zeitungen von Ihnen verlangt«, sagte Signor Veneranda, »ich habe genau diese gewollt.«

»Aber wenn Sie sie schon gelesen haben...«, sagte der Zeitungshändler.

»Eben, weil ich sie schon gelesen habe, gebe ich sie Ihnen zurück«, sagte Signor Veneranda. »Ich bin keiner, der eine Zeitung zweimal liest.«

»Ja aber«, stotterte der Händler, der nichts mehr verstand. »Warum bitte haben Sie dann von mir eine Zeitung verlangt, die Sie schon gelesen haben?«

»Und warum soll man nicht an einem Zeitungskiosk nach einer Zeitung fragen?« sagte Signor Veneranda, »was sollte man denn, wenn's nach Ihnen ginge, verlangen, wenn nicht eine Zeitung?«

»Nichts... aber eine Zeitung von heute, statt einer von gestern...«, sagte der Zeitungshändler.

»Gestern habe ich ja eine Zeitung von heute verlangt, das heißt von gestern, denn gestern war heute...«, sagte Signor Veneranda.

»Aber heute...«, stotterte der Zeitungshändler.

»Heute ist's wieder was anderes«, sagte Signor Veneranda, »heute kann ich doch nicht eine Zeitung von morgen verlangen, habe ich recht?«

»Aber...«, stotterte der Zeitungshändler, der nicht mehr wußte, was er sagen sollte, »ich verstehe kein Wort.«

»Da ist gar nichts zu verstehen«, sagte Signor Veneranda, »ich bin absolut im Recht: die Zeitung von gestern habe ich schon gelesen, deshalb gebe ich sie Ihnen zurück. Wenn ich sie noch einmal lesen würde, wäre es Ihr gutes Recht, zu protestieren.«

Und Signor Veneranda grüßte höflich den Zeitungshändler und ging kopfschüttelnd seiner Wege.

Zu enge Schuhe

Signor Veneranda hielt auf der Straße einen Herrn an.

»Entschuldigen Sie«, sagte Signor Veneranda zu ihm, »glauben Sie, daß ich zu enge Schuhe anhabe?«

»Wie bitte?« fragte unwirsch der Herr.

»Ich habe Sie gefragt«, wiederholte Signor Veneranda, »ob Sie glauben, daß ich zu enge Schuhe anhabe?«

»Ich nicht«, antwortete der Herr verwirrt.

»Warum glauben Sie nicht, daß ich zu enge Schuhe trage?« fragte Signor Veneranda zurück.

»Aber ... ich weiß nicht«, stotterte der Herr, der nichts mehr zu antworten wußte.

»Wieso wissen Sie nicht? Wenn ich es Ihnen sage, können Sie es glauben. Warum wollen Sie nicht das glauben, was ich sage? Schaue ich vielleicht wie ein Lügner aus?«

»Nein, nein«, sagte der Herr, »aber es interessiert mich nicht.«

»Es interessiert Sie nicht, wenn ich Ihnen Sachen erzähle, die gar nicht wahr sind?« sagte sehr erstaunt Signor Veneranda.

»Nein, aber es interessiert mich nicht, daß Sie zu enge Schuhe tragen«, sagte der Herr.

»Ich trage keine zu engen Schuhe«, sagte Signor Veneranda.

»Wenn Sie sich erinnern, habe ich Sie gefragt: glauben Sie, daß ich zu enge Schuhe anhabe?«

»Ich glaube gar nichts«, sagte der Herr, »und es ist mir auch ganz egal, ob Sie zu enge oder zu weite Schuhe anhaben.«

»Dann ist ja jede Klarheit restlos beseitigt«, sagte Signor Veneranda, »meine Schuhe sind gar nicht zu eng, und es hätte mir leid getan, wenn Sie das geglaubt hätten.«

»Also jetzt ...«, stotterte der Herr, der nichts mehr zu antworten wußte.

»Also jetzt, also jetzt ...«, schrie Signor Veneranda und verlor die Geduld, »wie kann man nur mit so einem Menschen seine kostbare Zeit vertrödeln ...«

Kopfschüttelnd ging Signor Veneranda seines Weges.

Das Darlehen

Ein Freund hielt Signor Veneranda auf der Straße an.

»Kannst du mir 1000 Lire leihen?« fragte er ihn.

»Aber natürlich«, antwortete Signor Veneranda, »klar, daß ich das kann! Ich kann dir auch 10 000 leihen, wenn du willst.«

»Oh, danke!« antwortete der Freund und lächelte glücklich. »Aber 1000 reichen mir. Ich habe morgen einen kleinen Wechsel einzulösen. Ich weiß gar nicht, wie ich dir danken soll.«

»Nicht der Rede wert!« sagte Signor Veneranda. »Man tut, was man kann. Wiedersehen.«

Signor Veneranda wollte weitergehen.

»Aber«, sagte der Freund und hielt Signor Veneranda an einem Ärmel fest, »und die 1000 Lire?«

»Welche 1000 Lire?«

»Die 1000 Lire, von denen du gesagt hast, daß du sie mir leihen würdest«, sagte der Freund und hielt die Hand auf.

»Ich habe gesagt, daß ich dir 1000 Lire leihe?« fragte Signor Veneranda erstaunt. »Das habe ich nie gesagt. Ich habe gesagt, ich kann dir 1000 Lire leihen oder auch 10 000. Wenn du mich zum Beispiel gefragt hättest, ob ich in die Tram einsteigen könnte, hätte ich auch ja gesagt. Natürlich kann ich in eine Tram steigen, auch in zwei.«

»Aber . . .«, stotterte der Freund konfus.

»Aber was?« sagte Signor Veneranda. »Scheint es dir unmöglich, daß ich in eine Tram steigen oder dir 1000 Lire leihen kann? Doch nicht! Nun also, wenn es dir nicht unmöglich scheint, warum machst du dieses Gesicht? Und dann, warum fragst du mich ganz selbstverständliche Dinge und wunderst dich dann? Wenn ich auf eine Frage von dir antworte, mußt du mir auch glauben, sonst hättest du besser gar nicht gefragt. Übrigens, wenn du nicht glaubst, was ich sage, um so schlimmer für dich. Die 1000 Lire kann ich dir borgen, ob du's nun glaubst oder nicht.«

Die Ansichtskarte aus Florenz

Signor Veneranda hielt auf der Straße einen Herrn an.

»Entschuldigen Sie«, sagte Signor Veneranda, »haben Sie eine Ansichtskarte aus Florenz erhalten?«

»Wie bitte?« stotterte der Herr, der glaubte, nicht richtig verstanden zu haben.

»Ich habe gesagt«, wiederholte Signor Veneranda, »ob Sie eine Ansichtskarte aus Florenz erhalten haben!«

»Habe ich nicht«, sagte der Herr erstaunt, »warum sollte ich eine Ansichtskarte aus Florenz erhalten haben?«

»Weiß ich doch nicht«, sagte Sïgnor Veneranda, »es kann ja sein, daß Sie einen Freund oder Verwandte in Florenz haben.«

»Habe ich nicht«, antwortete der Herr.

»Dann ist's erklärlich, warum Sie keine Ansichtskarte aus Florenz erhalten haben. Es wäre auch äußerst seltsam gewesen, wenn Sie aus Florenz eine Ansichtskarte erhalten hätten, ohne Freunde oder Verwandte dort zu haben.«

»Kann man endlich erfahren, was zum Teufel Sie eigentlich wollen?« stotterte der Herr, der nicht draufkam, was Signor Veneranda eigentlich meinte.

»Ich? Nichts«, sagte Signor Veneranda, »ich habe wirklich kein Interesse an der ganzen Geschichte. Von mir aus können Sie Ansichtskarten aus Florenz oder sonstwoher erhalten, so viele Sie wollen.«

»Na gut, aber...«, stotterte der Herr, der nichts mehr zu sagen wußte, »was stellen Sie mir für dumme Fragen?«

»Eine Frage ist die andere wert«, sagte Signor Veneranda, »da ist gar nichts Verwunderliches dran. Sie erhalten keine Ansichtskarten aus Florenz, daraus braucht man doch nicht gleich ein Drama zu machen. Wenn Sie eine Ansichtskarte aus Florenz erhalten wollen, schicken Sie einfach jemanden nach Florenz.«

»Aber ich...«, stammelte der Herr.

»Jetzt reicht's mir aber!« schrie Signor Veneranda. »Kümmern Sie sich um Ihren eigenen Dreck und töten Sie nicht anderen den Nerv!«

Und Signor Veneranda entfernte sich brummend und kopfschüttelnd.

Kann ich mich setzen?

Signor Veneranda näherte sich einem Herrn, der an einer Straßenecke wartete.

»Entschuldigen Sie«, sagte Signor Veneranda, »kann ich mich setzen?«

»Von mir aus...«, sagte der Herr achselzuckend, »setzen Sie sich nur.«

»Und wohin?« fragte Signor Veneranda.

»Wohin Sie wollen...«, sagte der Herr.

»Aber wenn nicht einmal ein Stuhl da ist«, sagte Signor Veneranda, »soll ich mich auf den Boden setzen? Setzen Sie sich vielleicht auf den Boden?«

»Ich nicht«, sagte der Herr, »ich setze mich nicht auf den Boden.«

»Und wenn Sie sich nicht auf den Boden setzen, wohin dann?« fragte Signor Veneranda, »haben Sie einen zusammenlegbaren Stuhl in der Tasche?«

»Ich habe keinen zusammenlegbaren Stuhl in der Tasche«, sagte der Herr, »und im übrigen stehe ich.«

»Aber Sie haben doch vorhin gesagt, ich kann mich setzen«, sagte Signor Veneranda, »jetzt frage ich mich: wohin, glauben Sie, soll ich mich setzen, wenn kein Stuhl da ist?«

»Ja aber...«, begann der Herr zu stottern, der nicht mehr wußte, was er sagen sollte, »ich weiß nicht... setzen Sie sich, wohin Sie wollen.«

»Auf den Boden setze ich mich nicht«, sagte Signor Veneranda.

»Dann bleiben Sie eben stehen«, sagte friedfertig der Herr.

»Ich werde stehenbleiben, aber Sie durften mir nicht sagen, mich zu setzen, wenn kein Stuhl da ist«, sagte Signor Veneranda, »das durften Sie nun wirklich nicht.«

»Was sollte ich denn sonst sagen?« fragte der Herr.

»Sie hätten sagen sollen, daß ich mich nicht setzen kann«, antwortete Signor Veneranda.

»Ich habe nicht...«, stammelte der nun verwirrte Herr.

»Sie haben nicht... Sie haben nicht...«, schrie nun Signor Veneranda los, »Sie sind schon ein Original, das sind Sie! Sie sagen, ich kann mich setzen, statt dessen kann ich mich nicht setzen. Wenn ich auf Sie gehört hätte, wäre ich am Boden gelandet, mit den Beinen in der Luft!«

Und damit drehte sich Signor Veneranda um und ging brummend seines Weges.

Die Ohrfeige

Signor Veneranda hielt auf der Straße einen Herrn an.

»Entschuldigen Sie«, sagte Signor Veneranda, »wenn ich Ihnen jetzt eine kleben würde, was würden Sie machen?«

»Wie bitte?« stammelte der Herr, der glaubte, falsch verstanden zu haben.

»Ich habe gefragt«, sagte Signor Veneranda, »was Sie tun würden, wenn ich Ihnen eine Ohrfeige geben würde?«

»Ja aber... was erlauben Sie sich?« stotterte der Herr beleidigt.

»Wieso, was erlaube ich mir?« fragte Signor Veneranda.

»Sie haben gesagt, daß Sie mir eine Ohrfeige geben würden!« protestierte der Herr immer ärgerlicher.

»Aber nein, aber nein, übertreiben Sie doch nicht so«, sagte Signor Veneranda, »ich würde mir nie erlauben, Ihnen eine herunterzuhauen, nicht einmal versprechen würde ich Ihnen so etwas. Ich habe mich nur darauf beschränkt, Sie zu fragen, was Sie in dem Fall tun würden, wenn ich Ihnen eine Ohrfeige geben würde.«

»Dann probieren Sie's doch!« schrie der Herr voller Wut.

»Aber nicht einmal im Traum!« sagte Signor Veneranda, »ich habe nicht den leisesten Grund, Ihnen eine zu kleben. Wenn Sie es unbedingt wollen, dann müssen Sie mich schon erst beleidigen.«

»Aber ich ... aber ich ...«, stotterte der Herr, der nicht mehr wußte, was er sagen sollte.

»Wenn Sie mich fragen, tun Sie schlecht daran, sich so zu ärgern«, sagte Signor Veneranda. »Wenn ich Sie wäre, täte ich's nicht. Ich habe Ihnen ja keine Ohrfeige gegeben, nicht einmal versprochen habe ich Ihnen eine. Wenn Sie sich noch mehr aufregen und beleidigend werden, zwingen Sie mich, Ihnen eine herunterzuhauen, was überhaupt nicht in meiner Absicht lag.«

»Kann man endlich erfahren, was Sie eigentlich von mir wollen?« schrie der Herr am Ende seiner Geduld.

»Ich, nichts«, sagte Signor Veneranda, »absolut nichts. Warum? ... Was es heutzutage für komische Menschen gibt!« Brummend entfernte sich Signor Veneranda und schüttelte den Kopf.

Der Koffer

Signor Veneranda hielt auf der Straße eine Dame an.

»Gestatten Sie«, sagte Signor Veneranda, »kann ich den Koffer tragen?«

»Welchen Koffer?« wunderte sich die Dame und blickte um sich.

»Den Koffer«, sagte Signor Veneranda, »irgendeinen, ganz gleich, was für einen. Wenn einer sich anbietet, einen Koffer zu tragen, trägt er eben den, der da ist, meinen Sie nicht?«

»Aber ich habe doch gar keinen Koffer«, antwortete die Dame und wurde immer konfuser.

»Sie haben keinen Koffer?« fragte Signor Veneranda, »das ist aber sonderbar. Wie machen Sie's dann, wenn Sie verreisen, wie nehmen Sie Ihre Sachen mit? Machen Sie ein Paket?«

»Ich verstehe nicht...«, japste die Dame nur noch, die wirklich nicht mehr verstand, was Signor Veneranda eigentlich wollte.

»Wenn Sie keinen Koffer haben«, wiederholte Signor Veneranda, »dann reisen Sie also mit Paketen.«

»Ich verreise ja gar nicht...«, sagte die Dame.

»Auch wenn Sie nicht verreisen, einen Koffer sollten Sie trotzdem haben«, sagte Signor Veneranda, »Sie könnten ihn einmal brauchen, glauben Sie nicht?«

»Ja schon, natürlich«, sagte die Dame, »habe ich einen Koffer.«

»Na also, sehen Sie«, sagte Signor Veneranda, »Sie haben einen. Und zuerst haben Sie gesagt, Sie haben keinen!«

»Hier habe ich keinen«, sagte die Dame, »ich habe ihn zu Hause. Ich brauche ihn jetzt nicht.«

»Sagen Sie nur nicht, daß Sie den Koffer nicht brauchen, wenn Sie verreisen«, sagte Signor Veneranda, »man braucht einen Koffer, wenn man verreist, auch wenn man nur ein paar Stunden unterwegs ist, irgend etwas hat man immer mitzunehmen.«

»Aber ich...«, stotterte die Dame, die nicht mehr wußte, was sie sagen sollte.

»Schauen Sie, meine Liebe, werden Sie nicht ungeduldig, ich habe Ihnen liebenswürdigerweise angeboten, den Koffer zu tragen; wenn Sie nicht verreisen, ist's wirklich nicht meine Schuld.«

Signor Veneranda drehte der Dame den Rücken zu und entfernte sich brummend.

Sie sehen meinem Bruder nicht ähnlich

Signor Veneranda hielt auf der Straße einen Herrn an.

»Verzeihen Sie«, sagte Signor Veneranda und beschaute aufmerksam das Gesicht des Passanten, »gestatten Sie?«

»Was soll ich gestatten?« fragte der Herr erstaunt.

»Daß ich Sie genau ansehe«, sagte Signor Veneranda, »Sie sind doch nicht böse?«

»Nein, aber...«, stotterte der Passant, der nicht wußte, was ihm geschah.

»Dann ist's ja gut«, sagte Signor Veneranda, nachdem er den Herrn von vorn und im Profil genau gemustert hatte, »Sie sehen meinem Bruder überhaupt nicht ähnlich.«

»Wie bitte?« stammelte der Herr verwundert. »Ihrem Bruder? Warum sollte ich denn Ihrem Bruder ähnlich sehen?«

»Eben, eben«, sagte Signor Veneranda, »warum sollten Sie ihm ähnlich sehen? Das frage ich mich auch. Tatsächlich sehen Sie ihm nicht ähnlich. Mein Bruder ist ganz ein anderer Typ.«

»Was soll also der Blödsinn?« schrie nun der Herr, der die Geduld zu verlieren begann.

»Das ist gar kein Blödsinn«, sagte Signor Veneranda, »sehen Sie meinem Bruder ähnlich oder nicht?«

»Auf keinen Fall«, sagte der Passant, »ganz und gar nicht.«

»Was wollen Sie damit sagen?« fragte Signor Veneranda wütend, »glauben Sie vielleicht, mein Bruder ist häßlicher als Sie?«

»Ich glaube gar nichts«, sagte der Herr, »ich bin, wie ich bin, und Ihr Bruder ist eben Ihr Bruder. Stimmt's?«

»Es stimmt«, sagte Signor Veneranda, »ich habe nie geglaubt, daß Sie jemand anderer sind und auch mein Bruder.«

»Ich weiß nicht ...«, stotterte der Passant, vollständig konfus.

»Hören Sie«, sagte Signor Veneranda, »Sie sehen meinem Bruder nicht ähnlich, und ich kann wirklich nichts dagegen tun.«

Signor Veneranda ging weiter, schüttelte den Kopf und brummte.

Die Fahrradglocke

Signor Veneranda blieb an der Straßenecke stehen und zog aus der Tasche eine Fahrradglocke, mit der er zu läuten begann.

»Entschuldigen Sie«, sagte ein Vorübergehender, »warum läuten Sie?«

»Ja, aber ...«, sagte Signor Veneranda und schaute ihn erstaunt an, »ich verstehe nicht, was Sie sagen wollen. Was haben Sie gesagt?«

»Ich habe Sie gefragt, warum Sie läuten«, sagte der Passant

und deutete auf die Glocke in der Hand des Signor Veneranda.

»Das ist großartig!« sagte Signor Veneranda, »ich läute, weil sie zum Läuten da ist. Zu was werden Glocken gemacht? Um zu läuten, nicht? Was glauben Sie, daß die Glocken sonst tun sollen? Diese da ist neu oder wenigstens fast neu, also ist es logisch, daß sie läutet. Wenn sie kaputt wäre, würde sie nicht läuten. Aber sie ist nicht kaputt. Schauen Sie selbst.«

Signor Veneranda begann wieder zu läuten.

»Aber ...«, stotterte der Passant, der nicht mehr wußte, was er sagen sollte, »ich frage Sie, warum Sie die Glocke läuten.«

»Fragen Sie eigentlich immer so blöd?« sagte Signor Veneranda.

»Begreifen Sie nicht, daß die Glocken zum Läuten da sind? Oder was täten Sie mit einer Glocke? Glauben Sie, daß sie zu irgend etwas anderem gemacht sind?«

»Nein, nein«, stotterte der Herr, »aber Sie fahren doch nicht Rad, und das ist doch eine Fahrradglocke.«

»Ja, aber auch die Glocke fährt nicht Rad«, sagte Signor Veneranda, »und wenn die Glocke nicht auf dem Rad ist, kann ich doch nicht aufsteigen, um sie zu läuten, finden Sie nicht?«

»Ich weiß nicht ...«, stammelte der Passant.

»Jetzt werde ich aber gleich die Geduld verlieren«, schrie nun Signor Venerando los, »glauben Sie, ich habe meine Zeit gestohlen?«

Signor Veneranda ging weiter und läutete unbeirrt seine Fahrradglocke.

Signor Veneranda hielt auf der Straße einen Herrn an.

»Verzeihen Sie«, sagte Signor Veneranda, »gehen Sie in den Urlaub?«

»Aber ... sicher«, sagte der Herr. »Warum?«

»Weil Sie so ganz ohne Gepäck sind«, sagte Signor Veneranda, »haben Sie vielleicht Ihre Koffer vorausgeschickt?«

»Das habe ich nicht«, sagte der Herr erstaunt und schaute Signor Veneranda sonderbar an, »ich fahre noch nicht gleich, erst in einer Woche.«

»Also dann fahren Sie gar nicht in den Urlaub«, sagte Signor Veneranda.

»Natürlich fahre ich«, sagte der Herr.

»Aber jetzt fahren Sie nicht«, sagte Signor Veneranda, »Sie fahren in einer Woche, nicht gleich. Haben Sie soeben selbst gesagt.«

»Ich fahre, wann's *mir* paßt«, sagte der Herr immer erstaunter, »haben Sie mich verstanden? Und Sie geht's gar nichts an, wann und ob ich überhaupt fahre.«

»In Ordnung«, sagte Signor Veneranda, »ich will Sie natürlich nicht zwingen, in den Urlaub zu fahren. Von mir aus können Sie machen, was Sie wollen. Aber anlügen sollen Sie die Leute nicht. Erst sagen Sie, Sie fahren, und dann wieder, Sie fahren nicht.«

»Ich habe gesagt, daß ich in einer Woche fahre. Verstanden?«

»Und was geht mich das an?« fragte Signor Veneranda. »Von mir aus können Sie auch erst in einem Monat fahren, interessiert mich ganz und gar nicht. Und Sie können auch ganz ohne Gepäck fahren, wenn's Ihnen paßt.«

»Ich nehme so viel Gepäck mit, wie ich will«, sagte der Herr.

»Logisch«, sagte Signor Veneranda, »Sie werden kaum Ihren Drogisten fragen, wieviel Gepäck Sie mitnehmen sollen.«

»Sie ... Sie ...«, stotterte der Herr, am Tiefstand seiner Geduld angelangt.

»Hören Sie!« schrie Signor Veneranda, ebenfalls die Geduld verlierend, »machen Sie doch, was Sie wollen, aber stehlen Sie mir nicht meine Zeit, mich interessiert weder Ihr Urlaub noch Ihr Gepäck, verstanden?«

Signor Veneranda drehte sich um und entfernte sich schimpfend.

Der Gärtner

Signor Veneranda schaute einem Gärtner zu, der die Blumen im Garten begoß.

»Und die da«, sagte Signor Veneranda zum Gärtner und deutete auf eine Gartenbank, »diese da gießen Sie nicht?«

»Wie bitte?« sagte der Gärtner, der glaubte, nicht richtig verstanden zu haben.

»Ich habe gefragt, ob Sie diese da nicht gießen«, sagte Signor Veneranda und zeigte nochmal auf die Bank.

»Die Bank?«

»Ja doch, die Bank.«

»Aber das ist doch eine Bank«, stotterte der Gärtner erstaunt.

»Ich weiß sehr genau, daß diese Bank eine Bank ist«, sagte Signor Veneranda, »was soll es denn sonst sein. Eine Bank kann gar nichts anderes sein als eben immer nur wieder eine Bank. Hab ich recht?«

»Eben«, sagte der Gärtner, »ich verstehe nur nicht, warum Sie wollen, daß ich die Bank gieße.«

»Ich will nicht . . .«, sagte Signor Veneranda, »ich will nicht die Bank gießen, ich bin kein Gärtner, und das Gießen steht nicht mir zu, sondern Ihnen.«

»Ja, aber warum sollte ich die Bank gießen?« wiederholte der Gärtner immer verwirrter.

»Weil Sie der Gärtner sind«, sagte Signor Veneranda. »Es ist absolut logisch, daß ein Gärtner gießen muß. Wenn Sie mit Salami handeln würden, gäbe ich Ihnen den guten Rat, nicht zu gießen, sondern Ihre Salami zu verkaufen. Stimmt's oder hab ich recht?«

»Aber die Gartenbänke werden doch nie gegossen.«

»Habe ich vielleicht die Gartenbank gegossen?« sagte Signor Veneranda erstaunt. »Ich habe die Gießkanne nicht einmal in die Hand genommen. Ich stehe da und schaue Ihnen ganz ruhig zu. Ich würde mir auch nie erlauben, jemandem in seine Arbeit zu pfuschen.«

»Aber ich . . .«, stotterte der arme, vollständig verwirrte Gärtner.

»Aber Sie . . . aber Sie . . .«, schrie nun Signor Veneranda los, weil er die Geduld verlor, »machen Sie doch, was Sie wollen, gießen Sie auch, was Sie wollen, ich will nichts mehr hören, meine Zeit ist zu kostbar!«

Signor Veneranda drehte dem Gärtner den Rücken zu und entfernte sich schimpfend.

Hustenpastillen

Signor Veneranda hielt auf der Straße einen Herrn an.

»Entschuldigen Sie«, sagte Signor Veneranda, »haben Sie Hustenpastillen?«

»Ich?« stotterte der Herr erstaunt.

»Ja, Sie«, sagte Signor Veneranda. »Ich spreche doch mit Ihnen in diesem Augenblick und mit keinem anderen. Haben Sie Hustenpastillen?«

»Ich nicht«, stammelte der Herr noch erstaunter, »ich habe keine Hustenpastillen ... wenn Sie keine haben ...«

»Und warum sollte ich Hustenpastillen haben?« fragte Signor Veneranda, »ich habe keinen Husten.«

»Ich habe auch keinen Husten«, sagte der Herr und wollte weitergehen.

»Was haben Sie nicht?« fragte Signor Veneranda.

»Husten.«

»Aber ich habe Sie doch nicht gefragt, ob Sie Husten haben«, sagte Signor Veneranda. »Ich habe Sie gefragt, ob Sie Hustenpastillen haben.«

»Und warum fragen Sie nicht einen Apotheker?« antwortete der Herr, der sich nicht mehr auskannte.

»Warum, hat der Apotheker Husten?« fragte Signor Veneranda.

»Ich habe gar nicht gewußt, daß der Apotheker hustet. Aber, entschuldigen Sie, welcher Apotheker hat Husten?«

»Er hat keinen Husten«, stotterte der Herr, »er hat Hustenpastillen.«

»Dann sehen Sie also ein, daß man nicht unbedingt Husten haben muß, um Hustenpastillen zu haben?« sagte Signor Veneranda.

»Aber dafür ist er ja Apotheker«, sagte der Herr.

»Ich habe verstanden, daß er Apotheker ist«, sagte Signor Veneranda. »Aber auch ein Apotheker könnte Husten haben, nicht? Nicht daß einer nie Husten haben könnte, weil er Apotheker ist.«

»Hören Sie, ich...«, stammelte nun der Herr und wußte nicht mehr, was er sagen sollte, »ich weiß nicht, was Sie eigentlich wollen...«

»Wenn Sie es nicht wissen, tun Sie mir leid«, sagte Signor Veneranda, »ich glaube, ich habe mich sehr deutlich ausgedrückt. Jedenfalls ist es ganz unnötig, daß Sie mir mit Ihren sonderbaren Argumenten meine kostbare Zeit stehlen.«

Signor Veneranda grüßte den Herrn und ging brummend weiter.

Am Fußballplatz

Signor Veneranda sah einem Fußballspiel zu.

»Entschuldigen Sie«, sagte Signor Veneranda und wandte sich an seinen Nachbarn, »wenn Sie schreien ›nieder mit dem Schiedsrichter‹, machen Sie dann Ihren Regenschirm auf?«

»Wie bitte?« stotterte der Nachbar, der glaubte, falsch verstanden zu haben.

»Ich habe gesagt«, wiederholte Signor Veneranda, »ob Sie Ihren Schirm aufspannen, wenn Sie schreien: ›Nieder mit dem Schiedsrichter‹.«

»Ja aber, warum sollte ich dabei den Regenschirm aufspannen?«

»Weil es regnet«, sagte Signor Veneranda, »wenn es nicht

regnen würde, wüßte ich nicht, warum Sie den Schirm aufspannen sollten, meinen Sie nicht? Oder machen Sie den Schirm auch auf, wenn es nicht regnet?«

»Aber was hat das mit dem Schiedsrichter zu tun?« fragte der Nachbar.

»Wieso, was er damit zu tun hat?« sagte Signor Veneranda, »wenn es regnet, wird er naß.«

»Wer?«

»Na, der Schiedsrichter«, sagte Signor Veneranda.

»Und ich sollte den Schirm aufspannen, wenn der Schiedsrichter naß wird?« fragte der Nachbar immer erstaunter.

»Warum, werden Sie denn nicht naß, wenn es regnet?« fragte Signor Veneranda. »Bloß der Schiedsrichter wird naß?«

»Hören Sie«, sagte der Mann. »Ich verstehe wirklich nicht, was Sie wollen. Erst fragen Sie mich, ob ich den Schirm aufspanne, wenn ich rufe: ›Nieder mit dem Schiedsrichter‹, dann sagen Sie, daß es regnet und der Schiedsrichter naß wird. Kann ich endlich erfahren, was das alles soll?«

»Gar nichts«, sagte Signor Veneranda, »ich fragte Sie nur so. Sie haben vorhin geschrien: ›Nieder mit dem Schiedsrichter‹, aber den Regenschirm haben Sie nicht aufgespannt, obwohl es regnet.«

»Ich habe einen Regenmantel«, sagte der Nachbar, »keinen Regenschirm.«

»Aber der Schiedsrichter nicht«, sagte Signor Veneranda.

»Oh, gehen Sie doch zum Teufel!« schrie der Nachbar, der die Geduld verloren hatte, und suchte schnell einen anderen Platz, während er auf den Nervtöter schimpfte.

Signor Veneranda
mitten im Verkehr

Ein Tandem für den Hahn

Signor Veneranda betrat ein Fahrradgeschäft, das auch Räder vermietete. »Sie vermieten Fahrräder?« fragte Signor Veneranda den Geschäftsinhaber.

»Sicher«, sagte der Geschäftsinhaber, »wünschen Sie ein Rad?«

»Ja also«, sagte Signor Veneranda und zeigte auf einen Hahn, den er in einem Korb bei sich hatte, »eigentlich brauche ich ein Tandem für diesen Hahn.«

»Wie bitte?« fragte der Geschäftsinhaber, der glaubte, nicht richtig verstanden zu haben, »Sie wollen also ein Tandem?«

»Aber sicher, vermieten Sie keine Tandems?«

»Wir vermieten auch Tandems«, sagte der Geschäftsinhaber, »aber für wen wollen Sie ein Tandem?«

»Für diesen Hahn«, sagte Signor Veneranda. »Was ist da so Seltsames dran, daß Sie so ein Gesicht ziehen? Ist noch nie jemand gekommen, ein Tandem zu mieten?«

»Ja schon... nur nicht für einen Hahn...«, stotterte der Geschäftsinhaber konfus.

»Aber für zwei schon?« fragte Signor Veneranda. »Vielleicht haben sie schon einmal eines verlangt für zwei Hähne? Da haben Sie nicht so unrecht, denn ein Tandem hat immer zwei Sitze, aber da ich nur den einen Hahn habe...«

»Ich kann Ihnen ein Fahrrad geben«, stotterte der Geschäftsinhaber immer verwirrter.

»Wieso glauben Sie, daß mein Hahn radfahren kann?« fragte Signor Veneranda. »Das schlagen Sie sich nur aus dem Kopf: mein Hahn kann nicht radfahren, und überhaupt habe ich noch nie radfahrende Hähne gesehen. Deshalb wollte ich ein Tandem und kein Fahrrad.«

»Warum? Kann Ihr Hahn denn auf einem Tandem fahren?«
stotterte der Geschäftsinhaber.

»Um auf einem Tandem zu fahren, braucht man nicht
radfahren zu können«, sagte Signor Veneranda, »es genügt, wenn es der kann, der vorne sitzt.«

»Und wer sitzt vorne?«

»Das weiß ich nicht«, sagte Signor Veneranda, »wie soll ich
das wissen? Wahrscheinlich sitzt der vorne, der besser
radfahren kann...«

»Aber ich...«, stotterte der Geschäftsinhaber vollkommen
verwirrt.

»Aber Sie, aber Sie«, schrie Signor Veneranda los, »Sie sind
ein Schwätzer und sonst gar nichts, ich gehe einfach in ein
anderes Geschäft.«

Und Signor Veneranda drehte sich um und verließ den
Laden brummend und die Tür zuschlagend.

In der Tram

Signor Veneranda bestieg die Tram und näherte sich einem
sitzenden Herrn.

»Entschuldigen Sie«, sagte Signor Veneranda, »kann ich die
Zeitung lesen?«

»Wie bitte?« stotterte der Herr, der glaubte, nicht richtig
verstanden zu haben.

»Ich habe Sie gefragt«, wiederholte Signor Veneranda, »ob
ich die Zeitung lesen kann.«

»Von mir aus«, sagte der Herr, »können Sie es ruhig tun.
Sie können lesen, was Sie wollen.«

»Da ist aber eine kleine Schwierigkeit«, sagte Signor Veneranda.

»Welche?«

»Daß ich keine Zeitung habe«, sagte Signor Veneranda. »Infolgedessen kann ich sie nicht lesen. Stimmt's? Wie kommen Sie darauf, mir zu sagen, ich soll die Zeitung lesen, wenn ich keine habe? Können Sie Zeitung lesen, wenn Sie keine haben?«

»Ich nicht«, stotterte der Herr sehr erstaunt.

»Nun, wenn Sie sie nicht lesen können, weil Sie keine haben, kann ich es auch nicht«, sagte Signor Veneranda. »Ich bin auch nicht anders gebaut als Sie.«

»Dann lesen Sie sie eben nicht«, sagte der Herr, der nicht mehr wußte, was er antworten sollte.

»Sicher lese ich sie nicht«, sagte Signor Veneranda. »So ein Idiot bin ich auch wieder nicht, daß ich mir einbilde, eine Zeitung lesen zu können, wenn ich keine habe. Sie aber haben gesagt, daß ich sie lesen kann.«

»Ich habe nicht gewußt, daß Sie keine Zeitung haben«, antwortete der Herr.

»Jetzt wissen Sie's aber«, sagte Signor Veneranda, »sind Sie immer noch der gleichen Ansicht?«

»Nein, bestimmt nicht«, sagte der Herr. »Wenn Sie keine haben, können Sie keine lesen.«

»Aber ich kann eine kaufen«, sagte Signor Veneranda. »Oder glauben Sie vielleicht, ich könnte keine Zeitung kaufen?«

»Aber nein . . .«, stotterte der Herr, der nichts mehr zu sagen wußte.

»So was«, sagte Signor Veneranda, »zum Glück muß ich hier aussteigen. Wer weiß, was Sie sonst noch von mir verlangt hätten.«

Und Signor Veneranda stieg schnellstens aus und ging brummend davon.

Brauchen Sie ein Taxi?

Signor Veneranda hielt auf der Straße einen Herrn an.
»Entschuldigen Sie«, sagte Signor Veneranda, »brauchen Sie ein Taxi?«
»Ich nicht«, sagte der Herr erstaunt, »warum?«
»Wieso – warum?« fragte Signor Veneranda zurück, »weil, wenn man ein Taxi braucht, man entweder eines ruft oder zum Taxi-Standplatz geht, mir scheint, das ist doch ganz einfach und durchaus verständlich.«
»Aber ich brauche kein Taxi«, sagte der Herr.
»Dann ist's ja gut«, sagte Signor Veneranda darauf, »wenn Sie keines brauchen, rufen Sie eben keines und gehen nicht zum Standplatz. Was soll ich Ihnen sonst sagen?«
»Ich habe nicht die Absicht, ein Taxi zu rufen«, sagte der Herr, »ich weiß nicht, wer Ihnen gesagt hat, daß ich die Absicht habe, ein Taxi zu rufen.«
»Niemand hat mir etwas gesagt«, sagte Signor Veneranda, »*Sie* erzählen mir andauernd einen Haufen Unsinn. Ich falle aus allen Wolken. Wenn ich etwas brauche, dann besorge ich mir's und belästige nicht andere Leute.«
»Sie entschuldigen schon«, stotterte der Herr, »ich belästige niemanden, Sie sind dahergekommen und haben mich gefragt, ob ich ein Taxi brauche.«
»Und wenn schon?« fragte Signor Veneranda, »was wollen Sie damit sagen? Daß ich Sie belästigt habe, weil ich Sie fragte, ob Sie ein Taxi brauchen? Das ist großartig! Da will man höflich und zuvorkommend sein, und dann sagen Sie, daß man Sie belästigt!«
»Aber nein ...«, stotterte der Herr, der nicht mehr aus noch ein wußte.
»Aber nein, aber nein ...«, schrie Signor Veneranda nun los,

weil er die Geduld verlor, »jetzt sage ich Ihnen, was Sie sind: Sie sind so einer, der zu viel Zeit hat und anderen Leuten mit seinem Geschwätz auf die Nerven geht. Hören Sie zu: wenn Sie ein Taxi brauchen, nehmen Sie sich eines, wenn nicht, dann nicht. Mir ist das wirklich ganz egal.« Signor Veneranda drehte dem Herrn den Rücken zu und ging brummend davon.

Sind Sie frei?

Signor Veneranda gab einem Lastwagen mit einer Ladung Sand das Haltezeichen. Der Mann am Steuer lenkte den Wagen an den Straßenrand und hielt.

»Was wollen Sie?« fragte der Mann Signor Veneranda.

»Sind Sie frei?« fragte Signor Veneranda zurück.

»Wer?« fragte der Mann.

»Sie«, sagte Signor Veneranda. »Mit Ihnen spreche ich, scheint mir.«

»Ob ich frei bin?« sagte der Lenker des Lastwagens, ganz erstaunt. »Wie meinen Sie das? Ich tue meine Arbeit, das sehen Sie doch, und überhaupt, was reden Sie denn daher? Mein Wagen ist doch kein Taxi!«

»Das sehe auch ich, daß das kein Taxi ist«, sagte Signor Veneranda, »ich brauche auch kein Taxi. Wenn ich ein Taxi brauche, würde ich ein Taxi anhalten.«

»Warum fragen Sie mich dann, ob ich frei bin?« sagte der Mann.

»Und warum antworten Sie mir nicht, daß Sie besetzt sind?« sagte Signor Veneranda. »Wenn einer nicht frei ist, heißt das, daß er besetzt ist. Da brauchen Sie doch kein Geheimnis daraus zu machen, wenn Sie besetzt sind. Nicht frei sein ist doch keine Schande, finden Sie nicht?«

»In Ordnung«, sagte friedfertig der Mann, »ich habe halt geglaubt, daß Sie nicht sofort begriffen hätten, daß mein Wagen kein Taxi ist und ich kein Taxichauffeur.«

»Was reden Sie denn da?« sagte Signor Veneranda, »sind vielleicht normalerweise nur die Taxichauffeure besetzt? Wenn einer einen Lastwagen mit Sand fährt, ist er da nicht auch besetzt?«

»Ich... ich...«, stotterte der Mann, der nicht mehr wußte, was er sagen sollte.

»Sie... Sie...«, schrie nun Signor Veneranda und verlor die Geduld. »Sie haben überhaupt keine Freude an Ihrer Arbeit, das merkt man, weil Sie Ihre Zeit damit vertun, blöde Gespräche mit Passanten zu führen. Mir ist meine Zeit aber zu kostbar, daß ich's so mache wie Sie, verstanden?«

Signor Veneranda neigte zum Gruß nur ganz wenig den Kopf und ging brummend davon.

Der Chauffeur weiß nicht warum

Signor Veneranda beugte sich vor und bat den Chauffeur, der sein Taxi lenkte, einen Moment zu halten.

Der Chauffeur bremste und hielt dicht am Trottoirrand. Signor Veneranda stieg aus, ging um das Taxi herum und stieg wieder ein.

»Sie können weiterfahren«, sagte Signor Veneranda zum Chauffeur.

»Ist gut«, sagte der Chauffeur, »aber würden Sie mir sagen, warum Sie ausgestiegen sind?«

»Sie haben also gesehen«, sagte Signor Veneranda, »daß ich um den Wagen herumgegangen und wieder eingestiegen bin. Sie haben doch gesehen, daß ich wieder eingestiegen bin?«

»Ich hab's gesehen«, sagte der Chauffeur, »aber ich weiß nicht warum.«

»Sie wissen nicht, warum ich wieder eingestiegen bin?« sagte Signor Veneranda, »aber das ist doch so einfach, da gibt's nichts zu erklären. Wenn einer ein Taxi nimmt, steigt er ein, nicht wahr? Dann stiegt er aus, wenn er an seinem Bestimmungsort angelangt ist.«

»Aber Sie sind ausgestiegen«, stotterte der Chauffeur.

»Ja, aber ich bin wieder eingestiegen«, sagte Signor Veneranda.

»Ich bin ja noch nicht angekommen, wo ich hinwollte. Wär's Ihnen lieber gewesen, wenn ich auf der Straße stehengeblieben wäre? Dann kann ich ja aussteigen und mir ein anderes Taxi nehmen.«

»Nein, nein...«, sagte der Chauffeur, »das habe ich nicht gemeint. Ich habe mich nur gewundert, warum Sie rund um mein Taxi gegangen sind.«

»Na ja«, sagte Signor Veneranda, »wenn ich nur zur Hälfte herumgegangen wäre, hätte ich ja nicht wieder einsteigen können. Zwangsläufig mußte ich um den ganzen Wagen herumgehen, damit ich wieder zur Tür zurückkomme, die ich zum Aussteigen aufgemacht hatte. Können Sie zum Beispiel von hinten in Ihr Taxi einsteigen, wo der Gepäckraum ist und der Ersatzreifen?«

»Sicher nicht«, stammelte der Chauffeur, der keine Antwort mehr fand.

»Also was wollen Sie dann eigentlich?« sagte Signor Veneranda, »zum Glück sind wir angekommen, sonst fänden Sie noch kein Ende mit diesen blödsinnigen Diskussionen.« Signor Veneranda zahlte seinen Fahrpreis und stieg brummend aus.

Der Schutzmann

Signor Veneranda näherte sich einem Schutzmann, der an einer Straßenkreuzung stand.

»Verzeihen Sie«, sagte Signor Veneranda zu dem Polizisten, »warum schreiben Sie den Herrn, der dort steht, nicht auf?« Signor Veneranda zeigte auf einen Herrn, der am Rand des Trottoirs stand und dort auf jemanden wartete.

»Aber...«, sagte der Schutzmann, »ich sehe nicht ein, warum ich ihn aufschreiben sollte.«

»Weil dort Parkverbot ist«, sagte Signor Veneranda.

»Aber der Herr hat ja keinen Wagen«, sagte der Schutzmann.

»Er hat keinen Wagen?« sagte Signor Veneranda, »bitte, wieso wissen Sie, daß der Herr keinen Wagen hat? Kennen Sie ihn?«

»Ich kenne ihn nicht«, sagte der Polizist.

»Also, wenn Sie ihn nicht kennen, können Sie gar nicht wissen, ob er einen Wagen hat oder nicht. Habe ich einen Wagen?«

»Nein«, sagte der Schutzmann.

»Ich habe aber einen«, sagte Signor Veneranda, »ich habe einen Wagen, wenn Sie nichts dagegen haben.«

»Aber jetzt haben Sie ihn nicht.«

»Ich habe ihn auch jetzt«, sagte Signor Veneranda, »ich brauche nur in die Garage zu gehen und ihn zu holen.«

»Hören Sie«, sagte der Schutzmann, »hier ist Parkverbot für Autos. Ich muß den Wagen, die stehenbleiben, wo es verboten ist, einen Strafzettel schreiben, und damit basta.«

»Was geht mich das an?« sagte Signor Veneranda. »Das ist Ihre Sache. Ich habe von ganz etwas anderem gesprochen. Sie stellen ganz einfach die Behauptung auf, ich hätte keinen Wagen, obwohl ich einen habe.«

»Ich habe gar nichts...«, stotterte der Schutzmann und wußte nicht mehr aus noch ein.

»Lassen Sie mich in Ruhe«, sagte Signor Veneranda, »ich habe keine Lust, meine Zeit mit unnützem Gerede zu vertun.«

Signor Veneranda ging brummend seines Weges.

Der Droschkenkutscher

Signor Veneranda stieg aus dem Fiaker, fragte nach dem Fahrpreis und zahlte dann den Kutscher.

»Den Rest können Sie behalten«, sagte Signor Veneranda zum Kutscher.

»Wieso?« fragte der Kutscher, der das Geld gezählt hatte.

»Ich habe gesagt«, sagte Signor Veneranda, »daß Sie den Rest behalten können.«

»Aber wenn Sie mir den abgezählten Fahrpreis gegeben haben?« protestierte der Kutscher.

»Warum hätte ich das Geld nicht abzählen sollen?« sagte Signor Veneranda erstaunt, »Sie haben es doch auch gezählt!«

»In Ordnung«, sagte der Kutscher, »aber Sie haben gesagt, daß ich den Rest behalten soll.«

»Und warum wollen Sie den Rest nicht behalten?«

»Aber Sie haben mir doch nur den genauen Fahrpreis gegeben, da bleibt mir doch nichts übrig!« beklagte sich der Kutscher.

»Und warum sollte etwas übrig bleiben?« antwortete Signor Veneranda. »Wenn ich Ihnen den genauen Fahrpreis bezahlt habe, ist's nur natürlich, daß nichts übrig bleibt. Soll Ihnen vielleicht der Preis für ein neues Pferd übrigbleiben?«

»Aber ich . . .«, stotterte der Kutscher verwirrt, »ich verstehe Sie nicht.«

»Wieso verstehen Sie mich nicht?« schrie Signor Veneranda nun los, »ich verstehe Sie nicht, was Sie überhaupt von mir wollen! Wenn ich Ihnen den genauen Fahrpreis zahle, was soll Ihnen denn da übrigbleiben?«

»Nichts«, sagte traurig der Kutscher.

»Also dann«, schrie Signor Veneranda, »hören Sie schon endlich zu schimpfen auf!«

»Aber wenn doch Sie mir gesagt haben, ich soll den Rest behalten!« schrie nun auch der Kutscher.

»Hören Sie«, schrie nun wieder Signor Veneranda, »wenn Sie übergeschnappt sind, kann ich nichts machen. Schauen Sie selber, wie Sie zurechtkommen, ich gehe.«

Er rückte seinen Hut tief in die Stirn und drehte sich brummend um: »Was es doch für Menschen gibt! Erst behauptet er, daß ihm nichts übrigbleibt, dann protestiert er auch noch, wenn man ihm sagt, daß er den Rest behalten kann. Das könnte ich verstehen, wenn ihm etwas übriggeblieben wäre! Um nichts sind die Leute heute beleidigt!«

Der Fiaker

Signor Veneranda näherte sich einem Fiaker, der an seinem Standplatz hielt.

»Entschuldigen Sie«, sagte Signor Veneranda zum Pferd, »können Sie mich zum Bahnhof fahren?«

»Aber sicher«, antwortete der Fiaker, »sicher kann ich das.«

»Ich habe nicht *Sie* gefragt«, sagte Signor Veneranda, »ich habe mit dem Pferd gesprochen.«

»Aber das Pferd kann doch nicht anworten«, sagte der Fiaker, »antworten kann nur ich Ihnen.«

»Also gut«, sagte Sognor Veneranda, »können Sie mich zum Hauptbahnhof fahren?«

»Ich habe schon gesagt, daß ich kann«, antwortete der Fiaker.

»Und auf was warten Sie dann, um das Pferd auszuspannen?« fragte Signor Veneranda.

»Das Pferd ausspannen?« fragte der Fiaker erstaunt zurück, »warum sollte ich mein Pferd ausspannen?«

»Weil Sie gesagt haben, daß nicht das Pferd mich zum Bahnhof bringt, sondern Sie«, sagte Signor Veneranda, »und wenn Sie das tun, ist es nur logisch, daß Sie die Stelle des Pferdes einnehmen.«

»Was sind das für Geschichten?« protestierte der erstaunte Fiaker.

»Das sind gar keine Geschichten«, sagte Signor Veneranda, »ich halte mich nur an das, was Sie mir sagen. *Sie* haben doch vorgeschlagen, mich an Stelle Ihres Pferdes zum Bahnhof zu bringen. Nicht im Traum wäre mir eingefallen, Ihnen so etwas vorzuschlagen.«

»Ich habe nicht...«, stammelte der Fiaker, der nicht mehr wußte, was er sagen sollte.

»Sie haben nicht, Sie haben nicht ...«, schrie Signor Veneranda, »Sie wollen mir nur meine kostbare Zeit stehlen und sonst nichts. Ist mir egal, für dieses Mal nehme ich mir ein Taxi.«

Und Signor Veneranda entfernte sich brummend.

Die Katze im Fiaker

Signor Veneranda hielt einen Fiaker an.

»Via delle Vele 14«, sagte Signor Veneranda zu dem Kutscher, setzte dann eine Katze in den Fond des Wagens und wollte seiner Wege gehen.

»He«, schrie der Kutscher ihm nach, »he, was ist denn los?«

»Nichts«, sagte Signor Veneranda, »gar nichts ist los.«

»Sie haben eine Katze in meinen Wagen gesetzt und eine Adresse angegeben«, stotterte der erstaunte Fiaker, »kann man erfahren, was das bedeuten soll?«

»Das bedeutet gar nichts«, antwortete Signor Veneranda, »was soll denn schon sein? Die Adresse habe ich Ihnen gesagt, weil die Katze nicht sprechen kann. Wollen Sie die Adresse ausgerechnet von der Katze hören?«

»Also«, stotterte der Kutscher, »Sie wollen also, daß ich die Katze zu der Adresse fahre, die Sie mir angegeben haben?«

»Machen Sie's nur«, sagte Signor Veneranda, »Sie können mir glauben, es interessiert mich gar nicht. Von mir aus können Sie sie hinbringen, wo Sie gerade Lust haben.«

»Ja aber dann«, stammelte der völlig konfuse und wirre Kutscher, »warum haben Sie mir diese Adresse angegeben?«

»Ja mein Gott«, sagte Signor Veneranda, »ich habe sie Ihnen

gesagt, weil die Katze nicht sprechen kann. Wenn Sie mir nicht glauben, fragen Sie sie selbst!«

»Aber ich ...«, stotterte der arme Kutscher, der nicht mehr wußte, was er sagen sollte.

»Aber Sie, aber Sie«, brüllte Signor Veneranda nun los, weil er die Geduld verlor, »Sie sind ein ganz blöder Kerl, das sind Sie! Warum töten Sie denn den Leuten den Nerv wegen einer Katze? Ich habe Ihnen schon gesagt, daß die Katze nicht mir gehört und daß Sie mit ihr machen können, was Sie wollen!«

Und Signor Veneranda ging schimpfend und achselzuckend davon.

Erstens: die Katze hinauswerfen

Signor Veneranda setzte sich ans Steuer, und der Fahrlehrer nahm neben ihm Platz.

»Also«, sagte der Fahrlehrer, »was müssen Sie als erstes tun, um den Motor in Gang zu bringen?«

»Nun«, sagte Signor Veneranda und schaute rundherum, »als erstes versichere ich mich, daß keine Katze im Wagen ist.«

»Wie bitte?« fragte der Fahrlehrer baß erstaunt, »was haben Sie da gesagt?«

»Ich habe gesagt«, wiederholte Signor Veneranda, »als erstes versichere ich mich, daß keine Katze im Wagen ist. Es kann doch sehr gefährlich werden, einen Wagen zu steuern, wenn eine Katze drin ist, finden Sie nicht auch? Aus diesem Grund werfe ich die Katze sofort hinaus, wenn ich in den Wagen steige.«

»Ich lehre Sie Auto fahren«, sagte der Fahrlehrer, »die Katze hat nichts damit zu tun. Das erste, was Sie tun müssen, ist, sich zu versichern, daß der Schalthebel auf ›Leerlauf‹ steht.«

»Also gut«, sagte Signor Veneranda, »Sie sind der Lehrer, und ich mache, was Sie mir sagen. Als erstes muß ich mich also versichern, daß der Schalthebel auf ›Leerlauf‹ steht, und dann werfe ich die Katze hinaus. Ich dachte allerdings, es wäre besser, die Katze vorher hinauszuwerfen, aber ich kann mich ja irren. Wenn Sie sagen, man soll die Katze erst hinauswerfen, wenn die Schaltung auf ›Leerlauf‹ steht, wird's wohl richtig sein.«

»Hören Sie zu«, sagte der Fahrlehrer und knirschte mit den Zähnen, »hier im Auto gibt's keine Katzen, ist das klar? Auch wenn Katzen drin wären, würde mich das nichts angehen, stimmt's? Ich bin da, um Ihnen das Autofahren beizubringen, und nicht, um Ihnen zu zeigen, wie man Katzen aus dem Wagen schmeißt. Habe ich mich deutlich genug ausgedrückt?«

»Allerdings«, sagte Signor Veneranda, »so deutlich, daß ich nie wagen würde, von Ihnen zu verlangen, daß Sie mir beibringen, eine Katze aus dem Auto zu werfen. Das bringe ich schon von alleine fertig, ohne daß Sie mir es zeigen. Selbst angenommen, ich wüßte nicht, wie man eine Katze aus dem Auto wirft, muß ich Ihnen sagen, daß es, um die Fahrprüfung zu bestehen, nicht notwendig ist, zu wissen, wie man eine Katze aus dem Auto wirft ... Ist's vielleicht nicht so?«

»Es ist so«, sagte der Fahrlehrer und wischte sich den Schweiß von der Stirn.

»Nachdem der Fall mit der Katze geklärt ist«, sagte Signor Veneranda, »brauchen Sie mir nur noch beizubringen, wie man ein Auto steuert. Also: ich versichere mich, daß der

Schalthebel auf ›Leerlauf‹ steht, dann werfe ich die Katze hinaus, und dann?...«

»Wenn schon eine Katze im Wagen ist, können Sie sie genau so gut zuerst hinauswerfen«, flüsterte der Fahrlehrer mit umnachtetem Gehirn und leisem Schluchzen in der Stimme.

»Aber nein!« fuhr nun Signor Veneranda auf, »Sie müssen sich schon entscheiden: erst sagen Sie mir, ich soll als erstes die Schaltung auf ›leer‹ stellen, und jetzt wollen Sie, ich soll die Katze hinauswerfen. Was ist das für eine Art, jemandem das Autofahren beizubringen? Sie wissen ja nicht einmal wie man damit anfängt, das muß ich Ihnen schon sagen!« Signor Veneranda stieg aus dem Wagen und warf die Tür hinter sich zu.

»Ich werde mir einen anderen Fahrlehrer suchen, einen, der die Materie beherrscht«, schrie Signor Veneranda. Eilig entfernte er sich, während der Fahrlehrer ihm mit aufgerissenen Augen nachblickte.

Die Fußbremse

Signor Veneranda saß neben dem Fahrer, und der Überlandomnibus begann seine Fahrt auf der vereisten Straße.

»Schlechte Straße«, sagte Signor Veneranda.

»Sehr schlecht«, gab der Fahrer zu.

»Das Fahren auf einer dermaßen vereisten Straße ist gefährlich«, meinte Signor Veneranda weiter.

»Und ob!« bestätigte der Fahrer. »Das Glatteis ist zwei Finger dick.«

»Was geschieht, wenn Sie auf die Fußbremse treten?« fragte Signor Veneranda.

»Dann dreht sich der Wagen, statt zu halten, um sich selbst und landet im Straßengraben«, erwiderte der Fahrer.

»Also ist es besser«, sagte Signor Veneranda, »nicht auf die Fußbremse, sondern auf einen Katzenschwanz zu treten. Landet man im Straßengraben, wenn man auf einen Katzenschwanz tritt?«

»Einen Katzenschwanz? Nein. Man fährt nur in den Graben, wenn man die Fußbremse bedient«, sagte der Fahrer.

Signor Veneranda sah nach, wo der Fahrer die Füße hatte.

»Verzeihen Sie«, sagte Signor Veneranda, »ich kann gar keinen Katzenschwanz entdecken.«

»Wo sollten denn Katzenschwänze sein?« fragte der erstaunte Fahrer.

»Hier unten, statt der Bremse«, sagte Signor Veneranda. »Denn tritt man auf den Schwanz einer Katze, so fährt man nicht in den Graben. Tritt man dagegen auf die Fußbremse, so stürzt man wohl hinein. Darum verstehe ich nicht, warum man keinen Katzenschwanz an Stelle der Fußbremse anbringt.«

»Aber mit dem Katzenschwanz kann man doch den Wagen nicht anhalten«, stammelte der Fahrer, der nicht mehr recht wußte, was er sagen sollte.

»Mit der Bremse auch nicht. Sie haben es selber gesagt«, entgegnete Signor Veneranda.

»Ich, ich ... Zum Teufel, was meinen Sie eigentlich!« stotterte der völlig verdatterte Fahrer.

»Oh, nichts«, sagte Signor Veneranda. »Es scheint mir nur, daß man, wenn ein Katzenschwanz sicherer ist als die Bremse ...«

Der Fahrer trat auf die Fußbremse, der Überlandomnibus drehte sich um sich selbst und wurde von einem Baum sanft zum Stehen gebracht.

Signor Veneranda machte einem Boten, der mit seinem Fahrrad daherkam, ein Zeichen, und der Bote hielt an.

»Entschuldigen Sie«, sagte Signor Veneranda und beugte sich aus dem Fenster seines Wagens, »würden Sie gerne ein wenig anschieben?«

»Aber natürlich«, sagte der Bote. Er stieg von seinem Fahrrad, schob es an den Randstein, ging dann hinter den Wagen und schob an. Durch das Anschieben kam der Wagen in Bewegung und lief ungefähr hundert Meter.

»Auf was warten Sie eigentlich, um den Gang einzulegen?« fragte der Bote den Signor Veneranda. »Wenn Sie den Gang nicht einlegen, kann ja der Motor nicht anspringen.«

»Wenn's nur das ist«, sagte Signor Veneranda, »ich brauche ja nur die Zündung zu betätigen.«

Signor Veneranda betätigte also die Zündung, und der Motor sprang an.

»Ja gibt's denn so was!« staunte der Bote, »warum haben Sie mich dann gebeten, den Wagen anzuschieben?«

»Ich habe Sie nicht gebeten, den Wagen anzuschieben«, sagte Signor Veneranda, »ich habe Sie nur gefragt, ob Sie gern ein wenig anschieben würden. Sie haben gesagt, ›aber natürlich‹. Wenn Sie's also gern tun, schieben Sie ruhig weiter.«

»Ich habe gedacht, Ihr Motor springt nicht an«, stotterte der ganz verdatterte Bote.

»Denken können Sie, was Sie wollen«, sagte Signor Veneranda, dafür kann ich nichts. Ich habe Sie schieben lassen, und damit genug, und Sie, statt sich dafür zu bedanken, beklagen sich auch noch...«

»Bedanken? Ja, für was denn?« schrie der Bote. »Dafür

vielleicht, daß Sie mich Ihren Wagen ganz grundlos haben anschieben lassen?«

»Ich habe Sie überhaupt nicht anschieben lassen. Sie wollten doch. Ich habe mich nur erkundigt, ob Sie gern anschieben würden oder nicht. Sie haben gesagt, daß Sie es gerne tun und haben geschoben. Ein anderer an meiner Stelle wäre nicht so rücksichtsvoll gewesen, der hätte wahrscheinlich gesagt: ›Gehen Sie, zu wem Sie wollen, ich habe keine Zeit‹.«

»Ich habe aber gar keine Lust, Autos anzuschieben«, protestierte der Bote.

»Jetzt hören Sie mal zu«, sagte Signor Veneranda, »widersprechen Sie sich doch nicht! Wenn Sie schon unbedingt diskutieren müssen, stehlen Sie nicht mir meine Zeit. Entschuldigen Sie«, schrie er dann einem Autofahrer zu, der seinen Wagen neben dem seinigen parkte, »möchten *Sie* sich von diesem Spaßvogel hier schieben lassen. Ich habe eine dringende Verabredung heute früh...«

Und Signor Veneranda legte den Gang ein und startete im Raketentempo.

Die entgegengesetzte Richtung

Signor Veneranda hielt mit seinem Auto am Trottoirrand.

»Entschuldigen Sie«, sagte Signor Veneranda zu einem Passanten, der seines Weges ging, »wollen Sie mitfahren?«

Der Herr blieb stehen und betrachtete verwundert den Signor Veneranda.

»Meinen Sie mich?« fragte er.

»Ja, Sie meine ich«, antwortete Signor Veneranda, »ich habe Sie gefragt, ob Sie mitfahren wollen.«

»Will ich nicht«, sagte der Passant. »Ich hab's nicht weit und gehe gern ein wenig zu Fuß. Und überhaupt fahren Sie ja in die entgegengesetzte Richtung von meinem Ziel.«

»Da irren Sie sich«, sagte Signor Veneranda. »*Sie* gehen in die entgegengesetzte Richtung, nicht ich. Ich muß genau nach dieser Seite.«

»Und ich nach dieser«, sagte der Passant und zeigte in die von Signor Veneranda entgegengesetzte Richtung.

»Dann gehen Sie also in die entgegengesetzte Richtung«, sagte Signor Veneranda.

»Kann schon sein«, sagte der Passant, »jedenfalls gehe ich in die Richtung, die mir paßt, und zu Fuß.«

»Wenn Sie zu Fuß gehen wollen, tun Sie's nur«, sagte Signor Veneranda, »ich verstehe nur nicht, wie Sie jemals ans Ziel kommen wollen, wenn Sie immer in der entgegengesetzten Richtung marschieren.«

»Ich habe gesagt, daß ich nicht in die entgegengesetze Richtung gehe«, stotterte der Passant, der langsam in Verwirrung geriet.

»Wenn Sie also nicht in die entgegengesetzte Richtung gehen«, sagte Signor Veneranda, »haben wir denselben Weg, nur mit dem Unterschied, daß Sie gehen und ich fahre.«

»Ich habe nicht denselben Weg«, stotterte der Passant.

»Und welchen Weg haben Sie dann?« fragte Signor Veneranda.

»Einen anderen«, sagte der Passant.

Signor Veneranda beugte sich aus dem Wagenfenster und las das Schild mit dem Straßennamen.

»Ich habe nicht...«, stotterte der Passant, der nicht mehr wußte, was er sagen sollte.

»Sie haben nicht, Sie haben nicht...«, schrie nun Signor Veneranda los, weil er die Geduld verlor. »Was für eine Type! Da möchte man einem seiner Mitmenschen einen Gefallen tun, und der findet nichts als einen Haufen dummer Ausreden!«

Und Signor Veneranda drückte den Gashebel durch und brauste davon.

Ein Hund hat Vorfahrtsrecht

Signor Veneranda fuhr mit seinem Kleinwagen auf einer Staatsstraße. Als das Schild mit der Geschwindigkeitsgrenze von 50 km auftauchte, erhöhte er sein Tempo auf hundert Stundenkilometer, und als er zu einer Überholverbotstafel kam, überholte er einen Lastkraftwagen mit Anhänger und fuhr dann auf der rechten Seite weiter.

Sein neben ihm sitzender Freund, mit einem kleinen, schwarzen Pudel auf dem Schoß, schaute ihn äußerst erstaunt an.

»Donnerwetter!« rief er aus, »ich dachte immer, du respektierst die Verkehrsregeln. Jetzt sehe ich, daß du genau das Gegenteil von dem machst, was Vorschrift ist.«

»Ich?« sagte baß erstaunt Signor Veneranda. »Da irrst du dich aber. Was habe ich denn gemacht, das ich nicht hätte machen sollen?«

»Also«, sagte der Freund, »du hast die Geschwindigkeitsbegrenzung nicht beachtet und bist einem Lastwagen in der Verbotszone vorgefahren. Hast du denn die Tafeln nicht gesehen?«

»Natürlich habe ich sie gesehen«, sagte Signor Veneranda, »aber es existiert kein Paragraph in der Straßenverkehrsordnung, der den Hunden verbietet, die Geschwindigkeitsgrenze zu überschreiten oder Lastwagen zu überholen.«

»Den Hunden? Was haben denn die Hunde damit zu tun?« fragte erstaunt der Freund den Signor Veneranda.

»Wieso, was haben die Hunde damit zu tun? Ist das vielleicht kein Hund?« sagte Signor Veneranda und zeigte mit dem Kopf auf den kleinen Pudel.

»Es ist ein Hund«, sagte der Freund des Signor Veneranda, »aber nicht er, sondern du hast die Verkehrsregeln nicht beachtet. Du bist nicht langsamer gefahren, und du hast den Lastwagen überholt.«

»Klar, daß ich es war«, sagte Signor Veneranda, »ich konnte doch den Hund nicht ans Steuer lassen: ein Hund kann doch nicht chauffieren.«

»Und wer hat dir gesagt, daß du den Hund chauffieren lassen solltest?«

»Niemand. Und ich hab's ja auch nicht getan.«

»Aber du hättest auch nicht zu schnell fahren und den Lastwagen überholen dürfen.«

»Klar, daß nicht«, sagte Signor Veneranda, »aber der Hund hätte gedurft. Kein Paragraph der Straßenverkehrsordnung verbietet es ihm.«

»Er kann schneller laufen, ja, aber nicht im Wagen fahren«, sagte der Freund und hoffte, die Diskussion damit zu beenden.

»Und warum wolltest du dann den Hund im Auto mitnehmen?« fragte Signor Veneranda.

»Weil ich ihn bei mir haben will«, sagte der Freund, »es ist doch nicht verboten, Hunde im Auto mitzunehmen.«

»Und ich kann deinem Hund nicht verbieten, die Geschwin-

digkeit zu überschreiten und in einer Verbotszone zu überholen«, protestierte Signor Veneranda.

»Wieso nicht?« brüllte der Freund des Signor Veneranda,
»am Steuer sitzt doch du und nicht mein Hund!«

»Nun denn«, sagte Signor Veneranda und hielt am Straßenrand, »setze deinen Hund ans Steuer. Wir werden ja sehen,
was er anstellt. Du bist schon ein einmaliger Dickschädel!«

»Der Dickschädel bist du!« schrie der Freund des Signor
Veneranda, der die Geduld endgültig verlor. »Mein Hund
hat noch nie einen Lastwagen überholt!«

»Wieso nicht? Wenn er ihn nicht überholt hätte, säße er
ja jetzt nicht auf deinem Schoß«, sagte Signor Veneranda.
Der Freund des Signor Veneranda wußte nicht mehr, was
er sagen sollte. »Ich... weißt du, was ich mache? Ich steige
aus und gehe zu Fuß.«

»Sehr gut«, sagte Signor Veneranda, »dann fahre ich eben
allein weiter und kann wenigstens die Verkehrsregeln be-
achten.«

Der Freund des Signor Veneranda stieg mit seinem schwarzen Pudel aus, Signor Veneranda legte den ersten Gang ein
und entfernte sich in einer dichten Staubwolke.

Der Motor hat Zündkerzen

Signor Veneranda hielt mit seinem Wagen vor einer Repa-
raturwerkstatt.

»Entschuldigen Sie«, sagte Signor Veneranda zum Mechaniker, der herbeigelaufen war, um zu fragen, was er brauche,
»wollen Sie sich den Motor ansehen?«

»Sofort«, sagte der Mechaniker, »was hat er denn?«

»Ich weiß nicht«, sagte Signor Veneranda, »ich glaube, es sind die Zündkerzen.«

»Verschmutzt?« fragte der Mechaniker.

»Ich weiß nicht«, sagte Signor Veneranda, »ich weiß nicht, ob sie verschmutzt sind, neu waren sie ganz sauber.«

»Ärgern sie Sie?«

»Mich nicht«, sagte Signor Veneranda.

»Ich meine ja auch nicht Sie, sondern den Motor«, sagte der Mechaniker.

»Ich glaube nicht«, sagte Signor Veneranda, »mir scheint, der Motor ist in Ordnung.«

»Was haben denn dann die Zündkerzen?«, fragte der Mechaniker.

»Ich habe nicht gesagt, daß die Zündkerzen etwas haben«, sagte Signor Veneranda. »Ich habe gesagt, im Motor sind Zündkerzen. Habe ich vielleicht eine Dummheit gesagt? Wenn's nach Ihnen ginge, müßte der Motor keine Zündkerzen haben?«

»Nein, nein, natürlich muß er sie haben«, sagte der Mechaniker.

»Dann hat's ja gestimmt«, sagte Signor Veneranda. »Falsch wäre gewesen, wenn ich zum Beispiel gesagt hätte, der Motor hat statt Kerzen Füllfedern. Habe ich recht?«

»Hören Sie«, sagte der Mechaniker, der anfing, sich zu verwirren.

»Warum soll ich dann den Motor ansehen, wenn er in Ordnung ist?«

»Warum?« wiederholte Signor Veneranda. »Sehen Sie sich denn nur Motore an, die nicht in Ordnung sind?«

»Aber wenn Ihr Motor in Ordnung ist, und es fehlt ihm nichts, braucht er doch keine Reparatur. Läuft Ihr Motor?«

»Jetzt nicht«, sagte Signor Veneranda. »Hören Sie? Er steht

still. Was übrigens nicht verwunderlich ist. Nachts, wenn er in der Garage steht, läuft er auch nicht. Und trotzdem habe ich noch nie einen Mechaniker geholt, um ihn reparieren zu lassen.«

»Aber ich ... zum Donnerwetter«, stammelte der Mechaniker, der nicht mehr wußte, was er sagen sollte, »kann ich endlich erfahren, was Sie von mir wollen?«

»Ich, gar nichts«, sagte Signor Veneranda. »Ich dachte nur, daß Sie als Mechaniker sich gern Motoren ansehen. Wenn Sie keine sehen wollen, gehe ich eben.«

Signor Veneranda ließ den Motor an, legte den ersten Gang ein und brauste mit Höchstgeschwindigkeit davon.

Der Gleisübergang

Signor Veneranda hielt mit seinem Wagen vor einem Bahnübergang. Ein nachfolgender Wagen hielt hinter dem des Signor Veneranda und begann zu hupen.

Signor Veneranda stellte den Motor ab und lehnte sich aus dem Wagenfenster.

»Was wollen Sie?« schrie Signor Veneranda.

»Verdammt noch mal«, schrie der Fahrer des zweiten Wagens, »auf was warten Sie denn, um weiterzufahren?«

»Aber sehen Sie denn nicht den Bahnübergang?« sagte Signor Veneranda.

»Natürlich, aber die Schranken sind offen«, sagte der Fahrer des zweiten Wagens. »Man kann doch darüberfahren. Auf was warten Sie denn? Daß die Schranken geschlossen werden?«

»Natürlich nicht«, sagte Signor Veneranda. »Wenn sie zu sind, kann man nicht darüberfahren. Sie wollen doch hoffentlich nicht bei geschlossenen Schranken durchfahren?«

»Aber jetzt sind sie doch offen!« brüllte der Fahrer.

»Daran sieht man, daß kein Zug vorbeikommt«, sagte Signor Veneranda. »Wollen Sie, daß man die Schranken herunterläßt, wenn gar kein Zug vorbeikommt?«

»Ich will nicht, daß sie die Schranken schließen, ich will, daß Sie endlich weiterfahren.«

»Sie wollen nicht, daß man die Schranken schließt, auch wenn ein Zug durchfährt?« fragte Signor Veneranda. »Ja, was sind Sie denn für ein Mensch?«

»Ich bin, wer ich bin, und Sie sind, wer Sie sind«, schrie der Fahrer des zweiten Wagens, »lassen Sie wenigstens mich durch, wenn schon Sie nicht weiterfahren wollen.«

»Bitte schön, fahren Sie nur«, sagte Signor Veneranda. Er ließ den Motor an und fuhr zur Seite, aber in diesem Augenblick senkten sich die Schranken des Bahnüberganges.

»Zum Donnerwetter, ich...«, schrie der Fahrer des zweiten Wagens wütend.

»Los«, sagte Signor Veneranda, »fahren Sie nur... auf was warten Sie noch? Erst machen Sie ein Mordsgeschrei, um vorbeizukommen, und jetzt fahren Sie nicht.«

»Sie haben die Schranken heruntergelassen. Jetzt ist der Bahnübergang geschlossen«, brummte der Fahrer.

»Woran man sieht, daß ein Zug durchfährt«, sagte Signor Veneranda, »ich hab's doch gesagt, daß die Schranken geschlossen werden, wenn ein Zug durchkoınmt. *Sie* wollten ja um jeden Preis weiterfahren.«

»Ich wollte hinüber, als die Schranken offen waren. Sie sind ein...«

Das letzte Wort des Fahrers ging im Lärm des heranbrausenden Zuges unter. Signor Veneranda ließ den Motor an. Als die Schranken sich wieder hoben, flitzte er davon.

In der Eisenbahn

Signor Veneranda stieg in den Zug und setzte sich an einen Fensterplatz.

»Entschuldigen Sie«, sagte Signor Veneranda zu einer Dame, die ihm gegenüber saß, »kann ich das Fenster öffnen?«

»Von mir aus«, sagte die Dame, »können Sie gerne tun, was Sie wollen.«

»Nein, nein«, sagte Signor Veneranda, »warum sollte ich tun, was ich will? Sie sind ja schließlich auch noch da!«

»Gut«, sagte die Dame, »machen Sie es also auf.«

»Meinen Sie wirklich, daß ich es aufmachen soll?«

»Aber sicher.«

»Und trotzdem kann ich es nicht«, sagte Signor Veneranda, »im Sitzen kann ich das Fenster nicht öffnen.«

»Aber...«, stotterte die Dame ziemlich erstaunt, »warum stehen Sie dann nicht auf?«

»Aufstehen?« fragte Signor Veneranda, »ah so... da das aber mein Platz ist, stehe ich nicht auf. Sie wissen doch, wie es ist, wenn man, besonders bei dem heutigen Reiseverkehr, einen Platz gefunden hat, steht man nicht mehr auf, sonst kann's einem passieren, daß man die ganze Reise über stehen muß. Finden Sie nicht?«

»Doch«, sagte die Dame, »aber um das Fenster aufzumachen...«

»Da wäre man ja blöd, wenn man, nur um das Fenster aufzumachen, seinen Platz einbüßen sollte«, sagte Signor Veneranda.

»Sie verlieren doch Ihren Platz nicht, wenn Sie sich gleich wieder hinsetzen«, sagte die Dame.

»Wer?« fragte Signor Veneranda.

»Sie«, sagte die Dame.

»Wie soll ich mich gleich wieder setzen, wenn ich schon sitze?« fragte Signor Veneranda.

»Ich...«, stotterte die Dame, die nicht mehr wußte, was sie sagen sollte.

»Sie... Sie...«, schrie Signor Veneranda los, weil er die Geduld verlor, »ich weiß schon, was Sie für eine Type sind... Irgendeinen Grund finden Sie immer, um ein Gespräch anzufangen. Aber ich habe keine Lust zum Schwatzen.«

Und Signor Veneranda öffnete seine Zeitung und begann zu lesen.

Der Bahnhofsausgang

Signor Veneranda stieg aus dem Zug.

»Entschuldigen Sie«, sagte Signor Veneranda zu einem Bahnbeamten, »wo ist der Ausgang?«

»Auf dieser Seite«, sagte der Beamte und zeigte nach rechts.

»Und was für ein Ausgang ist das?« fragte Signor Veneranda.

»Wieso, was für ein Ausgang, es ist ein Ausgang«, sagte der Beamte und wunderte sich über die Frage. »Ein Ausgang wie ein anderer.«

»So wie aus dem Kino«, sagte Signor Veneranda, »wenn Sie sagen, es ist ein Ausgang wie ein anderer, ist es einer wie aus einem Kino, meinen Sie nicht?«

»Tja...«, sagte der Beamte, der nicht wußte, was er sagen sollte.

»Also dann«, sagte Signor Veneranda, »warte ich auf den Dokumentarfilm.«

»Den was?« stotterte der Bahnbeamte, ganz verwirrt.

»Den Dokumentarfilm«, sagte Signor Veneranda, »ich verlasse nie das Kino, ohne den Dokumentarfilm gesehen zu haben. Gehen Sie vorher weg?«

»Aber das ist doch kein Kino«, sagte der Bahnbeamte, »das ist ein Bahnhof.«

»Das weiß ich«, sagte Signor Veneranda, »die Züge kommen nicht in einem Kino an, sondern in einem Bahnhof. Schön wär's, wenn die Züge in einem Kino ankämen.«

»Was reden Sie denn daher?« fragte der Bahnbeamte.

»Ich, gar nichts«, sagte Signor Veneranda, »Sie sagen die ganze Zeit, daß ein Bahnhofsausgang dasselbe ist wie ein Kinoausgang.«

Und Signor Veneranda ging brummend und achselzuckend seiner Wege.

Signor Veneranda
im Urlaub

Der Urlaub

Signor Veneranda stimmte mit einem Kopfnicken zu.

»Sicher«, sagte Signor Veneranda zu seiner Frau, »das Meer ist etwas Herrliches, und man kann sich nichts Schöneres wünschen, als einen Urlaub am Strand zu verbringen.«

»Großartig«, sagte die Frau des Signor Veneranda, »dann fahren wir also ans Meer.«

Signor Veneranda schaute seine Frau an.

»Allerdings«, sagte er, »im Gebirge ist's auch sehr schön, die frische Luft, die Ruhe, wunderbare Spaziergänge...«

»Ja dann«, sagte die Frau des Signor Veneranda, »entschließen wir uns und gehen wir ins Gebirge.«

»Warum? Magst du das Meer nicht?« fragte Signor Veneranda, »liegst du nicht gerne in der Sonne?«

»Doch mag ich das Meer und die Sonnenbäder, aber du hast gesagt, daß du lieber ins Gebirge gehst.«

»Ich habe nicht gesagt, daß ich lieber ins Gebirge gehe, ich habe nur gesagt, daß die Berge sehr schön sind.«

»Dann gehen wir ans Meer«, sagte die Frau des Signor Veneranda.

»Gut, gehen wir ans Meer, wenn dir schon das Gebirge nicht gefällt.«

»Ich habe gesagt, daß mir das Gebirge nicht gefällt?«

»Hast du nicht gesagt: ›gehen wir also ans Meer?‹ fragte Signor Veneranda, »wenn du beschlossen hast, ans Meer zu gehen, heißt das, daß du das Meer dem Gebirge vorziehst.«

»Aber keineswegs«, stotterte die Frau des Signor Veneranda, »ich habe doch nicht gesagt, daß ich das Meer dem Gebirge vorziehe.«

»Also dann«, sagte Signor Veneranda, »gehen wir ins Gebirge, wenn du die Berge dem Meer vorziehst.«

»Aber ich ziehe das Gebirge dem Meer gar nicht vor«, stotterte die Frau des Signor Veneranda.

»Ja zum Teufel«, schrie Signor Veneranda verzweifelt, »kann man endlich erfahren, was du vorziehst, das Meer oder das Gebirge? Vielleicht entschließt du dich endlich einmal!«

»Mir ist's gleich«, stotterte die Frau des Signor Veneranda verwirrt, »entscheide du.«

»Gehen wir ans Meer?«

»Gehen wir ans Meer.«

»Aber denke daran, daß es auch im Gebirge wunderschön ist.«

»Dann gehen wir ins Gebirge.«

»Verdammt noch mal!« schrie Signor Veneranda, »du weißt ja nie, was du willst! Erst das Meer, dann das Gebirge, bist du wirklich nicht imstande, eine vernünftige Entscheidung zu treffen?«

Signor Veneranda stülpte seinen Hut auf den Kopf und ging zur Wohnungstür. »Sag es mir, wenn du dich entschieden hast, sonst kann's passieren, daß wir den Urlaub in der Stadt verbringen, ist das klar?«

Der Bootsverleiher

Signor Veneranda rief einen Bootsverleiher heran.

»Wollen Sie eine Bootsfahrt machen auf dem See?« fragte der Bootsverleiher den Signor Veneranda und näherte sich ihm mit seinem Ruderboot.

»Ja«, sagte Signor Veneranda, »aber ich möchte nicht, daß

ich dann mitten im See aussteigen muß und das Boot schieben.«

»Wie bitte?« fragte der Bootsverleiher, der glaubte, nicht richtig verstanden zu haben.

»Ja«, sagte Signor Veneranda, »es könnte ja sein, daß Sie die Steigung nicht schaffen.«

»Aber, welche Steigung denn?« fragte der Bootsverleiher verwirrt, »im See gibt's doch keine Steigung.«

»Das ist aber fein«, sagte Signor Veneranda, »neulich habe ich erst ein Auto schieben helfen müssen.«

»Auf der Straße«, sagte der Bootsverleiher, »aber nicht im See.«

»Klar«, sagte Signor Veneranda, »ich habe noch nie ein Auto in einem See fahren sehen.«

»Genau so, wie die Boote nicht auf der Straße fahren«, sagte der Bootsverleiher.

»Und wer behauptet schon, daß die Boote auf den Straßen fahren?« fragte Signor Veneranda.

»Sie haben doch gesagt, daß Sie nicht aussteigen und schieben helfen wollen«, sagte der Bootsverleiher.

»Klar«, sagte Signor Veneranda, »weil ich erstens nicht schwimmen kann und zweitens keine Lust habe, mich zu plagen.«

»Aber wenn doch im See keine Steigungen sind, brauchen Sie doch nicht auszusteigen und zu schieben«, stotterte der Bootsverleiher, der nicht mehr wußte, was er sagen sollte.

»Und wer steigt schon aus?« brummte Signor Veneranda, »ich habe jedenfalls keine Lust dazu. Mir scheint, ich habe von Anfang an gesagt, daß ich nicht aussteigen will. Spreche ich vielleicht arabisch?«

Und Signor Veneranda verlor die Geduld und verließ das Seeufer schimpfend auf der Suche nach einem anderen Bootsverleiher.

Die Schutzhütte

Signor Veneranda betrat die Schutzhütte.

»Entschuldigen Sie, sind Sie der Hüttenwart?« fragte Signor Veneranda den Hüttenwart.

»Ja, bin ich«, sagte der Hüttenwart.

»Sehr gut«, sagte Signor Veneranda, »ich möchte gern einen Kahn mieten.«

»Einen was?« fragte der Hüttenwart.

»Ich habe gesagt«, wiederholte Signor Veneranda, »daß ich einen Kahn mieten möchte.«

»Aber hier sind wir im Hochgebirge«, protestierte der Hüttenwart, »hier gibt's keine Kähne, und mit einem Kahn kommen Sie nie auf einen Berggipfel.«

»Daß man mit einem Kahn im Gebirge nichts anfangen kann, weiß ich selbst«, sagte Signor Veneranda, »mit einem Kahn kann man auf dem See fahren. Aber man kann doch auf eine halbe Stunde einen Kahn mieten, ohne mit ihm zu fahren. Man ist doch nicht verpflichtet, Kahn zu fahren, weil man ihn gemietet hat.«

»Und warum wollen Sie dann einen Kahn mieten, wenn Sie schon nicht mit ihm fahren wollen?« fragte der Hüttenwart.

»Aber entschuldigen Sie, es kann doch schließlich jeder tun und lassen, was er will, nicht?« sagte Signor Veneranda; »Sie werden mich kaum zwingen können, in dem Kahn zu fahren, weil ich ihn gemietet habe?«

»Ich nicht«, stotterte der Hüttenwart.

»Und dann«, fuhr Signor Veneranda fort, »auch wenn Sie mich zwingen würden, wäre ich außerstande, im Kahn zu fahren, weil es hier herum im Gebirge gar keinen See gibt.«

»Entschuldigen Sie... ich... also... verfluchte Kiste«,

schimpfte der Hüttenwart, der nicht mehr wußte, was er sagen sollte.

»Jetzt reicht's mir aber!« schrie Signor Veneranda, weil er die Geduld verlor, »Sie möchten nur schwatzen und sonst nichts. Ich kann mir überhaupt nicht vorstellen, worauf Sie hinauswollen!« Und Signor Veneranda entfernte sich brummend.

Der Berggipfel

Signor Veneranda hielt einen Sommerfrischler an, der vom Berg herunterkam.

»Verzeihen Sie«, sagte Signor Veneranda, »wie lange braucht man, um auf den Gipfel zu steigen?«

»Ungefähr eine dreiviertel Stunde«, sagte der Sommerfrischler nach einigem Nachdenken.

»Und zum Heruntersteigen?« fragte Signor Veneranda.

»Zum Heruntersteigen höchstens zwanzig Minuten«, sagte der Sommerfrischler, »es geht sehr schnell, auch weil der Weg ziemlich steil ist.«

»Dann ist's also vorteilhafter«, sagte Signor Veneranda, »herunter- statt hinaufzusteigen.«

»Sicher«, lächelte der Sommerfrischler.

»Es ist wirklich schade, daß ich das nicht kann«, sagte Signor Veneranda.

»Daß Sie was nicht können?« fragte der Sommerfrischler.

»Von dem Berggipfel da heruntersteigen«, sagte Signor Veneranda, »mir liegt das Heruntersteigen nicht.«

»Das Hinaufsteigen ist aber viel schwerer«, sagte der Sommerfrischler.

»Das sagen *Sie*«, sagte Signor Veneranda, »für mich ist das Heruntersteigen viel schwieriger. Und nicht nur für mich, sondern für alle.«

»Aber nein, da irren Sie sich«, sagte der Sommerfrischler.

»Ich irre mich absolut nicht«, sagte Signor Veneranda. »Sagen Sie mir, wie ich es machen soll, von diesem Berg herunterzusteigen. Bitte, sagen Sie mir's!«

»Das brauche ich Ihnen doch nicht zu sagen«, antwortete der Sommerfrischler. »Sie steigen einfach hinauf, und dann gehen Sie wieder herunter.«

»Sehen Sie, da haben wir's!« sagte Signor Veneranda, »merken Sie jetzt, daß es unmöglich ist? Ich steige auf keinen Fall hinauf. Und wenn ich nicht auf den Berggipfel steige, können Sie mir sagen, wie ich dann herunterkommen soll? Glauben Sie jetzt, daß es viel schwerer ist, herunter- statt hinaufzusteigen?«

»Aber ich glaubte, daß Sie...« stotterte der Sommerfrischler, der nicht mehr wußte, was er sagen sollte.

»Sie sollen gar nichts glauben außer dem, was ich Ihnen gesagt habe, und ich habe mich sehr klar ausgedrückt«, sagte Signor Veneranda.

Dann drehte er dem Sommerfrischler den Rücken zu und entfernte sich kopfschüttelnd.

Das Bergsteigerkostüm

Signor Veneranda ging in die Kabine, blieb dort ungefähr eine Viertelstunde und kam dann im Bergsteigerkostüm heraus.

»Wieso das?« wunderte sich der Freund des Signor Veneranda, »du hast dein Bergsteigerkostüm angezogen zum Schwimmen?«

»Ich bin doch nicht blöd«, antwortete Signor Veneranda, »ich habe nicht die leiseste Absicht zu schwimmen.«

»Und warum hast du dich dann als Bergsteiger verkleidet?« fragte der Freund des Signor Veneranda.

»Was für eine Frage!« rief Signor Veneranda aus, »ich liebe die Berge!«

»Aber hier sind wir doch am Meer und nicht im Gebirge!« stotterte der Freund.

»Und was kann ich dagegen tun?« sagte Signor Veneranda, »weil wir hier am Meer sind statt in den Bergen, müßte ich also, deiner Theorie nach, im Bergsteigerkostüm baden?«

»Aber nein . . .«, stotterte der Freund des Signor Veneranda, der nicht mehr wußte, was er sagen sollte, »es war doch unnötig, daß du dein Bergsteigerkostüm anzogst, wenn du nicht in die Berge gehst.«

»Ich gehe nicht in die Berge, weil keine da sind«, sagte Signor Veneranda, »wenn welche da wären, würde ich hinaufsteigen.«

»Klar.«

»Was soll ich denn machen, wenn es hier keine gibt?« schrie Signor Veneranda, weil er die Geduld verlor, »du bist ein rechter Dickschädel, wenn du dir was in den Kopf gesetzt hast, kann dich keine Gewalt davon abbringen.«

Und Signor Veneranda zuckte die Achseln, ließ seinen Freund stehen und ging an den Strand.

Die Badekabine

Signor Veneranda klopfte an die Tür der Badekabine.

»Was wollen Sie?« hörte man eine weibliche Stimme aus dem Inneren.

»Nun, was schon? Ausziehen möchte ich mich!« antwortete Signor Veneranda, »ich möchte baden und kann doch nicht mit den Kleidern ins Wasser gehen!«

»Aber das ist meine Kabine, nicht die Ihrige«, sagte die weibliche Stimme, »gehen Sie doch in Ihre Kabine!«

»Da war ich schon, aber es war keiner drin«, sagte Signor Veneranda.

»Und wer sollte denn drin sein, wenn's die Ihrige ist!« protestierte die weibliche Stimme.

»Dann ist's Ihrer Meinung nach also richtig, daß niemand in meiner Kabine sein soll«, sagte Signor Veneranda.

»Aber sicher«, sagte die weibliche Stimme.

»Und wenn niemand drin sein soll, sagen Sie mir vielleicht, wohin ich gehen muß, um mich auszuziehen?« fragte Signor Veneranda, »vielleicht mitten auf den Strand unter all die Leute?«

»Aber in Ihre Kabine doch!« schrie die weibliche Stimme.

»Wenn ich in meine Kabine gehe, dann bin ich drinnen«, sagte Signor Veneranda, »und Sie haben doch gesagt, daß niemand drin sein soll.«

»Jetzt reicht's mir aber, verdammt noch mal«, schrie die weibliche Stimme, »machen Sie doch, was Sie wollen!«

»Ich verstehe überhaupt nichts mehr«, brummelte Signor Veneranda, »erst sagt sie, daß in meiner Kabine niemand sein soll, also kann ich doch nicht hinein, weil ich immerhin jemand bin. Und wenn ich nicht in meine Kabine gehen soll, in welche gehe ich dann? Draußen kann ich mich auf keinen Fall ausziehen.«

»Wissen Sie, daß Sie eine komische Person sind?« schrie Signor Veneranda und entfernte sich brummend und den Kopf schüttelnd.

Der Bademeister

Signor Veneranda legte sich in den Sand und rief den Bademeister, der sofort herbeieilte.

»Was wünschen Sie?« fragte der Bademeister.

»Hilfe, ich ertrinke!« sagte Signor Veneranda.

»Wie bitte?« fragte der Bademeister, der glaubte, nicht recht verstanden zu haben.

»Hilfe, ich ertrinke«, wiederholte Signor Veneranda, »ich glaube, ich spreche deutlich genug. Haben Sie endlich verstanden?«

»Ja schon«, sagte der Bademeister, »aber Sie sind ja gar nicht im Wasser.«

»Und warum sollte ich im Wasser sein?« fragte Signor Veneranda zurück. »Es ist doch keine Vorschrift, im Wasser zu sein.«

»Warum sagen Sie dann, daß Sie ertrinken?« fragte seinerseits der Bademeister.

»Einfach, weil ich nicht schwimmen kann«, sagte Signor Veneranda, sagte Signor Veneranda, »was passiert einem, der nicht schwimmen kann? Er ertrinkt, oder?«

»Aber wenn Sie doch im Trockenen sitzen«, stotterte der Bademeister.

»Eben«, sagte Signor Veneranda, »nachdem ich nicht schwimmen kann, wäre ich doch ein Esel, wenn ich ins

Wasser ginge, finden Sie nicht? Da müßte man ja die Absicht haben, zu ertrinken, und die habe ich ganz bestimmt nicht!«

»Wenn Sie nicht ins Wasser gehen, ertrinken Sie ja nicht«, sagte der Bademeister.

»Genau das«, antwortete Signor Veneranda.

»Warum haben Sie mich dann gerufen?« wollte der Bademeister wissen.

»Entschuldigen Sie, sind Sie der Bademeister, oder sind Sie es nicht?« sagte Signor Veneranda. »Als Bademeister haben Sie die Verpflichtung, sich um die Nichtschwimmer zu kümmern. Und ich bin Nichtschwimmer.«

»Ja aber...«, stammelte der Bademeister, der nichts mehr verstand.

»Hören Sie«, sagte Signor Veneranda, »wir verlieren zur Zeit mit Ihrem blöden Geschwätz, aber wenn Sie glauben, daß ich ins Wasser gehe, nur um Ihnen einen Gefallen zu tun, irren Sie sich gewaltig. So billig verkaufe ich meine Haut nicht.«

Signor Veneranda legte sich wieder in den Sand und schloß die Augen.

Am Strand

Signor Veranda saß am Strand.

»Entschuldigen Sie«, fragte ein Bekannter ihn, »gehen Sie nicht ins Wasser?«

»Und die Nüsse?« fragte Signor Veneranda zurück.

»Was für Nüsse?« fragte erstaunt der Bekannte.

»Ich habe keine«, sagte Signor Veneranda.

»Warum, verzeihen Sie, gehen Sie mit Nüssen ins Wasser?« fragte baß erstaunt der Bekannte den Signor Veneranda.

»Keinesfalls. Ich habe gesagt, ich habe keine, drum kann ich nicht mit den Nüssen ins Wasser gehen.«

»Aber Sie hätten gern welche«, sagte der Bekannte des Signor Veneranda.

»Aber sicher«, antwortete Signor Veneranda, »ich hätte gern welche, weil ich sie gern esse. Ich möchte überhaupt alles, was ich gern esse, und da ich Nüsse gern esse, möchte ich viele Nüsse haben.«

»Um ins Wasser zu gehen?« fragte der Bekannte, immer erstaunter.

»Aber wieso denn um ins Wasser zu gehen! Dazu braucht man eine Badehose und nicht Nüsse! Können *Sie* Nüsse anziehen statt einer Badehose?«

»Ich nicht . . .«, stammelte der Bekannte des Signor Veneranda, der nicht mehr wußte, was er sagen sollte.

»Sie nicht, Sie nicht . . .«, schrie Signor Veneranda los, weil er die Geduld verlor, »lassen Sie mich doch in Ruhe! Sie werden doch nicht wollen, daß ich mir Nüsse anziehe . . . was ist denn das für ein schwachsinniges Gerede!«

Und Signor Veneranda ging brummend in seine Kabine zurück.

Das Zündholz

Signor Veneranda näherte sich einem Herrn, der, wenige Schritte vom Strand entfernt, bis zum Gürtel im Wasser plätscherte.

»Verzeihen Sie«, sagte Signor Veneranda, »haben Sie ein Zündholz?«

»Ein Zündholz?« echote erstaunt der Herr.

»Ja«, sagte Signor Veneranda, »ich muß mir eine Zigarette anzünden, und um eine Zigarette anzuzünden, braucht man ein Zündholz. Deshalb habe ich Sie gefragt, ob Sie eines haben.«

»Ja, sehen Sie denn nicht, daß ich im Wasser bin?« fragte der Herr.

»Wenn schon«, antwortete Signor Veneranda, »was hat das damit zu tun? Ich will meine Zigarette rauchen, auch wenn Sie im Wasser sind. Wenn's nach Ihnen ginge, dürfte ich also nicht rauchen, weil Sie im Wasser sind!«

»Nein, nein«, sagte der Herr, »Sie können natürlich rauchen, soviel Sie wollen.«

»Und mit was soll ich die Zigarette anzünden, bitte?« verlangte Signor Veneranda zu wissen.

»Mit einem Zündholz«, sagte der Herr.

»Und da ich keine Zündhölzer habe«, sagte Signor Veneranda, »erscheint es Ihnen dann seltsam, wenn ich mich an Sie wende und Sie darum bitte? Es ist doch eine ganz primitive Höflichkeitsgeste.«

»Aber, wenn ich doch im Wasser bin«, stammelte der Herr hilflos, »wo soll ich denn Zündhölzer hernehmen?«

»Sie haben also keine?« fragte Signor Veneranda.

»Ich habe keine«, antwortete der Herr.

»Und Sie brauchen welche?« sagte Signor Veneranda, »Sie brauchen Zündhölzer.«

»Ich nicht«, sagte der Herr, »ich bin doch im Wasser, ich brauche keine Zündhölzer.«

»Und wie wollen Sie sich eine Zigarette anzünden ohne Zündhölzer?« sagte Signor Veneranda.

»Ich zünde keine an, zum Donnerwetter, ich will keine

Zigarette!« schrie der Herr, der die Geduld zu verlieren begann.

»Von mir aus«, schrie Signor Veneranda zurück, »dann zünden Sie sie nicht an! Glauben Sie wirklich, daß mich das interessiert? Ich hätte nur gern gesehen, wie Sie es machen, ohne Zündhölzer eine Zigarette anzuzünden!«

Signor Veneranda schüttelte den Kopf und verschwand brummend.

Mit was waschen Sie sich eigentlich?

Signor Veneranda betritt in den Ferien eine Bar.

»Entschuldigen Sie«, sagte Signor Veneranda zu dem Barbesitzer, der an der Kasse saß, aber auch die Kellner überwachte, »verkaufen Sie Bier?«

»Sicher«, sagte der Besitzer, »wenn einer Bier will, verkaufe ich ihm eines.«

»Ich möchte mir das Gesicht waschen«, sagte Signor Veneranda.

»Wie bitte?« stotterte der Barbesitzer, der glaubte, nicht recht verstanden zu haben. »Was haben Sie gesagt?«

»Ich habe gesagt«, wiederholte Signor Veneranda, »daß ich mir das Gesicht waschen möchte. Ich bin ein reinlicher Mensch, wissen Sie? Ich finde gar nichts so Besonderes dabei.«

»Mit Bier?« fragte der Barbesitzer. »Sie wollen sich das Gesicht mit Bier waschen?«

»Aber nein«, sagte Signor Veneranda, »warum sollte ich mir das Gesicht mit Bier waschen? Ich habe nicht die leiseste

Absicht, mir das Gesicht mit Bier zu waschen, und ich glaube auch nicht, daß irgendeiner das schon einmal getan hat. Waschen *Sie* sich vielleicht mit Bier?«

»Ich nicht . . .«, stotterte der Barbesitzer, vollständig konfus.

»Warum wollen Sie dann, daß ich mir das Gesicht mit Bier wasche?« fragte Signor Veranda.

»Sie haben nach Bier gefragt«, sagte der Barbesitzer.

»Aber ich habe nicht nach Bier gefragt, um mir das Gesicht zu waschen«, sagte Signor Veneranda. »Tatsächlich habe ich nicht einmal nach Bier gefragt. Ich habe nur gefragt, ob Sie Bier verkaufen, und Sie haben ja gesagt.«

»Ich habe ja gesagt, weil ich wirklich Bier verkaufe«, sagte der Barbesitzer.

»Und wenn Sie Bier verkaufen, warum soll ich mir dann das Gesicht mit Ihrem Bier waschen?« sagte Signor Veneranda. »Daß Sie gute Geschäfte machen? Wissen Sie, daß Sie ein Original sind? Wenn Sie Salami verkaufen würden, täten Sie alles, um mich zu überzeugen, mich mit Salami zu waschen? Sie sind wirklich ein Original!«

Signor Veneranda drehte sich indigniert um und verließ kopfschüttelnd das Lokal.

Kaffee aufs Beefsteak

Signor Veneranda bestellte den Kaffee und schüttelte ihn dann über das Beefsteak.

»Nein, so was!« stotterte der Kellner außer sich vor Erstaunen, »was haben Sie denn da gemacht? Ist etwas nicht in Ordnung?«

»Alles ist in Ordnung«, sagte Signor Veneranda, »nicht in Ordnung wäre gewesen, wenn ich den Kaffee aufs Tischtuch geschüttet hätte, meinen Sie nicht auch? Aber nicht ein Tropfen ist aufs Tischtuch geraten!«

»Entschuldigen Sie«, stotterte der Kellner, der nichts mehr zu sagen wußte, »essen Sie denn das Beefsteak mit Kaffeesauce?«

»Ich nicht«, antwortete Signor Veneranda, »Sie vielleicht?«.

»Ich auch nicht«, sagte der Kellner.

»Und wohin schütten Sie dann den Kaffee, aufs Tischtuch?«

»Ich verschütte den Kaffee nicht, ich trinke ihn«, protestierte der Kellner immer verwirrter.

»Ah, Sie trinken den Kaffee?« rief Signor Veneranda aus und zeigte sich im höchsten Grad erstaunt, »wenn ich bei Ihnen also einen Kaffee bestelle, trinken Sie ihn aus, statt ihn mir zu bringen?«

»Aber nein...«, stotterte der Kellner, der nicht mehr aus noch ein wußte, »zum Donnerwetter, kann man endlich erfahren, worauf Sie eigentlich hinauswollen?«

»Ich... nirgendwohin will ich«, sagte Signor Veneranda, »warum glauben Sie, daß ich irgendwohin will, wenn ich meinen Kaffee aufs Beefsteak gieße? Vor einer Viertelstunde habe ich den Kaffee auf das Beefsteak geschüttet und bin immer noch hier am selben Platz.«

»Gehen Sie doch zum Teufel und pflaumen Sie den an!« schrie nun der Kellner los, weil er die Geduld verlor. Dann lief er, um sich abzukühlen, ins Freie.

»Schau einer diese Type an!« brummte Signor Veneranda kopfschüttelnd. »Erzählt mir einen Haufen Dinge, die weder Sinn noch Verstand haben.«

Dann rief er den Besitzer des Lokals, zahlte seine Rechnung und ging.

Das Glas

In Riva am Gardasee setzte sich Signor Veneranda in ein Restaurant.

»Der Herr wünscht?« fragte der Kellner.

»Ein Glas«, sagte Signor Veneranda.

»Was für ein Glas?« fragte der Kellner zurück.

»Aber selbstverständlich ein gläsernes Glas«, sagte Signor Veneranda, »was für ein Glas wollen Sie mir denn bringen, vielleicht ein eisernes oder eins aus Papier?«

»Nein, nein«, sagte der Kellner, »ich möchte nur wissen, das Sie drin haben wollen, nicht aus was das Glas gemacht sein soll.«

»Und warum wollen Sie etwas hineintun?« fragte Signor Veneranda. »Ich verstehe Sie nicht. Wenn Sie aber durchaus wollen, können Sie ja ein paar Knöpfe oder eine Briefmarke hineintun.«

»Aber nein«, stotterte der Kellner ganz verstört, »was wollen Sie trinken?«

»Nichts«, sagte Signor Veneranda, »Sie werden hoffentlich nicht glauben, daß ich Knöpfe oder Briefmarken trinken will. Halten Sie mich für verrückt?«

»Nein, aber . . .«, murmelte der Kellner, »Sie wollen also ein leeres Glas?«

»Genau das«, sagte Signor Veranda, »denn, nehmen wir an, ich nehme ein Glas Bier und werfe es in den See, dann geht es unter, können Sie mir folgen? Und wer soll's dann wieder heraufholen?«

»Sie wollen also das Glas in den See werfen?« stammelte der Kellner, der natürlich dem Gedankengang des Signor Veneranda nicht hatte folgen können.

»Aber nein«, sagte Signor Veneranda, »ich will das Glas

nicht hineinwerfen, aber nehmen wir an, irgendwer würde es hineinwerfen wollen, dann geht das Glas unter, wenn Bier drin ist, stimmt's oder stimmt's nicht?«

»Es stimmt...«, sagte der Kellner.

»Dann sehen Sie also, daß *ich* recht habe?« sagte Signor Veneranda, »es wird gut sein, wenn Sie in Zukunft Ihre Gäste darauf aufmerksam machen, keine Gläser mit Bier in den See zu werfen, sonst sind die Gläser beim Teufel.«

Signor Veneranda stand auf und setzte seinen geruhsamen Spaziergang fort.

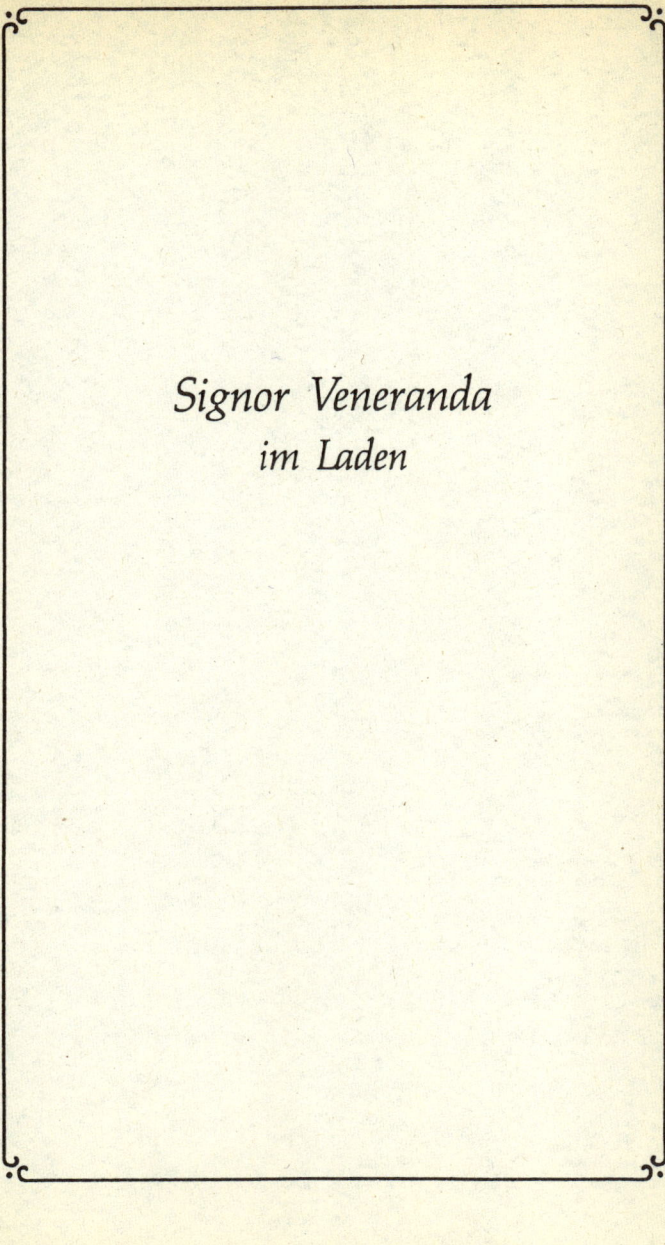

Signor Veneranda
im Laden

Im Hühnergrill

Signor Veneranda betrat einen Hühnergrill und verlangte den Besitzer zu sprechen.

»Verzeihen Sie«, sagte er zum Besitzer des Hühnergrills, »das ist doch eine Färberei?«

»Nein«, sagte der Besitzer, »das ist ein Hühnergrill.«

»Sie grillen also Hühnchen?« fragte Signor Veneranda.

»Aber sicher«, sagte der Geschäftsmann.

»Wenn das nun eine Färberei wäre statt eines Hühnergrills, dann würden Sie also, statt die Hühner zu grillen, sie färben«, sagte Signor Veneranda.

»Ich... nein, ich...«, stammelte der Besitzer vollständig konfus.

»Nun ja, *wenn* es eine Färberei wäre...«, überlegte Signor Veneranda, »Sie können schließlich nicht eine Färberei aufmachen und dann Hühnchen grillen.«

»Aber ich habe... ich habe keine Färberei aufgemacht..., sondern einen Hühnergrill«, stotterte der Besitzer und wußte nicht mehr, was er sagen sollte.

»Dann haben Sie also keine Färberei aufgemacht, um die Kleider zu grillen«, sagte Signor Veneranda, »und Sie haben recht daran getan. Es ist weder hübsch noch nützlich, Kleider zu grillen.«

»Ich habe nicht... zum Donnerwetter!« brach nun der Hühnergrillbesitzer los und kam vor Wut nicht weiter.

»Ja also, es ist ganz sinnlos, daß Sie sich so aufregen«, sagte Signor Veneranda. »Wenn Sie sich so ärgern, ist das ein Beweis, daß es Sie reut, keine Kleider grillen zu können. Dann grillen Sie sie halt und aus. Mir ist auch ganz gleichgültig, ob Sie Ihre Hühner färben, wissen Sie? Sie sind absolut Herr Ihrer Entschlüsse!«

Und Signor Veneranda drehte sich um und verließ kopfschüttelnd den Laden.

Im Papierladen

Signor Veneranda betrat einen Papierladen.
»Entschuldigen Sie«, sagte Signor Veneranda zum Laden-
besitzer, »schwitzen Sie?«
»Und ob«, antwortete der Papierladenbesitzer und lachte,
»bei der Affenhitze schwitzt wohl jeder! Was wünschen
Sie?«
»Und Sie?« fragte Signor Veneranda zurück.
Der Ladenbesitzer schaute Signor Veneranda an und lachte
immer noch. »Ich habe Sie gefragt, was Sie wünschen«,
wiederholte der Ladenbesitzer, der noch nicht begriffen
hatte, um was für eine Type es sich bei Signor Veneranda
handelte.
»Ich auch«, sagte Signor Veneranda, »ich habe gesagt: und
Sie?«
»Ich ... nichts«, stotterte der Ladeninhaber, der nicht wußte,
was er antworten sollte.
»Das ist eigentlich seltsam«, wunderte sich Signor Veneranda, »einer, der schwitzt, wie Sie sagen, daß Sie schwitzen, müßte im Grund genommen ein kühles Lüftchen
wünschen. Dann schwitzen Sie also gern?«
»Aber nein ... aber nein ...«, stotterte der Ladenbesitzer, der
nichts verstand, »ich wollte sagen, was wünschen Sie aus
meinem Laden?«
»Eben, ein kühles Lüftchen, natürlich, auch wenn ich in

einem Papierladen bin«, sagte Signor Veneranda, »warum sollte man sich, auch wenn man in einem Papierladen ist, nicht ein kühles Lüftchen wünschen dürfen?«

»Aber leider kann ich Ihnen keines geben«, stotterte der Ladenbesitzer, der nicht mehr wußte, was er sagen sollte.

»Das ist nun etwas ganz anderes«, sagte Signor Veneranda, »übrigens habe ich das kühle Lüftchen nicht von Ihnen verlangt, stimmt's? Ich habe nur gesagt, ich hätte es gerne. Die Frage haben *Sie* mir gestellt.«

»Ich ... ich ...«, stotterte der Ladenbesitzer, auf dem Höhepunkt der Konfusion angelangt.

»Oh, lassen Sie mich doch zufrieden!« rief Signor Veneranda aus, »Sie wollen nur Ihre Zeit vertrödeln! Sonst gar nichts!« Und Signor Veneranda verließ den Laden schimpfend und trocknete sich den Schweiß von der Stirn.

Einen Wermut, bitte!

Signor Veneranda ging in einen Barbierladen, setzte sich in den Sessel und verlangte einen Wermut.

»Wie bitte?« fragte der Barbier, der glaubte, falsch verstanden zu haben.

»Ich habe gesagt, einen Wermut«, wiederholte Signor Veneranda, »mir scheint, ich habe deutlich gesprochen.«

»Aber ich bin ein Friseur«, antwortete der Barbier erstaunt, »ich kann Ihnen die Haare schneiden und kann Sie rasieren, aber Wermut habe ich keinen.«

»Ja glauben Sie denn, daß, wenn einer einen Aperitif will, er sich die Haare schneiden oder sich rasieren läßt?« fragte Signor Veneranda.

»Das nicht«, sagte der Friseur, »dann geht er statt zum Friseur in die Bar an der Ecke.«

»Und Sie glauben im Ernst, daß in der Bar an der Ecke Haare geschnitten und rasiert wird?« fragte Signor Veneranda, »Sie träumen wohl. Ich war vor ein paar Minuten dort, und da haben sie mich fast hinausgeworfen.«

»Aber in der Bar bekommen Sie Ihren Wermut«, stotterte der Barbier, der nicht mehr wußte, was er sagen sollte.

»Ich habe einen langen Bart«, sagte Signor Veneranda.

»Den kann ich Ihnen abmachen, aber den Wermut nicht«, sagte der Friseur.

»Habe ich vielleicht von Ihnen verlangt, mir einen Wermut abzumachen?« schrie Signor Verneranda und verlor die Geduld, »schau einer an, was Sie für eine Type sind! Also gut, dann mache ich ihn mir zu Hause selber ab.«

Signor Veneranda stand auf und verließ brummend den Laden.

Das Mottenpulver

Signor Veneranda ging in eine Drogerie.

»Verzeihung«, fragte Signor Veneranda den Drogisten, »haben Sie etwas, um Wolle vor Motten zu schützen?«

»Gewiß«, sagte der Drogist, »wir haben Mottenpulver. Ich kann es sehr empfehlen.«

»Ausgezeichnet!« sagte Signor Veneranda, »dann geben Sie mir bitte zwei Strang Wolle.«

»Wie bitte?« fragte der Drogist, der glaubte, falsch verstanden zu haben.

»Geben Sie mir«, wiederholte Signor Veneranda, »zwei Strang Wolle.«

»Aber wollten Sie denn nicht Mottenpulver?« fragte der Drogist verwundert.

»Ich möcht vor allen Dingen Wolle«, sagte Signor Veneranda, »ich kann doch nicht mit Mottenpulver stricken. Stricken Sie mit Mottenpulver?«

»Aber«, stotterte der Drogist, »Sie haben mich um etwas gebeten, das Wolle vor Motten schützt.«

»Welche Wolle?« fragte Signor Veneranda. »Können Sie mir sagen, welche Wolle ich vor Motten schützen soll? Wenn ich Wolle vor Motten schützen soll, so geben Sie mir doch Wolle!«

»Ich verkaufe keine Wolle, ich verkaufe Mottenpulver«, sagte der Drogist.

»Und ich kann kein Mottenpulver kaufen, wenn ich keine Wolle habe«, sagte Signor Veneranda. »Sie verkaufen Sachen, die zu nichts nütze sind. Das heißt, daß ich die Wolle in einem anderen Geschäft kaufen muß. Geben Sie mir also Motten.«

»Was?« fragte der Drogist verblüfft.

»Motten«, sagte Signor Veneranda, »jetzt wollen Sie mir doch nicht sagen, daß Sie auch keine Motten haben. Wozu sind Sie überhaupt da? Scheren Sie sich zum Teufel!«

Und Signor Veneranda verließ das Geschäft und warf schimpfend die Tür zu.

Beim Uhrmacher

Signor Veneranda betrat ein Uhrengeschäft.

»Entschuldigen Sie«, sagte Signor Veneranda zum Besitzer, »meine Uhr ist stehengeblieben.«

»Wo fehlt's denn? Ist vielleicht die Feder kaputt?« fragte der Geschäftsinhaber.

»Das weiß ich wirklich nicht«, antwortete Signor Veneranda, »aber ich glaube nicht. Wenn ich sie aufziehe, bleibt sie nicht stehen.«

»Dann haben Sie sie also nicht aufgezogen?« fragte der Besitzer des Ladens.

»Natürlich habe ich sie aufgezogen«, sagte Signor Veneranda, »vor ein paar Wochen schon.«

»Vor ein paar Wochen?« sagte der Ladenbesitzer. »Dann ist sie eben abgelaufen. Sie hätten sie wieder aufziehen müssen.«

»Aber nein«, sagte Signor Veneranda, »ich habe sie ganz aufgezogen. Daran erinnere ich mich ganz genau. Wie soll ich sie weiter aufziehen, wenn sie schon ganz aufgezogen ist? Sie sagten mir doch, man dürfe sie nicht überdrehen.«

»Ich habe auch nicht gesagt, daß Sie sie überdrehen sollen«, sagte der Ladenbesitzer. »Aber es ist doch klar, daß man sie wieder aufziehen muß, wenn sie abgelaufen ist, sonst bleibt sie stehen.«

»Genau das«, sagte Signor Veneranda.

»Was — genau das?«

»Sie ist stehengeblieben«, sagte Signor Veneranda, »genau das wollte ich Ihnen mitteilen.«

»Aber wenn die Uhr stehengeblieben ist, warum ziehen Sie sie dann nicht auf?« fragte der Ladenbesitzer.

»Weil ich sie nicht bei mir habe«, sagte Signor Veneranda.

»Wie soll ich eine Uhr aufziehen, wenn ich sie nicht bei mir habe, sondern zu Hause?«

»Ich verstehe nicht«, stotterte der Uhrmacher, »dann gehen Sie nach Hause und ziehen sie auf!«

»Großartig!« rief Signor Veneranda aus, »endlich haben Sie eine vernünftige Idee! Sie als Uhrmacher hätten mir das gleich sagen müssen, statt mich mit dummem Geschwätz aufzuhalten!«

Signor Veneranda schüttelte den Kopf, grüßte und verließ brummend den Laden.

Ein Blatt Papier und ein Umschlag

Signor Veneranda betrat einen Tabakladen.

»Geben Sie mir bitte ein Blatt Briefpapier und einen Umschlag«, verlangte Signor Veneranda.

Der Ladenbesitzer nahm einen Briefbogen und einen Umschlag und legte beides auf den Ladentisch.

»Ja aber«, sagte Signor Veneranda und schaute auf das Blatt, »da steht ja nichts drauf.«

»Und was meinen Sie, daß drauf stehen soll?« fragte der Tabakhändler und schaute fragend den Signor Veneranda an.

»Das weiß ich nicht«, antwortete Signor Veneranda, »das kann ich Ihnen doch nicht sagen, was draufstehen soll.«

»Und ich soll das wissen?« fragte der Ladenbesitzer erstaunt, »*Sie* sollen doch etwas draufschreiben!«

»*Ich* soll schreiben?« sagte Signor Veneranda, »an wen denn?«

»Das weiß ich auch nicht«, stotterte der Ladenbesitzer, »warum verlangen Sie dann ein Blatt Briefpapier? Um zu schreiben, oder etwa nicht? Normalerweise benützt man Briefpapier, um jemandem zu schreiben.«

»Genau das meine ich auch«, antwortete Signor Veneranda, »statt dessen sehe ich ein leeres, weißes Papier. Wenn Sie jemandem schreiben wollen, wie machen Sie das, nachdem auf dem Papier nichts zu sehen ist, auf was schreiben Sie? Auf die Mauer?«

»Ich schreibe auf Papier«, stotterte der Tabakhändler, der ganz wirr geworden war.

»Dann schreiben Sie wahrscheinlich mit unsichtbarer Tinte«, sagte Signor Veneranda, »denn, so sehr ich mich auch anstrenge, ich sehe nichts Geschriebenes auf diesem Papier.«

Und Signor Veneranda warf Briefbogen und Umschlag auf den Ladentisch und ging schimpfend hinaus.

Im Modesalon

Signor Veneranda betrat einen Modesalon.

»Sagen Sie«, fragte Signor Veneranda die Verkäuferin und zeigte auf ein Kleid, »wie sehe ich wohl aus, wenn ich dieses Kleid anziehe?«

»Dieses Kleid?« fragte die Verkäuferin verblüfft und zeigte auf das Kleid.

»Ja, gerade dieses«, bestätigte Signor Veneranda.

»Aber das ist doch ein Damenkleid«, sagte die Verkäuferin überrascht.

»Das sehe ich auch«, sagte Signor Veneranda. »Ich sehe es genausogut wie Sie. Aber ich habe Sie gefragt, wie ich aussehen würde, wenn ich dieses Kleid anhätte.«

»Aber . . .«, stotterte die Verkäuferin.

»Wie sehe ich aus«, wiederholte Signor Veneranda.

»Schlecht!« antwortete die Verkäuferin, die nicht recht wußte, was sie sagen sollte.

»Aber es wäre doch wohl nur eine vorübergehende Sache, oder müßte ich zum Arzt gehen?« fragte Signor Veneranda und machte ein sorgenvolles Gesicht.

»Zu wem?«

»Zum Arzt«, wiederholte Signor Veneranda.

»Wieso?« fragte die ziemlich verwirrte Verkäuferin.

»Was heißt wieso?« fragte Signor Veneranda. »Um mich untersuchen zu lassen. Sie haben gesagt, daß ich in diesem Kleid schlecht aussehe. Es wird schon so sein, wie Sie sagen; aber ich hätte nie gedacht, daß ich, wenn ich ein solches Kleid anziehen würde, die Grippe oder eine andere Krankheit bekäme.«

»Die Grippe?« fragte die Verkäuferin, die nicht mehr mitkommen konnte. »Die Grippe, wenn Sie dieses Kleid anziehen?«

»Ich weiß es nicht, *Sie* haben es doch gesagt«, sagte Signor Veneranda, »übrigens versichere ich Ihnen, daß ich keineswegs beabsichtige, das Kleid anzuziehen.«

»Das möchte ich auch meinen!« sagte das Fräulein erleichtert.

»Sie können beruhigt sein«, erwiderte Signor Veneranda, »daß ich sehr auf meine Gesundheit achte. Ich gehe nicht gern zum Arzt.«

Und Signor Veneranda grüßte und ging ruhig seiner Wege.

Das Pferd kann es nicht

Signor Veneranda ging in ein Tapeziergeschäft.

»Ich möchte gerne mein Eßzimmer tapezieren lassen«, sagte Signor Veneranda, »das Pferd kann es nicht.«

»Wie bitte?« fragte der Geschäftsinhaber, der nicht richtig gehört zu haben glaubte.

»Ich habe gesagt«, wiederholte Signor Veneranda, »daß ich gerne mein Eßzimmer tapezieren lassen möchte.«

»Aber Sie haben hinzugefügt: ›Das Pferd kann es nicht‹«, stammelte der Tapezierer. »Ich habe Sie wohl nicht richtig verstanden?«

»Sie haben mich ausgezeichnet verstanden«, sagte Signor Veneranda. »Das Pferd kann es in der Tat nicht. Glauben Sie, daß ein Pferd mein Eßzimmer tapezieren könnte?«

»Nein, aber ...«, stammelte der Tapezierer, der nicht wußte, was er sagen sollte.

»Was heißt aber?« fragte Signor Veneranda. »Wenn ein Pferd mein Eßzimmer tapezieren könnte, so würde ich zu einem Pferd gehen. Da es das aber nicht kann, komme ich zu Ihnen, einem Tapezierer, dessen Beruf Tapezieren ist. Sollte ich nach Ihrer Ansicht mein Eßzimmer von einem Pferd tapezieren lassen?«

»Aber was hat denn das Pferd damit zu tun?« stotterte der Tapezierer verwirrt.

»Eben das meine ich auch«, sagte Signor Veneranda, »was hat das Pferd damit zu tun? Pferde haben überhaupt nichts mit Tapezieren zu tun.«

»Soll ich Ihnen also das Eßzimmer tapezieren?«

»Ganz wie Sie es für richtig halten«, sagte Signor Veneranda. »Wenn Sie selbst kommen wollen, so kommen Sie. Wenn Sie mir ein Pferd schicken wollen, so schicken Sie es ruhig. Allerdings auf Ihre eigene Verantwortung. Ich möchte, daß die Arbeit gut ausgeführt wird. Abgemacht?« Und Signor Veneranda grüßte und ließ den Ladenbesitzer ziemlich unschlüssig zurück.

Der Spiegel

Signor Veneranda betrat ein Geschäft für Spiegel und Glaswaren.

»Entschuldigen Sie«, sagte Signor Veneranda zum Geschäftsinhaber, »ich möchte gern einen Spiegel sehen.«

»Hier bitte«, sagte der Geschäftsinhaber und reichte Signor Veneranda einen Spiegel, »das ist einer meiner Spiegel.«

Signor Veneranda schaute den Spiegel an.

»Es tut mir leid«, sagte er dann, »das ist ja mein Gesicht. Ich sehe mein Gesicht.«

»Sie sehen Ihr Gesicht im Spiegel«, sagte der Geschäftsinhaber, »Sie schauen in den Spiegel.«

»Ich möchte«, fuhr Signor Veneranda fort, »einen Spiegel ohne mein Gesicht. Haben Sie so einen?«

»Aber alle meine Spiegel sind ohne Ihr Gesicht«, sagte der Geschäftsinhaber.

Signor Veneranda beschaute alle ausgestellten Spiegel.

»Ich«, sagte er dann zum Geschäftsinhaber, »bin entweder ein Trottel, oder ich habe Halluzinationen. Hier ist nicht ein Spiegel ohne mein Gesicht.«

»Aber nur, weil Sie hineinschauen«, stotterte der Geschäftsinhaber. »Wenn Sie nicht hineinschauen, können Sie Ihr Gesicht gar nicht sehen!«

»Großartige Entdeckung!« sagte Signor Veneranda, »wenn ich also die Augen zumache und nicht hineinschaue, könnten Sie mir auch einen Elefanten verkaufen statt eines Spiegels! Sie sind mir ein seltsamer Geschäftsmann! Glauben Sie wirklich, daß, wenn ich die Augen zumache, mein Gesicht aus dem Spiegel verschwindet? Schauen doch Sie einmal in den Spiegel. Sehen Sie Ihr Gesicht?«

»Ja.«

»Jetzt machen Sie die Augen zu: Ihr Gesicht ist immer noch drin. Sie wollen mich ja nur hineinlegen«, schrie Signor Veneranda nun erbost, »behalten Sie Ihre Spiegel, bei Ihnen kaufe ich bestimmt keinen!«

Und Signor Veneranda verließ das Geschäft schimpfend und die Tür zuschlagend.

Im Fotogeschäft

Signor Veneranda betrat ein Fotogschäft.

»Entschuldigen Sie«, sagte Signor Veneranda zum Inhaber, »können Sie mir meinen Fotoapparat reparieren?«

»Was hat er denn?« fragte der Geschäftsinhaber.

»Na ja«, sagte Signor Veneranda, »er hat eine Menge: das Objektiv, Hebel, Hebelchen, verschiedene Knöpfe ... das müßten Sie doch wissen, was die Fotoapparate so haben. Wer weiß, wieviele Sie schon in der Hand hatten. Also, mein Apparat hat alles, was die anderen Apparate auch haben.«

»Das weiß ich«, sagte der Fotomann, »aber ich ...«

»Einen Moment«, sagte Signor Veneranda, »Sie sagen, Sie

wissen es. Wieso eigentlich? An meinem Apparat könnte zum Beispiel das Objektiv fehlen.«

»Das Objektiv fehlt?« fragte der Geschäftsinhaber.

»Nein, es fehlt nicht«, sagte Signor Veneranda, »aber das weiß nur ich, Sie können es nicht wissen, weil Sie meinen Apparat noch nicht einmal gesehen haben.«

»Ich verstehe«, sagte der Mann, »also, was fehlt Ihrem Apparat?«

»Nichts«, sagte Signor Veneranda.

»Und warum können Sie dann nicht fotografieren?« fragte der Geschäftsinhaber.

»Ich kann nicht fotografieren, weil ich keinen Film einlege«, sagte Signor Veneranda, »können Sie vielleicht fotografieren, ohne daß ein Film im Apparat ist?«

»Nein, ich nicht...«, stotterte der Mann, »aber es ist doch klar, daß man ohne Film nicht fotografieren kann.«

»Absolut klar«, sagte Signor Veneranda, »wer sagt das Gegenteil?«

»Sie!« sagte der Geschäftsinhaber.

»Ich?« sagte Signor Veneranda, »ich habe nur eine Tatsache festgestellt. Sie können nicht leugnen, daß ich die Wahrheit gesagt habe: ohne Film ist es unmöglich zu fotografieren. Und mein Apparat ist ganz in Ordnung, wenn er ohne Film nicht funktioniert. Hab ich recht?«

Signor Veneranda grüßte den Geschäftsinhaber und ging freundlich lächelnd davon.

Der Fischhändler

Signor Veneranda betrat einen Fischladen.

»Entschuldigen Sie«, sagte Signor Veneranda zum Fischhändler, »ist dieser Fisch frisch?«

»Ganz frisch«, antwortete der Fischhändler.

»Also dann«, sagte Signor Veneranda, »wenn er wirklich ganz frisch ist, stecken Sie mir ein halbes Kilo davon in den Hemdkragen.«

»Wie bitte?« stammelte der Fischhändler, der glaubte, nicht richtig verstanden zu haben. »Was haben Sie gesagt?«

»Ich habe gesagt, mir ein halbes Kilo von diesem Fisch in den Hemdkragen zu stecken«, wiederholte Signor Veneranda.

»In den Hemdkragen?« stotterte der Fischhändler wirr.

»Aber sicher«, sagte Signor Veneranda, »mir ist heiß. Ist Ihnen vielleicht nicht heiß?«

»Schon, schon...«, stotterte der Fischhändler, »aber warum wollen Sie den Fisch in den Hemdkragen stecken?«

»Weil er frisch ist«, sagte Signor Veneranda, »Sie selbst haben es doch gesagt, daß er ganz frisch ist. Und wenn er frisch ist, warum sollen wir das nicht ausnützen? Was tun denn Sie, wenn es so heiß ist wie heute?«

»Ich fächle mich...«, stotterte der Fischhändler.

»Sie fächeln sich mit einem Fisch?« fragte Signor Veneranda.

»Aber nein, mit einem Fächer«, stammelte der immer konfuser werdende Fischhändler.

»Wieso, verkaufen Sie auch Fächer?« fragte Signor Veneranda. »Das habe ich nicht gewußt. Ausgestellt haben Sie jedenfalls keinen, ich sehe rundherum nur Fische.«

»Ich verkaufe keine Fächer«, sagte der Fischhändler, »ich verkaufe nur Fische.«

»Und wie machen Sie es dann?« fragte Signor Veneranda.

»Was soll ich wie machen?« fragte der Fischhändler zurück. »Sich fächeln, wenn Sie keine Fächer haben«, sagte Signor Veneranda. »Wenn ich keinen Fächer habe, kann ich mich doch nicht fächeln. Ich kühle mich mit Fischen ab, wenn ich Fische habe.«

»Aber ich habe keine ...«, stotterte der Fischhändler, auf dem Gipfel der Verständnislosigkeit angelangt.

»Was haben Sie nicht?« schrie Signor Veneranda nun los, »Sie sind mir schon eine Type! Sie wollen mich wohl für dumm verkaufen? Erzählen Sie einem Dümmeren von Ihren Fächern und Fischen, aber mir nicht, verstanden?«

Und Signor Veneranda kehrte dem Fischhändler seinen Rücken zu und verließ brummend und die Tür zuschlagend den Laden.

Im Kunstgewerbeladen

Signor Veneranda betrat ein Kunstgewerbegeschäft, schaute sich alles an und fragte dann den Besitzer, ob diese Vase dort zu verkaufen sei.

»Aber sicher«, sagte der Geschäftsinhaber, »ist sie zu verkaufen.«

»Ja aber, wie kann ich sie verkaufen, wenn sie gar nicht mir gehört?« fragte Signor Veneranda.

»Sie müssen Sie ja nicht verkaufen«, sagte der Besitzer, »die Vase gehört mir, und ich verkaufe sie.«

»In Ordnung«, sagte Signor Veneranda, »aber nehmen Sie an, Sie verkaufen sie mir, wem soll dann ich sie verkaufen?«

»Sie brauchen Sie nicht zu verkaufen«, sagte der Geschäftsbesitzer, »Sie können doch die Vase für sich behalten.«

»Dann ist sie also gar nicht zu verkaufen«, sagte Signor Veneranda und stellte die Vase hin, »wenn Sie sagen, ich soll sie nicht verkaufen, ist sie also nicht zu verkaufen. Wenn sie zu verkaufen wäre, müßte ich sie verkaufen, meinen Sie nicht?«

»Aber ich...«, stotterte der Besitzer des Geschäftes, der nicht mehr wußte, was er antworten sollte.

»Lassen wir's also«, sagte Signor Veneranda und nahm eine andere Vase auf, »ist die zu verkaufen?«

»Natürlich«, sagte der Geschäftsbesitzer, »alles, was Sie in dem Laden sehen, ist zu verkaufen.«

»Na ja«, sagte Signor Veneranda, »ich kann nicht alles kaufen, was hier in Ihrem Laden ausgestellt ist, das werden Sie verstehen?«

»Sie können kaufen, was Sie wollen«, sagte der Geschäftsinhaber.

»Sehr gut, danke schön«, sagte Signor Veneranda, »ich möchte mir ein Kilo Äpfel kaufen.«

Lächelnd verließ Signor Veneranda das Geschäft.

Ein dreister Kunde

Signor Veneranda trat in einen Kurzwarenladen und verlangte von der Verkäuferin, die ihm entgegenkam, ein Taschentuch.

»Was für ein Taschentuch möchten Sie haben?« erkundigte sich die Verkäuferin, nahm einige Schachteln von den

Regalen und zeigte verschiedene Arten von Taschentüchern.

»Irgendein Taschentuch«, sagte Signor Veneranda.

Er nahm ein Taschentuch aus der Schachtel, faltete es
auseinander, putzte sich die Nase und gab es der Verkäuferin zurück.

»Aber...«, stammelte die Verkäuferin verlegen.

»Was heißt aber?« fragte Signor Veneranda.

»Sie haben es benutzt«, sagte die Verkäuferin und
nahm das Taschentuch vorsichtig zwischen zwei Finger.
»Sie haben das Taschentuch benutzt, um sich die Nase
zu putzen!«

»Was hätte ich mir denn mit dem Taschentuch putzen
sollen? Vielleicht die Ohren?« fragte Signor Veneranda
verwundert. »Was putzen *Sie* sich mit Taschentüchern?«

»Die Nase«, stotterte die Verkäuferin. »Aber jetzt müssen
Sie das Taschentuch auch kaufen.«

»Warum sollte ich Taschentücher kaufen? Ich brauche
keine«, sagte Signor Veneranda.

»Wieso nicht? Sie haben doch ein Taschentuch verlangt«,
sagte die Verkäuferin.

»Gewiß, aber nur, um mir die Nase zu putzen«, sagte Signor
Veneranda. »Was machen Sie denn mit Taschentüchern?«

»Ich verkaufe sie«, sagte die Verkäuferin.

»Ausgezeichnet«, erwiderte Signor Veneranda. »Man sieht,
daß Sie es nicht nötig haben, sich die Nase zu putzen. Aber
entschuldigen Sie die indiskrete Frage: Wenn Sie die
Taschentücher verkaufen und sich doch einmal die Nase
putzen müssen, womit machen Sie es dann?«

»Ich... ich...«, stammelte die Verkäuferin, die nicht mehr
wußte, was sie sagen sollte.

»Wollen Sie es mir nicht verraten? Dann eben nicht«, sagte
Signor Veneranda. »Übrigens will ich es nicht unbedingt

wissen. Putzen Sie sich nur die Nase, womit Sie wollen. Auf Wiedersehen!«

Und Signor Veneranda kehrte der Verkäuferin den Rücken und verließ den Laden.

Die Sardinenbüchse

Signor Veneranda ging in ein Feinkostgeschäft und ließ sich eine Büchse Sardinen geben.

»Wie macht man sie auf?« fragte Signor Veneranda.

»Ich gebe Ihnen einen Schlüssel«, sagte der Feinkosthändler. Er holte also einen Schlüssel und übergab ihn Signor Veneranda.

»Sehr gut«, sagte Signor Veneranda, »und wann muß ich sie aufmachen?«

»Wann Sie wollen«, antwortete der Feinkosthändler.

»Muß ich nicht warten, bis die Glocke läutet?« fragte Signor Veneranda.

»Wie bitte?« stotterte der Feinkosthändler, der glaubte, falsch verstanden zu haben.

»Ich will sagen«, wiederholte Signor Veneranda, »daß ich sie auch aufmachen darf, ohne daß die Glocke läutet.«

»Aber welche Glocke denn? Da ist doch nirgends eine Glocke!« stammelte der Feinkosthändler.

»Wenn's also keine Glocke gibt, muß man klopfen«, sagte Signor Veneranda.

»Aber warum denn?« fragte der Feinkosthändler, der nicht mehr wußte, was er sagen sollte.

»Wieso – warum? Daß einem aufgemacht wird«, sagte

Signor Veneranda. »Wenn Sie keine Glocke haben und ich komme zu Ihnen, klopfe ich, um anzuzeigen, daß jemand draußen ist. Wie anders wüßten Sie sonst, daß Sie die Türe aufmachen müssen?«

»Aber was hat das alles mit der Sardinenbüchse zu tun?« stotterte der Feinkosthändler immer verwirrter.

»Nichts«, gab Signor Veneranda zurück, »ob Sie nun eine Glocke haben oder nicht, die Sardinenbüchse hat gar nichts damit zu tun. Es kann doch nicht einer eine Sardinenbüchse anbringen statt einer Glocke, meinen Sie nicht? Nehmen wir jedoch an, Sie sind so extravagant, eine Sardinenbüchse statt einer Glocke anzubringen, muß ich, wenn ich zu Ihnen komme, trotzdem klopfen, nicht? Oder muß ich die Sardinenbüchse läuten?«

»Aber ich...«, stotterte der Feinkosthändler vollkommen konfus.

»Uff!« seufzte Signor Veneranda, »wer weiß, was man hier für eine Sprache reden muß, daß einen jemand versteht!« Er zuckte die Achseln und ging brummend hinaus.

Im Porzellanladen

Signor Veneranda ging in ein Porzellangeschäft.

»Verzeihung«, fragte er die Verkäuferin, die ihm entgegen-kam, »verkaufen Sie Porzellan?«

»Gewiß«, erwiderte die Verkäuferin, »verkaufen wir Porzellan.«

»Und machen Sie nichts kaputt?« fragte Signor Veneranda.

»Wie bitte?« fragte die Verkäuferin, die glaubte, nicht recht gehört zu haben.

»Ich fragte, ob Sie nichts kaputt machen«, wiederholte Signor Veneranda.

»Ich nicht«, sagte die Verkäuferin lächelnd.

»Ist es denn unzerbrechlich?« fragte Signor Veneranda.

»Nein«, sagte die Verkäuferin, »unzerbrechlich ist es nicht. Es kann kaputtgehen.«

»Aber *Sie* machen nichts kaputt«, insistierte Signor Veneranda, »das ist ja großartig! Es ist nicht unzerbrechlich, und wenn Sie es fallen lassen, geht es nicht kaputt. Wieso? Sind Sie so befreundet miteinander?«

»Aber nein«, stotterte die Verkäuferin, die anfing, die Fassung zu verlieren, »wenn ich es fallen lasse, geht es natürlich kaputt. Aber ich lasse es nie fallen.«

»Wenn es aber unzerbrechlich wäre, dann würden Sie es fallen lassen?« fragte Signor Veneranda beharrlich.

»Ja... wenn es unzerbrechlich wäre... vielleicht«, stotterte die Verkäuferin.

»Verzeihung. Wenn Sie es nicht fallen lassen, wie können Sie dann wissen, daß es nicht kaputtgeht?« sagte Signor Veneranda. »Wenn man wissen will, ob es kaputtgeht oder nicht, muß man es fallen lassen. Was aber, wenn es kaputtgeht?«

»Eben«, sagte die Verkäuferin.

»Na also«, sagte Signor Veneranda. »Denken Sie inzwischen darüber nach. Ich komme morgen wieder, weil ich jetzt keine Zeit habe, darauf zu warten.«

Und Signor Veneranda ging, nachdem er sehr höflich gegrüßt hatte.

Ein Fußtritt für das Huhn

Signor Veneranda ließ sich ein Huhn auswiegen und dann einpacken. Er nahm das Paket, legte es auf den Boden und gab ihm dann einen kräftigen Fußtritt.

»He!« schrie der Geflügelverkäufer und riß die Augen auf, »was zum Teufel machen Sie denn da?«

»Ich habe ihm einen Fußtritt gegeben«, sagte seelenruhig Signor Veneranda, »haben Sie es nicht gesehen?«

»Aber sicher habe ich es gesehen«, sagte der Geflügelverkäufer, der überhaupt nicht verstand, »und wundere mich über Ihre Aufführung. So geht man doch nicht mit Eßwaren um!«

»Mit rohen Eßwaren, meinen Sie«, sagte Signor Veneranda. »Das kann man doch nicht roh essen! Oder essen Sie vielleicht Ihre Hühner ungekocht?«

»Aber nein«, sagte der Geflügelhändler. »Ich lasse sie braten oder kochen, aber ich gebe ihnen keinen Fußtritt.«

»Hier kann ich es sowieso nicht braten lassen«, sagte Signor Veneranda, »zu Hause dann. Ich habe keine Pfanne hier, und auch wenn ich eine hätte, würden Sie mir sicher nicht erlauben, das Huhn hier zu braten.«

»Und deswegen geben Sie dem Huhn einen Fußtritt?«

»Nicht um es zu braten«, sagte Signor Veneranda, »dazu setze ich es auf den Gasherd, natürlich bilde ich mir nicht ein, ein Huhn mit Fußtritten braten zu können. Haben Sie vielleicht geglaubt, ich könnte das Huhn mit Fußtritten braten?«

»Ich glaube überhaupt nichts«, schrie der Geflügelverkäufer, der nicht mehr wußte, was er denken sollte, »ich habe nur gesehen, daß Sie dem Huhn einen Fußtritt gegeben haben.«

»Und wissen Sie auch warum?« fragte Signor Veneranda und sprach auf einmal ganz leise und geheimnisvoll.

»Warum?«

»Weil Sie sich gerade nach dieser Seite umgedreht hatten. Wenn Sie statt dessen nach der anderen Seite geblickt hätten, würden Sie überhaupt nichts bemerkt haben!«

»Ich... verdammt...«, stotterte wütend der Geflügelhändler, der keine Worte mehr fand.

»Fluchen Sie nicht«, sagte Signor Veneranda, »lassen Sie es gut sein, sonst verwirren Sie alles noch mehr.«

Und Signor Veneranda hob sein Paket auf und entfernte sich brummend.

Der Schneider

Signor Veneranda wünschte den Schneider zu sprechen und wurde in das Empfangszimmer geführt.

»Guten Tag«, sagte der Schneider, »Sie wünschen bitte?«

»Ich möchte, daß Sie mir für einen roten Anzug Maß nehmen«, sagte Signor Veneranda.

»Wie bitte?« stotterte der Schneider, der glaubte, sich verhört zu haben.

»Ich habe gesagt«, wiederholte Signor Veneranda, »daß Sie mir Maß nehmen sollen für einen roten Anzug.«

»Rot?« fragte der Schneider erschüttert.

»Na«, sagte Signor Veneranda, »was ist los? Stimmt etwas nicht? Sind Sie vielleicht nicht imstande, mir für einen roten Anzug Maß zu nehmen?«

»Das nicht... aber, wollen Sie wirklich einen roten Anzug?« stotterte der Schneider.

»Hören Sie gut zu«, sagte Signor Veneranda, »was ist da für ein Unterschied? Brauchen Sie vielleicht für einen roten Anzug ein anderes Maß? Ich habe nicht gewußt, daß die Maße je nach den Farben wechseln. Dann können Sie mir tatsächlich nicht Maß nehmen für einen roten Anzug?«

»Darum geht's gar nicht«, sagte der Schneider, »natürlich kann ich Maß nehmen, aber... ich weiß nicht... ein roter Anzug... ich glaube nicht, daß ein roter Anzug gut aussieht.«

»Reiten Sie nicht immer auf der Farbe herum«, sagte Signor Veneranda, »die Maße sind ja nicht farbig. Sie nehmen doch nicht Maß für irgendeine Farbe, scheint mir. Oder täusche ich mich?«

»Sie täuschen sich nicht«, sagte der Schneider, »Maße sind Maße, für jeden x-beliebigen Anzug.«

»Welchen Anzug?« fragte Signor Veneranda.

»Was Sie eben für einen wollen«, sagte der Schneider.

»Dann nehmen Sie mir Maß für Ihren Anzug«, sagte Signor Veneranda.

»Für meinen Anzug?« stotterte der Schneider.

»Wissen Sie, daß Sie ein Original sind?« sagte Signor Veneranda. »Sie sagen mir: für einen x-beliebigen Anzug – und dann wieder: für den Ihrigen nicht. Wo gibt's denn so was, was sind Sie eigentlich für ein Schneider?«

Signor Veneranda drehte sich um, grüßte gemessen und verließ kopfschüttelnd den Laden.

Beim Eisenwarenhändler

Signor Veneranda betrat ein Eisenwarengeschäft.

»Entschuldigen Sie«, sagte Signor Veneranda zum Besitzer, der ihm entgegenkam, »haben Sie Scheren?«

»Aber sicher«, antwortete der Ladenbesitzer.

»Ausgezeichnet«, sagte Signor Veneranda, »dann schneiden Sie diesen Bindfaden ab«, und Signor Veneranda zeigte auf ein Endchen Bindfaden, das auf dem Ladentisch lag.

»Warum?« fragte erstaunt der Ladenbesitzer, »warum soll ich diesen Bindfaden abschneiden?«

»Was für eine Frage!« rief Signor Veneranda aus, »wenn Sie schon Scheren haben?... Ich kann ihn natürlich nicht abschneiden, weil ich keine Schere habe. Wenn ich eine Schere bei mir hätte, würde ich es gerne tun.«

»Aber ich...«, stotterte der Ladenbesitzer, der nicht wußte, was er sagen sollte.

»Sie wollen hoffentlich nicht sagen«, unterbrach ihn Signor Veneranda, »daß ich den Bindfaden ohne eine Schere abschneiden soll! Mit was, denken Sie sich, soll ich ihn abschneiden? Mit meiner Zigarre? Ich habe jedenfalls noch nie gesehen, daß man einen Bindfaden mit einer Zigarre abschneidet! Abgesehen davon, daß Zigarren überhaupt nicht schneiden. Wissen Sie das nicht?«

»Schon gut, aber ich...«, stotterte der Ladenbesitzer verwirrt und wußte keine Antwort mehr.

»Aber Sie, aber Sie...«, schrie nun Signor Veneranda am Rande seiner Geduld, »Sie sind mir schon ein komischer Kauz, das sind Sie wirklich! Ihr Geschäft ist voller Scheren, wer weiß, wie viele es sind hier in Ihrem Laden, dann verlangen Sie, daß ich den Bindfaden abschneide, ich, der nicht einmal eine einzige Schere bei sich hat!«

Und Signor Veneranda entfernte sich brummend und die Tür zuschlagend.

In der Apotheke

Signor Veneranda betrat eine Apotheke.

»Sie wünschen?« fragte der Apotheker.

»Ja also...«, sagte Signor Veneranda, »haben Sie etwas gegen Kopfweh?«

»Aber sicher«, sagte der Apotheker, »ich habe sehr wirksame Tabletten.«

»Und haben Sie auch Kopfweh?« fragte Signor Veneranda.

»Ich?« erwiderte der Apotheker erstaunt. »Ich nicht.«

»Sie haben kein Kopfweh, Sie Glücklicher«, sagte Signor Veneranda. »Kopfweh ist immer lästig. Finden Sie nicht auch?«

»Ich denke doch«, sagte der Apotheker, »aber wenn Sie Kopfweh haben, nehmen Sie einfach eine Tablette, und es vergeht.«

»Aber ich habe kein Kopfweh«, sagte Signor Veneranda. »Warum sollte ich Kopfweh haben? Es geht mir ausgezeichnet.«

»Ja, was wollen Sie dann?« fragte der Apotheker verblüfft. »Haben Sie denn nicht Tabletten gegen Kopfweh von mir verlangt?«

»Nein, ich habe Sie nur gefragt, ob Sie Tabletten gegen Kopfweh haben«, sagte Signor Veneranda, »und Sie haben mir gesagt, Sie haben welche... Dann haben Sie mir noch gesagt, daß Sie nicht Kopfweh haben, und da ich auch kein

Kopfweh habe, sind wir uns einig. Warum sollte ich Kopfweh haben und Sie nicht?«

»Aber wenn Sie von mir Tabletten wollen...«, stotterte der Apotheker.

»Ich habe keine Tabletten von Ihnen verlangt«, sagte Signor Veneranda. »Und da ich kein Kopfweh habe, brauche ich Ihre Tabletten nicht, die *Sie* haben, obwohl Sie auch kein Kopfweh haben.«

»Ich verstehe nicht...«, stotterte der Apotheker konfus.

»Da gibt's nichts zu verstehen«, sagte Signor Veneranda, »Sie versuchen, *mich* zu verwirren, bis ich tatsächlich Kopfweh bekomme, da gehe ich lieber vorher.«

Signor Veneranda kehrte dem Apotheker den Rücken zu und verließ kopfschüttelnd die Apotheke.

Geschenkartikel

Signor Veneranda betrat ein Geschäft für Geschenkartikel.

»Das ist ein Geschäft für Geschenkartikel, nicht wahr?« fragte Signor Veneranda die Verkäuferin.

»Ja«, sagte die Verkäuferin, »mit was kann ich Ihnen dienen?«

»Ach, wegen mir...«, sagte lächelnd Signor Veneranda, »mir ist's eigentlich egal.«

»Wie bitte?« fragte die Verkäuferin, die nicht begriff.

»Ich habe gesagt, mir ist's egal«, sagte Signor Veneranda, »das überlasse ich Ihnen.«

»Was überlassen Sie mir?« fragte die Verkäuferin erstaunt.

»Ich habe Sie gefragt, was Sie wünschen.«

»Hören Sie«, sagte Signor Veneranda, »ich will Ihnen kein Kompliment machen, aber womit Sie mir auch dienen, es wird mich auf jeden Fall freuen. Wirklich, ich überlasse es ganz Ihnen.«

»Ich verstehe nicht«, stotterte die Verkäuferin, die wirklich nicht verstand, »wollen Sie denn nicht einen Geschenkartikel kaufen?«

»Aber nein«, sagte Signor Veneranda, »warum soll ich ein Geschenk *kaufen*? Ein Geschenk schenkt man doch, oder? Lassen *Sie* sich Geschenke bezahlen?«

»Aber nein«, sagte die Verkäuferin.

»Und warum wollen Sie dann, daß *ich* sie Ihnen bezahle?« sagte Signor Veneranda. »Wenn ich Ihnen ein Fläschchen Parfum schenke, bezahlen Sie es mir dann?«

»Aber...«, stotterte die Verkäuferin, die nicht mehr wußte, was wie sagen sollte. »Das hier ist ein Geschäft, das Geschenkartikel verkauft.«

»Hören Sie, nur keine Ungenauigkeiten«, sagte Signor Veneranda. »Verkaufen ist etwas, und schenken ist etwas anderes. Wenn Sie verkaufen, ist es unnötig, daß Sie schenken. Stimmt's? Ich sehe schon, Sie wollen mir nichts schenken. Sie haben auch keine Verpflichtung, mir etwas zu schenken, aber dann wäre es besser gewesen, es gleich zu sagen.« Signor Veneranda grüßte die Verkäuferin, ging brummend und schlug die Tür zu.

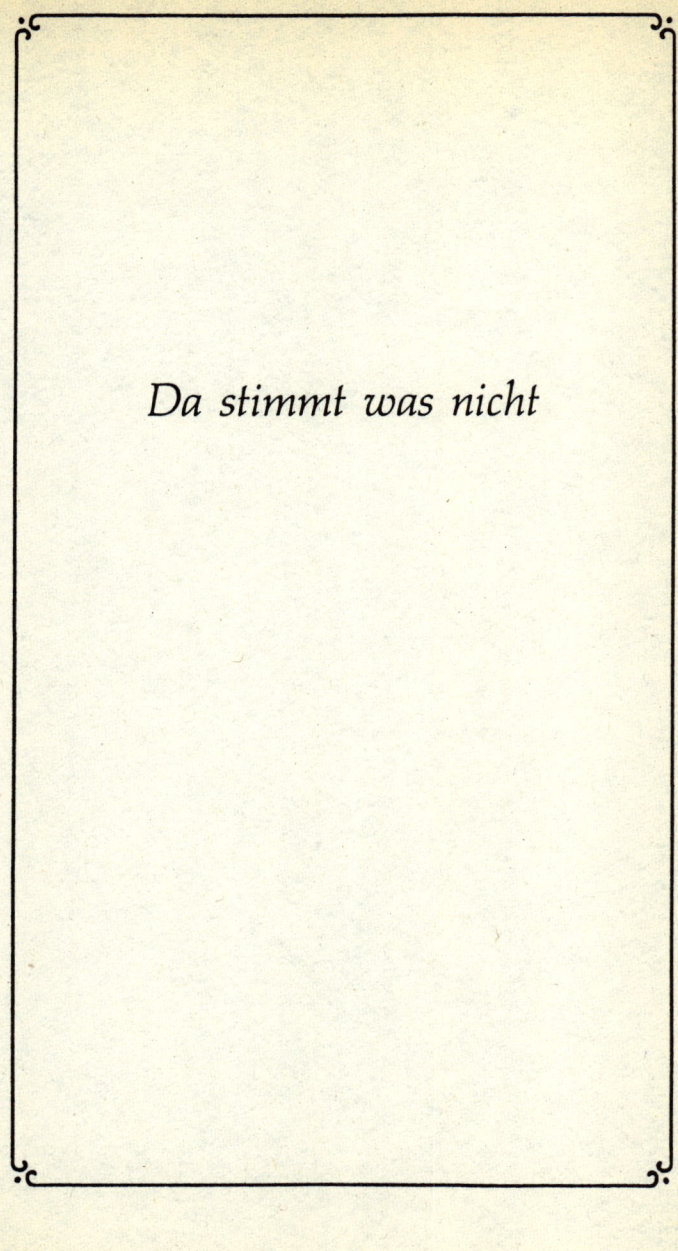

Da stimmt was nicht

Ungefähr zwanzig Personen waren an jenem Abend im Hause von Domingo Donez de Dentiz versammelt. Ich sage »ungefähr«, denn die Gäste kamen und gingen, so daß ihre Zahl ständig wechselte. Einmal waren es achtzehn, einmal dreiundzwanzig und einmal sogar vierzig. Die Donez de Dentiz waren eine sehr gastfreie Familie, und wenn sie ihre Freunde einluden, wünschten sie, daß auch die Freunde ihrer Freunde am Fest teilnahmen. Und so kam alle Augenblick jemand hinzu und stellte sich lächelnd vor. Es war der Freund eines Freundes oder nur der Freund des Freundes eines Freundes.

So vergrößerte sich die Gesellschaft in zunehmendem Maße. Die Getränke ließen die Zahl der Gäste doppelt, ja dreifach erscheinen. Und alle Augenblick stellte sich jemand vor.

»Esimio Bidodici.«

»Sehr angenehm.«

»Ramirez Biancafalda.«

»Sehr erfreut. Dort ist die Bar. Möchten Sie Whisky oder lieber Tinte?«

»Danke, nur einen Mineralwasser-Cocktail.«

Adelaide Fastidio bediente das Grammophon, und im »Saal der Klöpse« tanzten die Paare pausenlos.

Wie oft wurde an der Haustür geschellt? Dreißig-, vielleicht vierzigmal. Keiner erinnert sich daran. Wie viele Personen kamen an jenem Abend, und wer waren sie? Keiner weiß es mehr. Neue Leute, unbekannte Gesichter. Um Mitternacht ging der reichliche Flaschenvorrat der Bar zur Neige. Wie hieß doch jener ältere Herr mit den weißen Haaren und dem gezwirbelten Schnurrbart? Der mit den kleinen kohlschwarzen Augen und dem blassen Gesicht?

Keinem fällt es mehr ein. Aber alle erinnern sich genau an seine Anwesenheit. Wann war er gekommen? Keiner weiß es. Wessen Freund war er? Wer hatte ihn in das Haus von Domingo Donez de Dentiz eingeladen?

Alles Fragen ohne Antwort.

Und doch kann sich jeder seiner gut entsinnen. Jedem haftet sein Bild noch klar im Gedächtnis, jeden hat sein stechender Blick getroffen.

Herzlich, heiter ausgelassen wie alle Gäste. Auch er trank wie die anderen, und selbst die stärksten Getränke konnten ihm nichts anhaben. Er aß die schärfsten Paprikaschoten, ohne daß ihm Tränen in die Augen traten. Das fiel auf, und viele machten scherzhafte Bemerkungen über diese seine außerordentliche Fähigkeit. Jemand meinte sogar, der Herr könne Federmesser und Rasierklingen ebenso ruhig herunterschlucken wie ein gewöhnlicher Sterblicher Mayonnaise.

Dann fing der Buchhalter Bassopiano mit Gesellschaftsspielen an. Er war auf diesem Gebiet ein Spezialist, und alle Leute luden ihn eben wegen seines Talentes, Gesellschaftsspiele zu organisieren, zu ihren Festen ein. Buchhalter Bassopiano setzte die Gäste immer in Erstaunen. Er konnte Dinge wie kein anderer.

Domingo Donez de Dentiz hatte den Buchhalter gebeten, doch eines seiner Kunststücke zum besten zu geben. Alle klatschten begeistert Beifall. Der Buchhalter zierte sich erst, wie er es immer zu tun pflegte, gab dann aber dem allgemeinen Drängen nach.

Er wickelte eine Münze in sein Taschentuch und ließ sie verschwinden. Dann fand er sie im Ohr von Mathilde Fustagno wieder.

»Bravo«, lobte Mathilde Fustagno. »Aber ich möchte noch mehr Münzen in meinem Ohr finden. Ganz viele – nicht nur eine.«

146

»Bedaure«, sagte Buchhalter Bassopiano, »eine war verschwunden, eine fand ich wieder. Mehr kann ich nicht tun.«
In diesem Augenblick trat der Herr mit den schwarzen Augen und den weißen Haaren zu Mathilde Fustagno, hielt beide Hände wie eine Schale unter das Ohr der jungen Dame und fing darin einen wahren Regen von Goldstücken auf.

»Bitte«, sagte er und überreichte ihr die Münzen. »Sind Sie nun zufrieden?«

Mathilde Fustagno schaute ihn verblüfft an. Der Buchhalter Bassopiano riß die Augen auf, und alle Gäste blickten ungläubig drein.

Der Herr mit den schwarzen Augen lächelte und verbeugte sich.

»Ein kleiner Taschenspielertrick«, sagte er, »klein und bescheiden. Nichts Besonderes.«

Mathilde Fustagno ließ die Münzen hastig in ihrer Handtasche verschwinden.

»Ich möchte nicht, daß Sie sie mir wieder wegzaubern«, sagte sie.

»Keine Angst«, sagte der Schwarzäugige, »niemand wird daran rühren.«

»Sie sind fabelhaft«, sagte Buchhalter Bassopiano, »gegen Sie bin ich nur ein Stümper. Bitte, machen Sie uns doch noch ein Kunststück vor!«

»Wirklich –«, stammelte der Schwarzäugige, »ich wage es nicht. Mir scheint, Sie gelten hier als Berühmtheit. Alle erwarten von Ihnen etwas Besonderes, nicht von mir.«

»Mir wird das nie gelingen, was Sie bei Fräulein Fustagno vollbracht haben«, sagte Buchhalter Bassopiano.

»Warum versuchen Sie's nicht?« fragte Domingo Donez de Dentiz.

Buchhalter Bassopiano zuckte die Achseln und hielt die

Hände wie eine Schale unter Mathilde Fustagnos Ohr. Doch nichts fiel heraus.

»Ich habe es ja gleich gesagt!« sagte Buchhalter Bassopiano enttäuscht.

»Nur nicht den Mut verlieren!« sagte der Schwarzäugige. »Mit etwas gutem Willen wird es Ihnen auch gelingen. Warten Sie!«

Er zog ein großes weißes Taschentuch hervor, entfaltete es und verdeckte damit Bassopianos Hände und Mathildens Ohr.

Da blickte der Buchhalter verdutzt um sich, und alle begriffen, daß seine Hände sich mit etwas füllten. Der Schwarzäugige hob das Taschentuch, und der Buchhalter zeigte den Anwesenden seine Hände voller Goldstücke.

»Phantastisch«, sagte Mathilde Fustagno und griff nach ihrer Handtasche. »Ich weiß nicht, wie ich Ihnen danken soll.«

»Nicht doch«, wehrte Buchhalter Bassopiano ab, »ich habe nichts damit zu tun, sondern der Herr dort.« Mit einer Kopfbewegung bezeichnete er den Schwarzäugigen, und der Schwarzäugige lächelte.

»Es gehört nicht viel dazu«, sagte er. »Wenn die Herrschaften gestatten, werde ich noch ein anderes Kunststückchen vorführen.«

Alle klatschten glücklich und zufrieden Beifall.

Die Grammophonmusik verstummte, und die Gäste im anderen Saal hörten zu tanzen auf.

Alle eilten in den Salon. Wie viele waren dort? Vielleicht vierzig, vielleicht fünfzig.

Es war ein ständiges Kommen und Gehen. Freunde der Freunde von Domingo Donez de Dentiz' Freunden. Und außerdem ließen die Getränke die Zahl der Gäste doppelt, ja dreifach erscheinen. Aber an den Schwarzäugigen erinnern sich alle, wenn auch keiner ihn je zuvor gesehen hatte. Alle erinnern sich an das, was er getan hat.

Die Ausgelassenheit hatte ihren Höhepunkt erreicht, als der Schwarzäugige Domingo Donez de Dentiz hinter einem Tischtuch verbarg. Er zählte bis drei und riß dann rasch das Tuch weg.

Domingo Donez de Dentiz hatte sich verjüngt – mindestens um zwanzig Jahre. Er war nicht mehr der ältere Herr mit den grauen Schläfen und den etwas gebeugten Schultern, sondern ein hochgewachsener, schlanker junger Mann mit glänzend schwarzem Haar und elegant gestutztem Schnurrbart. Genau wie auf dem Bild über dem Kamin, dem Bild des dreißigjährigen lebensprühenden Domingo Donez de Dentiz, und er hatte genauso das Jagdgewehr geschultert, und zu seinen Füßen lag die noch leere Jagdtasche.

Der Beifall war ohrenbetäubend.

Domingo Donez de Dentiz warf sich stolz in die wieder jugendliche Brust.

»Phantastisch!« rief er. »Unglaublich! Ein wunderbares Gesellschaftsspiel! Ich bin tatsächlich wieder jung.«

Er betrachtete sich im Spiegel, strich sich über die Haare, seufzte tief.

»Ich fühle mich genau wie vor zwanzig Jahren«, sagte er. »Ihr Spiel hat mir ausgezeichnet gefallen.«

Der Schwarzäugige lächelte bescheiden.

»Spielereien«, sagte er. Die Gäste starrten sprachlos den Hausherrn an.

Da fiel Domingo Donez de Dentiz' Blick auf seinen Anzug. Er bat die Gäste um Entschuldigung.

»Ich werde mich umziehen«, sagte er, »es gehört sich nicht, daß ich meine Gäste im Jagdanzug empfange.«

Er legte das Gewehr ab und ging hinaus. Alle scharten sich neugierig um den Schwarzäugigen.

»Wie haben Sie das gemacht?« fragte der Buchhalter Basso-piano, der sich die Sache nicht erklären konnte. »Können Sie mir dieses Kunststück nicht auch beibringen?«

»Es ist nicht leicht«, sagte der Schwarzäugige.

»Und doch muß es ein Trick sein«, sagte jemand.

In diesem Augenblick kam Domingo Donez de Dentiz wieder in den Salon, ziemlich aufgeregt, in Hemdsärmeln und seine Hose mit beiden Händen festhaltend.

»Der Smoking ist mir viel zu weit«, sagte er verzweifelt, »er paßt mir nicht mehr.«

»Eins, zwei, drei«, sagte der Schwarzäugige und machte eine Handbewegung. »Jetzt ist es in Ordnung.«

Domingo Donez de Dentiz ging hinaus und kehrte bald darauf zurück. Sein Abendanzug saß wie angegossen.

»Wenn es den Herrschaften beliebt, fahre ich fort«, sagte der Schwarzäugige.

Alle umdrängten ihn nun, doch er verstand es, sich mit den Händen Platz zu verschaffen. Er schaute zu Esmeralda Adrianopolis de Guantis hinüber, einer alten adligen Dame, die in der ganzen Gegend wegen ihrer strengen Moral bekannt war. Sie rühmte sich, unter ihren Ahnen einen königlichen Minister, einen Kardinal und zwei Kreuzritter zu haben. Die alte Dame saß steif in ihrem Sessel, beobach-tete seit Beginn des Festes das ausgelassene Treiben und schüttelte immer wieder mit gewohnter Herablassung den Kopf, zum Zeichen, daß sie das Benehmen der modernen Jugend mißbilligte. Nur hie und da erhob sie sich und begab sich zur Bar. Jemand hatte gesehen, wie sie verstohlen einmal ein Gläschen Wodka leerte, das andere Mal einen Cinzano.

Der Schwarzäugige hob das Tischtuch und entzog die alte Dame den Blicken der Anwesenden.

»Eins, zwei, drei«, sagte er schnell und warf das Tuch fort.

Ein allgemeiner Aufschrei maßlosen Erstaunens: die alte Dame war plötzlich wieder jung. Sie saß nicht mehr steif und kerzengerade im Sessel, sondern balancierte auf seiner Rückenlehne. Sie trug ein kurzes Ballettröckchen aus Tüll, das zwei vollendet schöne Beine in schwarzen Strümpfen unbedeckt ließ. In der rechten Hand hielt sie ein aufgespanntes blaues Schirmchen, und mit der linken teilte sie Küsse nach allen Seiten aus.

Rasch und behende sprang Donna Esmeralda Adrianopolis de Guantis von der Sessellehne herunter, machte das Schirmchen zu und errötete heftig, als sie um sich blickte. Sie war um dreißig Jahre verjüngt und wieder in das zurückverwandelt worden, was sie vor dreißig Jahren gewesen war: eine einfache Varietétänzerin.

»Ich weiß nicht, ob ich mich freuen oder schämen soll«, stammelte sie verwirrt. »Einerseits freut es mich, daß Sie mich wieder verjüngt haben, aber andererseits... mein Ansehen... wie stehe ich da!«

»Phänomenal!« rief der Buchhalter Bassopiano. »Mir wäre ein solches Kunststück nie gelungen!«

»Nicht der Rede wert«, lächelte der Schwarzäugige.

Erst da begannen sich die Leute zu fragen, woher er kam, wer er war und wie er hieß.

Aber keiner wußte eine Antwort. Keiner hatte ihn je zuvor gesehen. Keiner wußte, wann und wie er hereingekommen war.

In bester Laune machte Domingo Donez de Dentiz den jungen Damen den Hof, während Donna Esmeralda versuchte, sich eine Haltung zu geben. Sie warf ihren Pelz um die Schultern und bemühte sich, ihre schönen schwarzbestrumpften Beine zu bedecken.

Mathilde Fustagno hielt dem Schwarzäugigen immer noch ihr Ohr hin, und weitere Goldstücke gesellten sich zu den anderen in ihrer Handtasche.

Um vier Uhr morgens zeigte der Schwarzäugige immer noch sein freundliches Lächeln, und die ob des wunderbaren Abends glücklichen und zufriedenen Gäste dachten daran, sich zu verabschieden.

Die einen hatten eine prall gefüllte Brieftasche, andere ein Auto vor der Tür und wieder andere ein Landhaus. Der Schwarzäugige hatte unablässig gearbeitet und bereitwillig allen Bitten der von seiner außergewöhnlichen Kunst begeisterten Gäste entsprochen.

»Jetzt ist's genug«, sagte er schließlich, »ich glaube, daß ich die Wünsche aller Anwesenden erfüllt habe. Oder möchte jemand noch irgend etwas?«

»Eine Ölquelle«, sagte Buchhalter Bassopiano, »ganz für mich allein.«

Ein letztes Mal willigte der Schwarzäugige ein. Er führte den Buchhalter ans Fenster und deutete zum Horizont. Hinter den Dächern der Häuser ragte die Spitze eines Bohrturmes empor, und darauf leuchtete in Neonschrift: *Bassopiano-Petroleum.*

»Und jetzt«, sagte der Schwarzäugige, die Hand ausstreckend, »darf ich um Ihre Seele bitten.«

Alle schauten ihn entgeistert an.

»Ja«, wiederholte der Schwarzäugige, »Ihre Seele. Jeder arbeitet für etwas. Ich natürlich auch. Ich habe Ihnen alles verschafft, was Sie sich wünschten. Jetzt heißt es bezahlen!«

»Die Seele?« riefen die Gäste schaudernd.

Der Schwarzäugige schaute sich um und wartete mit ausgestreckter Hand. Keiner rührte sich, keiner sagte ein Wort.

»Keiner?« fragte der Schwarzäugige. »Also war alles nur ein Scherz.«

Er machte eine Bewegung mit der rechten Hand, verbeugte sich, schritt zur Tür und verschwand.

Buchhalter Bassopiano stürzte ans Fenster. Der Bohrturm

mit der Aufschrift »*Bassopiano-Petroleum*« war verschwunden. Mathilde Fustagno kramte in ihrer Handtasche: sie war leer. Zerronnen waren Villen und Autos.

Peinlich berührt und ernüchtert gingen die Gäste nach Hause. Domingo Donez de Dentiz verabschiedete sie auf der Schwelle. Er war wieder alt geworden und hatte graue Schläfen und gebeugte Schultern wie zuvor. Er fühlte sich unbehaglich in dem zu engen Abendanzug, und der Hemdkragen schnürte ihm die Kehle zu.

Donna Adrianopolis de Guantis saß steif und kerzengerade in ihrem Sessel und hatte noch das kurze Röckchen von vor dreißig Jahren an. Ihre dürren Beine steckten in schwarzen Strümpfen.

Schamroten Gesichtes sah sie den letzten Gast den Salon verlassen. Dann zerbrach sie wütend das blaue Sonnenschirmchen.

»Lächerliche Gesellschaftsspiele«, sagte sie.

Der Radrennfahrer

Er war ein großer Radrennfahrer gewesen.

Ich sage groß, aber nicht im heutigen Sinne. Das heißt keiner, der immer Erster war und alle anderen schlug, sondern auf ganz andere Weise. Trotzdem war er groß, allerdings nicht, weil er von Gestalt groß war, er war sogar ausgesprochen klein, sondern er war groß in dem Sinne, daß er an allen Rennen teilnahm, daß er immer anwesend war, und ich will damit sagen, auch dann, wenn er keine Hoffnung hatte zu gewinnen, ich meine nicht einmal das ganze Rennen, sondern nur irgendeine Prämie.

Er fuhr Rennen um des Rennens willen und damit basta. Denn es gefiel ihm, Rennen zu fahren. Vor allem gefiel ihm zum Beispiel der Start, und er sprach oft über den Start. Es sei das Beste am ganzen Rennen. Er hätte alles für einen Start gegeben, und auch jetzt noch, da er alt ist, erinnert er sich sehnsüchtig daran.

Beim Start war er immer der Erste, und auch das war keineswegs einfach. Erster bei allen Starts zu sein, ist nicht jedem gegeben.

Die großen Radrennmeister etwa sind nie die Ersten beim Start, und es ist unverständlich, warum die Leute nicht mehr Wert darauf legen. Sie sind als erste am Ziel, und wenn ich recht verstehe, gilt ihr Interesse ausschließlich dem. Dabei sind alle Meister fähig, als erste das Ziel zu erreichen. Jedem übrigens sein Spezialgebiet, und man muß den Spitzenfahrern das ihrige einräumen. Der eine spezialisiert sich auf den Endspurt, der andere auf die Abfahrt, der eine auf die Straße, der andere auf die Bahn.

Bino Ribelli spezialisierte sich auf den Start.

Wenn er darüber reden kann, ist er glücklich. Seine Augen leuchten, und er lächelt. Dann erzählt er ausführlich, was er in seiner langen Karriere als Radrennfahrer erlebt hat.

Er besitzt ein Album voller Photographien. Da ist er mit diesem oder jenem Meister abgebildet, und sogar die richtigen Meister der Meister legen eine Hand auf seine Schulter und lächeln.

Fast alle Großen des Radsports haben ihm die Hand auf die Schulter gelegt, und einer von ihnen hat sich sogar einmal bei ihm eingehakt und ihn um eine Gefälligkeit gebeten. Um eine Kleinigkeit, etwa ihm den Fahrradschlauch zu halten oder ihm die Feldflasche zu reichen.

Bino Ribelli hat ein kleines Haus und lebt dort mit seinen Erinnerungen.

Ich bin eines Tages bei ihm gewesen und habe gesehen, daß sein Häuschen mit Photographien von Straßen, Rennen, Rennfahrern und Startbändern tapeziert ist. Auch unscharfe sind darunter und einige alte, zerrissene.

An jenem Tage lebte er in einer fernen Erinnerung, aber er weigerte sich, mir zu sagen, um welche es sich handelte. Seine persönliche Angelegenheit, die er für sich behielt.

Wir alle haben so etwas. Hie und da kommen uns Gedanken, die wir keinem andern anvertrauen. Es sind intime Dinge, die uns gehören und die wir für uns behalten.

Wir tun gut daran, sie für uns zu behalten. Wir haben das Recht dazu, oder etwa nicht?

Ich bat ihn an jenem Tage, mir etwas zu erzählen, was er sagen könnte, kurzum, eines seiner Abenteuer oder wenigstens, wie er angefangen habe oder wieso er je auf die Idee gekommen sei, immer als erster am Start zu sein.

»Es war kein ausgeklügelter Plan«, sagte Bino Ribelli, »ich hatte plötzlich eines Tages den Einfall und setzte ihn sogleich in die Tat um. In den ersten Jahren meiner langen Karriere war es mir nie gelungen, das Zielband zu sehen.«

»Immer aufgegeben?« fragte ich.

»Nein«, sagte er, »immer vom Wege abgekommen. Wir starteten in der Gruppe, und ich strampelte hinter den Schultern meiner Renngefährten her. Dann konnte ich das Tempo nicht mehr mithalten und war gezwungen, langsamer zu fahren. Nach einer Weile sah ich nicht einmal mehr die Rücken meiner Gefährten, strampelte aber doch weiter. Bei der ersten Kreuzung schlug ich den falschen Weg ein. Ich erinnere mich an Tage, da ich mich auf diese Weise alleine fand, meine ganze Kraft zusammenraffte und heftig strampelte, um die anderen einzuholen. Ich nahm mir vor, erst dann das Tempo zu verringern, wenn ich die Rücken der Rennfahrer sehen würde. Da ich aber den falschen Weg eingeschlagen hatte, war es völlig unmöglich, die Rücken der Rennfahrer vor mir zu sehen. Ich strampelte den ganzen Tag, und ich kann Ihnen versichern, ich fuhr so schnell, daß ich, wäre ich auf der richtigen Straße gewesen, das Rennen gewonnen hätte. Wie oft ist mir das passiert! Ich wäre ganz bestimmt als erster angekommen. Damals war ich jung. Abends befand ich mich in irgendeiner Stadt, vielleicht sogar in der genau entgegengesetzten Richtung von der, wo das Ziel war, und las die Resultate des Rennens, an dem ich teilgenommen hatte.«

»Ich verstehe«, sagte ich.

»So entschloß ich mich«, sagte Bino Ribelli, »mich ans Startband zu halten. Es war das einzige Band, dessen ich sicher sein konnte. So kam es, daß ich die Anfangsgeschwindigkeit forcierte und dann in der Gruppe blieb. Denn eigentlich bin ich durch das Rennfahren Rennfahrer geworden. Ich blieb zurück, aber nicht so weit, daß ich mich in der Straße geirrt hätte.«

»Sind Sie denn nie Erster geworden?« fragte ich.

»Einmal«, sagte er, aber er sagte es schaudernd, und da er dadurch meine Neugier geweckt hatte, bat ich ihn, mir zu erzählen, wie es dazu gekommen sei.

»Es geschah bei einem Zweihundert-Kilometer-Rennen«, sagte er, »und wir waren neunundfünfzig Rennfahrer. Darunter die Meister der Meister, die immer auf der ersten Seite der Zeitungen stehen. Alle hatten mir geraten, das Rennen zu fahren, aber das Ziel war mir gleichgültig, wichtig war mir nur der Start und damit basta. Wie gewöhnlich. Da war nun ein Kollege von mir, ein unglücklicher Rennfahrer, der unter seinem Mißerfolg litt. Auch er nahm an allen Rennen teil, kam aber nie unter den ersten vierzig an. Er weinte und verzweifelte. Er versuchte alle Mittel, um wenigstens einmal zu gewinnen. Nicht mehr, nur ein einziges Mal und dann Schluß. Wenn er ein einziges Mal gewonnen hätte, würde er sich von der Rennfahrerkarriere zurückgezogen haben.

Sein alter Vater wollte nicht, daß er Rennen fuhr, und bat ihn, damit aufzuhören. Aber nichts zu machen.

›Laß mich ein einziges Mal gewinnen‹, sagte er, ›dann höre ich auf. Das schwöre ich dir.‹

Der alte Vater litt jedesmal, wenn ein Rennen stattfand, und betete zu Gott, daß sein Sohn gewinnen möge, weil er dann damit aufgehört hätte. Doch nichts zu machen. Eines Tages starb der alte Vater von Cardo Baldacchio. Cardo Baldacchio fuhr weiter Rennen und fand sich also auch zu diesem berühmten Rennen ein. Ich erinnere mich daran, als wäre es heute, und es überläuft mich kalt. Wie gewöhnlich war ich als erster am Startband, und als Cardo kam, begrüßte ich ihn herzlich.

›Diesmal will ich gewinnen‹, sagte der Arme, ›um jeden Preis. Dann fahre ich keine Rennen mehr.‹

Ich sagte, ich wolle mein Möglichstes tun, um ihm zu helfen. Vielleicht könnte ich ihm im richtigen Augenblick einen kleinen Stoß geben, vielleicht ihm mein Rad überlassen. Natürlich müßte es mir gelingen, sein Tempo mitzuhalten.

Wir starteten. Er hatte die Nummer Siebzehn. Er startete ruhig, aber entschlossen, und ich heftete mich an seine Fersen. Sie wissen ja, wie so ein Rennen vor sich geht. Die Gruppe bildet sich um, einer rast voraus, einer bleibt zurück, und man verliert sich aus der Sicht. So verlor ich ihn eine Weile aus der Sicht, fand ihn dann aber wieder neben mir. Ich sah, daß es ihm gut ging und daß er Anstalten machte, die anderen hinter sich zu lassen. Also machte ich auch Anstalten, ihm zu folgen. Da entstand wieder einige Verwirrung. Ich übernahm die Spitze mit der Absicht, auf ihn zu warten und mich an sein Hinterrad zu heften, wenn er mich überholte, um ihm zu helfen. Alles bestens. Ich strampelte eine halbe Stunde ziemlich forsch und zog alle hinter mir her, die Meister und ihre Helfer. Ich führte mit hübschem Tempo, wußte aber, daß alle mich an einem gewissen Punkt wie gewöhnlich überholen würden. Diesmal jedoch wollte ich Widerstand leisten, um Cardo zu helfen.

Nach einer Weile hebe ich den Kopf und betrachte die Straße vor mir. Auf der freien Straße erblicke ich einen Einzelfahrer, der ein Trikot mit Cardos Farben trägt. Die Nummer kann ich nicht gut erkennen, weil ich noch zu weit entfernt bin, aber es sind seine Farben. Da sehe ich, daß er mir ein Zeichen macht und etwas langsamer fährt. Ich stemme mich daraufhin in die Pedale und bin ihm bald auf den Fersen. Er ist es wirklich, denn auf dem Rücken trägt er die Nummer Siebzehn. Er fährt schnell, beugt sich über die Lenkstange und dreht sich nicht um. Ich versuche, neben ihn zu gelangen, um ihn zu fragen, wie er es fertiggebracht habe, alle abzuhängen, ohne daß ich ihn vorbeifahren sah. Aber es gelingt mir nicht: stets fährt er schneller als ich. Ich bleibe hinter ihm, er nimmt mir den Wind weg, daß es eine wahre Lust ist, und saust wie der Blitz. Ich sehe mich um, und nach einer Weile ist keiner mehr da. Alle Fahrer sind distanziert. Ich freue mich für ihn. Wenn er nur durchhält, denke ich, und wundere mich, woher er so viel Kraft in den Beinen hat. Die Presseautos kommen, winken, kehren zurück, fahren voraus.

Ich habe nicht die geringste Absicht, meinen Gefährten zu überholen. Ein wenig befremdend empfinde ich es, daß niemand ›Feste, Cardo!‹ ruft. Inzwischen sind wir fast am Ziel. Diesmal hat er es geschafft, denke ich. Er gewinnt und fährt dann keine Rennen mehr. Sein Vater im Grab wird bestimmt zufrieden sein.

Da ist die Zielgerade. Diesmal wirst du Zweiter, sage ich mir, das ist schon eine gute Leistung für dich. Eine Riesenmenge hat sich eingefunden, klatscht in die Hände, dann fahre ich am Hinterrad Cardos, der mir auf der ganzen Strecke den Wind abgefangen hat, ohne mir seinen Platz überlassen zu wollen, damit ich ihn etwas hätte ziehen können, durchs Ziel. Kaum bin ich durchs Ziel gefahren, da stürzen sich die Leute auf mich, die Mädchen küssen mich, überreichen mir Blumen, die Journalisten holen mich ans Mikrophon. Ich bin völlig verdattert und entgeistert. Ich halte nach Cardo Ausschau und kann ihn nicht erblicken. Alle behaupten, daß ich Erster sei, aber, zum Teufel, ich weiß sicher, daß es nicht stimmt. Ich bin Zweiter. Doch es ist nichts zu machen. Ich bekomme auch den Preis, und inzwischen treffen die berühmten Fahrer ein und dann die ganze Gruppe der anderen.

Während sie ankommen, suche ich Cardo — wahrhaftig, da ist er, unter den Letzten. Ich sehe ihm ins Gesicht: er ist es wirklich. Er trägt das Trikot mit seinen Farben und auf dem Rücken die Nummer Siebzehn. Ich kann es nicht fassen. Cardo ist niedergeschmettert und weint. Auch diesmal habe er es nicht geschafft, sagte er, obwohl er sein möglichstes getan habe; die anderen seien ihm schon bald davongefahren.

Später bin ich zu ihm ins Hotel gegangen und habe ihm die Geschichte erzählt. Ich habe ihm gesagt, daß ein Fahrer mit seinen Farben und seiner Nummer auf dem Rücken bis zum Ziel mein Schrittmacher gewesen sei. Und er hat mir gesagt, daß ich mich wohl nicht geirrt hätte. Hat gesagt, daß es der Geist seines Vaters auf dem Fahrrad gewesen sein müsse. Seines Vaters, der wollte, daß er Erster würde, um dann das Rennfahren aufzugeben. Darum sei er im Höllentempo auf der ganzen Strecke mein Schrittmacher gewesen. Nur habe der Geist seines Vaters den Fehler gemacht, nie einen Blick über die Schulter zu werfen, und so sei er bis zum Ziel mein Schrittmacher und nicht der seines Sohnes gewesen.

Cardo hat von diesem Tag an seine Rennfahrerlaufbahn aufgegeben. Und das war das einzige Mal, daß es mir gelang, das Rennen zu machen«, schloß Bino Ribelli.

Dann erzählte er mir seine anderen Abenteuer, aber keines war so interessant wie dieses.

Der Große Komet

Der Marchese Gismondo di Valleguscio hob die Tafel auf. »Wenn die Herrschaften sich bitte zum Kaffee in den Salon begeben wollen...«, sagte er.

Im munteren Geplauder trat eine kurze Unterbrechung ein, Stühle wurden gerückt, und die kleine Schar der Geladenen verließ das Zimmer.

An jenem Abend hatte der Marchese nicht viele Gäste. Ein ausländisches Ehepaar, das er in Cannes kennengelernt hatte, einen Wollfabrikanten mit seiner Tochter, einen Juwelier, einen Reisenden in Büroartikeln, dessen Frau und den Grafen Edoardo degli Urgenti mit seiner Gemahlin Gisalberta Maddalena Clarissa.

Die Geladenen jenes Abends waren außergewöhnliche Gäste. Keinerlei freundschaftliche oder verwandtschaftliche Beziehungen verbanden sie mit dem Marchese. Rein zufällige Bekanntschaften waren es, die der Marchese auf Reisen gemacht hatte; aber all diese Leute besaßen etwas Gemein-

sames: sie hatten mehr oder weniger offen den empfind-
lichen Marchese gekränkt, indem sie an den Geschichten
zweifelten, die über die Schmuck- und Juwelensammlung
Gismondo di Valleguscios im Umlauf waren.

Wenige hatten das Glück gehabt, die berühmte Sammlung
zu bewundern. Jene wenigen waren von dem Glanz der
Steine und dem Wert der Geschmeide so überwältigt
worden, daß sie fast den Verstand verloren hatten.

Die Herzogin Luisa Colpennino war in Ohnmacht gefallen,
ehe sie die seltensten Stücke der Kollektion hatte bewundern können, und war erst nach acht Monaten wieder
völlig zu sich gekommen, dank ihrer Zimmergymnastik
und einer langen Erholungsreise zu den bekanntesten Luft-
kurorten Europas.

Es war ausgeschlossen, die Sammlung zu besichtigen: der
Marchese Gismondo sagte jedem »nein«, der ihn zu bitten
wagte, seinen Fuß in die Gemächer setzen zu dürfen, in
denen die Kleinodien eifersüchtig gehütet wurden.

Die Neugier der Kenner war enorm, und obwohl außer
jenen wenigen keiner je ein einziges Stück der Sammlung
hatte bewundern können, durfte dennoch das Vorhandensein der Sammlung und ihr unschätzbarer Wert nicht in
Zweifel gezogen werden.

Nur die an jenem Abend Geladenen hatten es gewagt, bei
verschiedenen Gelegenheiten ihre Ungläubigkeit kund-
zutun.

Der Ausländer von Cannes hatte eines Tages, als er die
Sammlung des Marchese rühmen hörte, seine Frau ange-
blickt und gelächelt: ein vielsagendes Lächeln, das sich der
Marchese genau gemerkt hatte.

Bei einem anderen Anlaß hatte der Wollfabrikant seine
Zweifel klar und unumwunden geäußert; während der
Reisende in Büroartikeln mit einem Anflug von Spott in der

Stimme sich dem Marchese gegenüber die kühne Frage erlaubt hatte: »Ist es wahr, daß Sie eine Kartoffelsammlung in Ihrem Schloß haben?«

Graf Edoardo degli Urgenti war es aber gewesen, der durch das Hochziehen seiner Augenbrauen dem Faß den Boden ausschlug. Jene leichte Bewegung der Augenbrauen, die so bezeichnend und vielsagend war, ging dem Marchese schrecklich auf die Nerven, und er hielt sie für schlimmer als jede noch so grobe Beleidigung in Worten.

So lud der Marchese Gismondo di Valleguscio die Ungläubigen an jenem Abend zum Essen ein. Aber erst nach dem Kaffee faßte er den endgültigen Entschluß.

»Meine Herrschaften«, sagte er und umschloß dabei alle Anwesenden, die sich erhoben hatten, mit einem Blick, »nun werde ich Ihnen etwas zeigen, was sich nicht einmal die glühendste Phantasie ausmalen kann.«

Alle waren sehr gespannt, und in mehr als einem der Gesichter wich Ungläubigkeit und Gleichgültigkeit der Erregung.

Der Marchese bedeutete den Gästen, ihm zu folgen. Nachdem er eine Tapetentür geöffnet hatte, betraten die Gäste das Juwelenkabinett. Ein einfacher Tisch stand in der Mitte. An den Wänden befanden sich etwa ein Dutzend Panzerschränke. Das Zimmer lag im Halbdunkel. Eine Lampe beleuchtete die mit schwarzem Samt bedeckte Tischfläche. Nachdem der Marchese einen der Panzerschränke aufgeschlossen hatte, entnahm er ihm ein Kästchen und stellte es auf den Tisch. Er öffnete es, und die erstaunten Gäste erblickten ein Dutzend wundervoller, edelsteinbesetzter Schmuckstücke. Ein leises Murmeln der Überraschung ging durch die kleine Gruppe.

Nur Graf Edoardo degli Urgenti zog die rechte Augenbraue hoch.

»Meine Herrschaften«, sagte der Marchese lächelnd, »Ihr Staunen ist fehl am Platze. Es handelt sich um ganz gewöhnliche Edelsteine. Sie sind zwar schön und auch wertvoll, aber nichts Besonderes. Sie haben keine Geschichte.« Er stellte die Schmuckstücke wieder in den Panzerschrank und holte aus dem zweiten eine andere Schatulle.

Steine von unerhörter Schönheit kamen zum Vorschein.

»Auch diese haben keine Geschichte«, sagte der Marchese lächelnd. »Wirklich kostbare Stücke müssen außer ihrer Schönheit und Seltenheit ihr eigenes Leben haben. Edelsteine sind erst dann wirklich wertvoll, wenn sie eine Schaden oder Glück bringende Kraft ausstrahlen, meine Herrschaften. Hier ist eines der seltensten Stücke meiner Sammlung«, sagte der Marchese und zeigte einen riesigen Rubin. »Die wohltätige Kraft dieses Steines ist gewaltig. Wer immer ihn besaß, hatte Glück. Seinem ersten Besitzer brachte er ein Reich, den anderen Wohlstand und Gesundheit. Nun ist er mein, und dank seiner wohltätigen Kraft besitze ich die kostbarste Sammlung der Welt.«

Die Gäste blieben unbeweglich, die Augen weit aufgerissen, gleichsam hypnotisiert.

Nur Graf Edoardo degli Urgenti zog seine rechte Augenbraue hoch.

Der Ausländer, den der Marchese in Cannes kennengelernt hatte, fand schließlich die Kraft, um ein Glas Wasser zu bitten.

Der Butler brachte das Wasser, und gleich darauf holte der Marchese aus einem anderen Panzerschrank ein anderes Kleinod.

»Ein Smaragd, wie Sie noch keinen gesehen haben«, sagte der Marchese und legte eine Goldbrosche mit einem Smaragd von ungewöhnlichen Ausmaßen unter die Lampe. »Auch dieser hat eine Geschichte. Seine schadenbringende

Kraft ist unfehlbar, wenn auch nicht schlimm. Ein Diamanten-sucher fand ihn, ein gewisser Smith, und als er sich danach bückte, zerriß seine Hose so, daß sie nicht mehr geflickt werden konnte. Er verkaufte ihn zwei Jahre später einem Züchter von Pekinesen, und der Käufer schüttete sich ein Tintenfaß über sein neues Hemd. Er schrieb die Sache nicht dem Smaragd zu, und ein Jahr darauf brannten sämtliche Sicherungen seiner elektrischen Anlage durch. Erst als sich in seiner Tasche eine Schachtel Streichhölzer entzündete, entschloß er sich, den Stein loszuwerden. Der Herzog Dacaffè kaufte ihn und ließ seinen Regenschirm in der Straßenbahn stehen. Nun ist er eines der schönsten Stücke meiner Sammlung.«

Der Ausländer, den der Marchese in Cannes kennengelernt hatte, erbleichte und klammerte sich an den Arm seiner Gattin.

»Schrecklich!« flüsterte er. »Laß uns gehen: meine Hosen-träger sind gerissen.«

Das Paar verließ auf Zehenspitzen das Gemach.

Ein Lächeln der Genugtuung erhellte das Gesicht des Mar-chese.

Die anderen Gäste bewunderten schweigend das Juwel.

Nur Graf Edoardo degli Urgenti zog die rechte Augenbraue hoch.

»Mir reicht es«, flüsterte der Wollfabrikant und ging mit seiner Tochter hinaus.

»Aber ich habe Ihnen noch nicht das wichtigste Stück meiner Sammlung gezeigt«, sagte der Marchese Gismondo di Valleguscio, während das breite Lächeln der Genug-tuung noch immer sein Gesicht verklärte.

Dem letzten Panzerschrank entnahm er ein kleines Etui und trug es unter die Lampe.

»Sie haben sicher vom Cullinan-Diamanten gehört«, sagte der Marchese, ehe er das Etui öffnete.

164

»Er ist berühmt«, sagte der Juwelier.

»Zugegeben«, antwortete der Marchese, »aber der Cullinan wirkt mit diesem hier verglichen lächerlich, er ist nur etwas größer als eine Erbse.«

Langsam hob er den Deckel des Etuis, und ein Diamant von sagenhafter Größe erschien vor den verblüfften Augen des Juweliers.

»Der Große Komet«, flüsterte der Marchese, »siebenhundertsechsundzwanzig Karat, gegen die fünfhundertsechzehn des Cullinan und die dreihundertachtzehn des ›Kleinen Kometen‹, der ja auch zu meiner Sammlung gehört.«

Der Juwelier erbleichte.

Nur Graf Edoardo degli Urgenti zog die rechte Augenbraue hoch.

Der Marchese Gismondo di Valleguscio schaute ihn an, und dicke Schweißtropfen perlten von seiner Stirn.

»Die verhängnisvolle Kraft dieses Diamanten ist außerordentlich«, sagte er, »er bringt Tod und Verderben, Blut und Gift. Der Kaiser von Gustavia entfesselte einen Krieg, um sich dieses Steines zu bemächtigen, siegte und schenkte ihn der Kaiserin, die wenige Monate später von Löwen verschlungen wurde. Der Diamant wurde Eigentum des Großherzogs Filippo dei Consulti, der von seinen Untertanen erdolcht wurde, weil er sich die Haare färbte. Die Baronin Garisenda del Gas wollte den Stein erwerben, aber ein Taifun überfiel sie: sie kam in den Fluten um. Ihr Erbe fiel aus dem Luftschiff, als er den Stein von Amerika nach England brachte. Der Herzog von Bertan kam durch giftige Pilze ums Leben. Die Macht dieses Diamanten ist schrecklich: Verbrechen und Selbstmorde, Tod und Verderben bringt er.«

Der Juwelier senkte den Kopf, Gräfin Gisalberta Maddalena Clarissa blickte den Grafen Edoardo degli Urgenti an.

Graf Edoardo degli Urgenti zog die rechte Augenbraue hoch.

»Nun?« fragte der Marchese und starrte den Grafen aus funkelnden Augen an. »Genügt es Ihnen immer noch nicht?«

»Ammenmärchen«, sagte Graf Edoardo degli Urgenti gelassen.

»Unheilbringende Kraft? Stuß!«

»Was heißt Stuß?« stammelte der Marchese, bleich vor Wut.

»Seit wieviel Jahren besitzen Sie den Diamanten?« fragte der Graf.

»Seit fünf Jahren!« sagte der Marchese.

„Was faseln Sie dann dauernd von Unheil, Blut und Verderben und von verhängnisvoller Kraft? Sie leben ja noch, will mir scheinen. Also ist es überhaupt nicht der Große Komet, den Sie so gerühmt haben.«

»Ist es nicht? Mein...« brachte der Marchese gerade noch hervor. Schweiß rann ihm von der bleichen Stirn, dann überzog flammende Röte sein Gesicht, die Halsadern schwollen an.

»Sie wagen es, immer noch zu zweifeln!« stieß er hervor, während er am ganzen Körper zitterte.

Dann faßte er sich wieder, richtete sich auf, betrachtete den Diamanten, und sein Blick wurde sanft.

»Großer Komet«, sagte er, »du lügst nie. Jetzt werde ich es ihm zeigen.«

Langsam öffnete er die Tischschublade, ergriff dann rasch einen Revolver, richtete ihn gegen die Schläfe und drückte ab.

»Er hatte doch recht«, sagte Gräfin Gisalberta Maddalena Clarissa und erhob sich.

Der Chiromant

Der Minister trat ein und ließ sich den Applaus der eleganten Gesellschaft lächelnd gefallen. Graf Babino Badade verbeugte sich und hieß den hohen Gast im Namen aller willkommen. Er hoffte, daß der Herr Minister im Anschluß an die feierliche Einweihung der neuen Streichholzschachtel einen angenehmen Abend verbringen würde. Er, der Graf, habe schon seit Jahren ein Mitglied der Regierung einladen wollen, nie aber die Gelegenheit dazu gehabt. Endlich fühle er sich durch die Erwerbung einer neuen Streichholzschachtel in der Lage, den Herrn Minister zu deren Einweihung einzuladen.

Der Minister dankte bewegt und sprach über die Zündholzindustrie und die Schwefelproduktion, erklärte sich gegen die Herstellung von Feuerzeugen und wies an Hand statistischer Unterlagen nach, daß das Wachszündholz noch immer mehr in Gebrauch sei als das hölzerne. Er fand Worte der Anerkennung für die Künstler, welche die Streichholzschachteln mit ihren Kunstwerken schmücken, und schloß seine Rede unter dem frenetischen Beifall aller Gäste.

Dies alles hat zwar keine Bedeutung für den Verlauf unserer Erzählung, aber es ist gut, wenn die Umgebung, in der die Geschichte ihren Anfang nimmt, kurz skizziert wird.

Der Minister ließ sich also, nachdem der Beifall verrauscht war, die Wachszündholzschachtel überreichen und ritzte mit dem Daumennagel die Steuerbanderole auf, während das Orchester die kaiserliche Hymne spielte. Er öffnete die Schachtel, entnahm ihr ein Wachszündhölzchen, steckte es an und hielt die Flamme an die Zigarette der Gräfin Badade. Die Gäste fingen wieder zu klatschen an. Während ihm die Gräfin gerührt dankte, gab er die Schachtel dem Grafen Babino zurück und schritt am Arm der Gräfin zum Büfett.

An dieser Stelle verlieren wir ihn aus den Augen. Das Gedränge um das Büfett erlaubt uns nicht, dem Minister und seiner liebenswürdigen Begleiterin zu folgen. Im übrigen interessiert uns sein ferneres Tun nicht mehr; wir können ihn beruhigt seinem Schicksal überlassen.

Wir haben nun vielmehr Gelegenheit, uns umzuschauen. Die Gäste im Hause des Grafen Badade sind lauter bekannte Persönlichkeiten aus der Welt der Literaten, Politiker, Musiker und Anstreicher.

Im großen Saal tanzen die Paare im Rhythmus eines Samba; im rosa Salon wird an einigen Tischen Bridge gespielt, und am Büfett prosten sich die Gäste mit Champagner zu.

Fröhlichkeit und gute Laune herrschen an diesem Abend im Hause des Grafen Babino, und Graf Babino Badade reißt sich förmlich in Stücke, um die Gäste zu unterhalten: ein wahrhaft vollendeter Gastgeber.

Soeben spricht er mit einem etwa fünfzigjährigen Herrn. Es ist Professor Ugo Dodonda, Ordinarius für Randbemerkungen an der Universität, Spezialist für orientalische Satzzeichensetzung, ein in der ganzen kulturellen Welt angesehener Mann.

»Ich glaube nicht daran«, sagt Professor Dodonda.

»Und doch«, sagt Graf Babino Badade, »muß etwas Wahres daran sein. Sehr oft trifft das ein, was geschrieben steht. Ich möchte sogar behaupten: immer. Ich kann Ihnen Hunderte von Beispielen nennen.«

»Zufall«, sagt der Professor, »nichts als Zufall. Was die Vergangenheit betrifft, ist es möglich, daß eine Spur zurückbleibt; aber was die Zukunft betrifft, so glaube ich es abstreiten zu müssen.«

»Und doch sind Sie für Ihre Fähigkeit, aus der Hand zu lesen, bekannt«, sagte der Graf.

»Auch das ist eine Wissenschaft, davon bin ich überzeugt«,

sagt der Professor, »aber nur in bezug auf die Vergangenheit. Hinsichtlich der Zukunft bin ich skeptisch. Ich dürfte es natürlich nicht sein, da ich ja nach der Meinung der Leute der beste Chiromant der Gegenwart bin, auch wenn ich diese Kunst nicht berufsmäßig ausübe. Trotzdem habe ich kein Vertrauen dazu. Sehen Sie, Graf, ich habe mir selbst aus der linken Hand gelesen.«

Der Professor zeigt dem Grafen seine linke Handfläche.

»Und Sie haben nichts enträtselt?« erkundigt sich der Graf.

»Bis gestern schon«, antwortet der Professor, »aber im Hinblick auf die Zukunft weigere ich mich unter allen Umständen zu glauben, daß ich morgen sterben werde.«

»Morgen?« fragt der Graf und starrt den Professor entsetzt an.

»Ja, morgen«, sagt der Professor lächelnd. »Aber ich bin fest davon überzeugt, daß es nicht so kommen wird. Sie werden bemerkt haben, daß ich, wenn jemand mich bittet, ihm aus der Hand zu lesen, seine Neugier gern befriedige. Doch nicht ohne die Einschränkung, daß alles, was ich ihm sage, nach meiner Überzeugung nicht eintreffen wird.«

»Das ist aber ein merkwürdiges Verhalten für einen Chiromanten«, sagt der Graf. »An Ihrer Stelle würde ich mich jedenfalls morgen sehr in acht nehmen.«

Der Professor beginnt zu lachen. »Nicht nötig. Mir geht es ausgezeichnet. Ich habe mich gesundheitlich noch nie so wohl gefühlt wie augenblicklich.«

»Das freut mich für Sie«, sagt der Graf, »wenngleich Ihre Mitteilung mich ziemlich beunruhigt. Ich glaube nämlich an diese Dinge.«

»Lieber Professor«, ruft auf einmal Gräfin Gina Donaguizzo, wendet sich dann an eine Gruppe von Freundinnen und sagt: »Kommt, Kinder! Der Professor liest aus der Hand.« Eine Schar junger Damen umringt die zwei Herren. Alle halten die Hand hin, aber der Professor entzieht sich ihnen verlegen.

»Ach, bitte, Herr Professor, nur ein bißchen!«

»Ich möchte wissen, ob mein Bräutigam mich liebt!«

»Sagen Sie mir nur, ob ich verreisen soll!«

»Meine verehrten Damen«, sagt der Professor, »wenn Sie es wünschen, stehe ich Ihnen gern zu Diensten. Aber ich mache Sie darauf aufmerksam, daß ich kein Wort von dem glaube, was ich aus Ihren Händchen lesen werde.«

Alle lachen und denken, daß der Professor scherzt. Die Gräfin hält zuerst die Hand hin, und der Professor beugt sich darüber.

»Sie werden baden gehen«, sagt er, »haben keinen Schirm mit, und auf dem Heimweg wird es regnen. Was die Vergangenheit betrifft, so haben Sie vor zwei Jahren einen Entenbraten anbrennen lassen.«

»Wahrhaftig!« sagt Gräfin Gina Donaguizzo verdutzt, »Sie haben es erraten.«

»Nicht erraten«, sagt der Professor, »hier steht es.«

Und er berührt mit dem Finger die Hand der Gräfin.

»Und was bringt die Zukunft?« fragt die Gräfin klopfenden Herzens.

»Ich sehe ein Unglück«, sagt der Professor. »Die Puderdose wird Ihnen aus der Hand fallen und die Glasplatte Ihres Toilettentisches zerbrechen.«

»Oh, ich Arme!« ruft die Gräfin sichtlich beeindruckt. »Das reicht mir. Ich fürchte, Sie sagen mir sonst noch Schlimmeres.«

»Keine Sorge«, sagt der Professor. »Ich glaube nicht, daß es geschehen wird.«

Er liest in der Hand einer anderen jungen Dame.

»Ihr Gatte«, sagt er, »hat voriges Jahr zu enge Schuhe getragen. Sie werden ein Paar Nylonstrümpfe einbüßen

und ungefähr eineinviertel Stunden im Fahrstuhl eingeschlossen bleiben.«

»Sie prophezeien ja lauter Katastrophen«, sagt die Dame.
Und alle gehen beunruhigt auseinander, denn sie glauben
an solche Dinge.

»Sie haben wie immer Erfolg gehabt«, sagt Graf Babino
Badade, »übrigens zu Recht. Auch ich glaube an solche
Dinge.«

»Das sollten Sie nicht tun«, sagt der Professor.

Doch der Graf streckt ihm seine linke Hand hin, und der
Professor beugt sich darüber. Dann blickt er zum Grafen
auf und schüttelt den Kopf.

»Sie haben gesagt, daß Sie an solche Dinge glauben«, sagt
er.

»Gewiß habe ich das, und ich wiederhole es ausdrücklich«,
sagt der Graf.

»Dann kann ich Ihnen leider nichts sagen.«

Der Graf wird bleich und starrt den Professor an.

»Sie können sich doch nicht weigern, mir zu sagen, was Sie
in meiner Hand gelesen haben«, sagt er, »Sie sind doch mein
Gast.«

»Ich habe nichts Besorgniserregendes herausgelesen«, stammelt der Professor, aber es ist offensichtlich, daß er nicht
die Wahrheit spricht, und der Graf gibt sich nicht damit
zufrieden.

»Es muß mir wohl etwas Ernstes zustoßen«, sagt der Graf,
»und da muß ich Vorsichtsmaßregeln treffen. Wenn ich aber
nichts weiß, kann ich mich nicht davor hüten. Ich werde Sie
für alles, was mir passiert, verantwortlich machen.«

Der Professor zögert eine Weile und versucht dann, den
Grafen zu überzeugen, daß es doch lauter Phantasien seien
und daß man keinesfalls ernst nehmen dürfe, was man aus
der Hand liest.

»Wenn Sie es aber unbedingt wünschen«, sagt der Professor, »bin ich gezwungen, Ihnen mitzuteilen, daß Ihr Tod für heute nacht in Ihren Linien geschrieben steht.«

Der Graf wird sofort unruhig, doch der Professor bricht in Lachen aus.

»Stellen Sie sich nur vor«, sagt der Professor, »daß ich morgen sterben soll. Unsinn! Es ist völlig lächerlich. Ihnen wie mir geht es ausgezeichnet. Haben Sie irgendein Leiden?«

»Nein«, antwortet der Graf gepreßt. »Aber wenn meine letzte Stunde geschlagen hat, werde ich mich fügen. Dann hat es eben das Schicksal so gewollt.«

Der Professor klopft ihm auf die Schulter und versucht ihn zu beruhigen.

»Morgen werde ich vorbeikommen«, sagt er, »ich bin sicher, daß Sie lebendiger sein werden denn je.«

»Kommen Sie nur«, sagt der Graf, »ich wette, Sie treffen mich nicht mehr unter den Lebenden an.«

»Abgemacht«, sagt der Professor.

Unterdessen nähert sich das Fest dem Ende. Alle gehen zufrieden nach Hause. Der Minister ist schon vor längerer Zeit gegangen, nachdem er sich von Graf und Gräfin Badade herzlich verabschiedet hat.

Die Villa wird geschlossen, die Lichter verlöschen. Es ist schon drei Uhr morgens.

Auch wir wollen schlafen gehen.

Erst gegen elf Uhr verläßt Professor Dodonda das Haus. Er erinnert sich an die Wette der vergangenen Nacht, und wenig später läutet er an der gräflichen Villa. Alles scheint noch zu schlafen. Nichts rührt sich, keine Menschenseele läßt sich blicken. Den Professor überläuft es kalt, und einen Augenblick lang denkt er, daß seine Prophezeiung vielleicht doch wahr geworden sein könnte.

Aber da öffnet sich die Türe. Der Graf selbst erscheint auf der Schwelle und verbeugt sich lächelnd. Ein Seufzer der Erleichterung – dann läßt der Graf den Professor eintreten. Da ist der Salon. Die Überbleibsel des Festes liegen noch herum. Sie gehen in die Bibliothek.

»Ich habe die Wette gewonnen«, sagt der Professor, »sehen Sie, ich hatte recht. Sie sollten diese Nacht sterben und ich heute. Die Nacht ist vorüber, und Sie leben noch.«

Der Graf lächelt.

»Es ist geschehen, nachdem der letzte Gast gegangen war. Ich weiß nicht, wie er hereingekommen ist, und ich war auf nichts gefaßt. Er hat alles geraubt, was im Geldschrank war.«

»Wie bitte?« fragt der Professor verblüfft.

Der Graf lächelt unbeirrt.

»Sie haben gar nichts gewonnen«, sagt der Graf, »ich, der ich an diese Dinge glaubte, hatte recht.«

»Wieso recht?« stammelt der Professor und erbleicht.

Da dreht sich der Graf langsam um, und der Professor erblickt in seinem Rücken den Griff eines Dolches. Der Professor reißt die Augen auf, die Halsschlagadern schwellen an, sein Gesicht wird violett. Er greift sich an die Kehle und fällt dann mit verzerrtem Gesicht in einen Sessel.

Es ist nicht schwer zu erraten, daß ein Herzschlag ihn auf der Stelle getötet hat.

Einige Stunden später behauptet ein Passant gesehen zu haben, wie der Graf und der Professor langsam zum Friedhof gegangen seien. Sie hätten sich unterhalten und er habe den Professor deutlich sagen hören: »Ein Zufall, lieber Graf. Ich versichere Ihnen: ein Zufall, vielmehr zwei Zufälle, Ihrer und meiner. Ich bin immer noch davon überzeugt, daß es lauter Hirngespinste sind.«

Das Geheimnis der Uhren

Die Geschichte begann am Morgen des 7. Oktober. Der Uhrmacher Otto Virgola Smith war das erste Opfer. Es war kurz vor acht, als der Uhrmacher sich zu seinem Geschäft begab. Er hatte schon die Schlüssel in der Hand, als er um die Straßenecke bog, um das Schutzgitter hochzuschieben, aber er hatte die Schlüssel nicht nötig. Das Schutzgitter war aufgerissen und das Schaufenster eingeschlagen worden; alle Uhren waren verschwunden. Der Uhrmacher Otto Virgola Smith meldete den Einbruch, und die Polizei suchte den Dieb. Sie fand ihn nicht, und die Angelegenheit wurde zu den Akten gelegt. Uhrmacher Smith konnte eine kleine Versicherungssumme einstreichen, und der Einbruch wurde wie alle Delikte dieser Art vergessen.

Am 12. Oktober wurde der Laden des Uhrmachers Frik vom gleichen Schicksal ereilt. Die Schutzgitter waren heruntergerissen und alle Uhren verschwunden. Das Geschäft war völlig ausgeplündert. Nicht eine einzige gute Uhr war der Aufmerksamkeit des Diebes entgangen. Er hatte nur eine alte Uhr, die seit Jahren nicht mehr ging, zurückgelassen. Die Polizei gab sich große Mühe, durchsuchte die Hinterhöfe und Schlupfwinkel, verhaftete mehrere Hehler, mußte aber alle Verhafteten wieder freilassen.

Ein drittes Uhrengeschäft, ein großer Laden, vielleicht der angesehenste der Stadt, wurde in der Nacht zum 18. Oktober ausgeplündert. Vom 22. bis zum 26. Oktober wurden zwei weitere Uhrengeschäfte restlos ausgeräumt. Die in Alarm versetzte Polizei durchstöberte die ganze Stadt und verhaftete Hunderte von verdächtigen Personen, beschlagnahmte Uhren und legte sie den Beraubten vor. Keine Uhr wurde identifiziert.

Die Anzahl der verschwundenen Uhren war ungeheuer. Irgendwo mußten die Uhren versteckt sein! Irgendein Hehler mußte doch die gestohlenen Uhren weiterverkauft haben! Polizisten in Zivilkleidung patrouillierten durch die Stadt und hielten die Leute an, um nach der Zeit zu fragen. Sie achteten dabei genau auf die Uhren der Angehaltenen. Aber keine besaß die Merkmale einer der gestohlenen Uhren. Die Panik unter den Uhrmachern war ungeheuer. Die Schutzgitter der Geschäfte wurden durch neue Schlösser gesichert, Nachtwächter angestellt und die Läden Tag und Nacht von Sonderstreifen bewacht. Alle ins Ausland gehenden Gepäckstücke wurden geöffnet – ohne Resultat. Von den Uhren fehlte die geringste Spur. Sie hatten sich in nichts aufgelöst.

In der Nacht zum 9. November sah ein Nachtwächter eine Männergestalt aus einem Uhrenladen kommen. Das Schaufenster war zertrümmert. Der Wächter lief dem Mann nach, verlor ihn jedoch nach wenigen Minuten aus den Augen. Er konnte den Dieb nicht beschreiben: das nächtliche Dunkel hatte es ihm nicht gestattet, besondere Kennzeichen festzustellen. Er war normal groß – mehr konnte der Wächter nicht aussagen. Für einen gewöhnlichen Sterblichen schien die Schnelligkeit seiner Flucht allerdings außerordentlich zu sein. Der Nachtwächter schwor, daß jener Mann weder Koffer noch Säcke noch irgend etwas von größerem Umfang bei sich gehabt habe. Und doch war die Menge der gestohlenen Waren sehr beachtlich. Es wurden Nachforschungen in der Umgebung des ausgeplünderten Geschäftes angestellt, aber man entdeckte nicht einmal einen Schimmer des Diebesgutes.

Die Wachsamkeit wurde verhundertfacht. Die Besitzer der Uhrenläden schliefen in den Geschäften, den geladenen Revolver neben sich.

In der Nacht zum 15. November suchte der Einbrecher eine kleine Uhrmacherwerkstatt auf. Auch in jener Nacht wurde er von den Wächtern kurz gesichtet, die wie toll hinter ihm her schossen. Sie schworen, daß er getroffen worden sei. Aber auf seiner außergewöhnlich schnellen Flucht hinterließ der Dieb keinerlei Blutspur. Auch in jener Nacht machte die Finsternis den Wächtern eine Personalbeschreibung des Mannes unmöglich. Sie konnten nur aussagen, daß er kein Bündel, keinen Koffer und auch keine Aktentasche bei sich gehabt habe. Es hatte den Anschein, als ob er ohne seine Beute davongegangen sei. Und doch war keine einzige Uhr in dem kleinen Geschäft zurückgeblieben.

In der Nacht zum 20. November verschwanden sieben Straßenuhren. Alle Polizeikräfte der Stadt wurden eingesetzt. Die Zufahrtswege wurden abgesperrt. Polizeistreifen zogen Tag und Nacht durch die Straßen.

Vier weitere Straßenuhren verschwanden in der Nacht zum 24. November. Die geheimnisvolle Gestalt wurde von einer Garbe aus der Maschinenpistole eines Polizeioffiziers getroffen. Wieder keine Blutspuren. Einem Auto, das die Verfolgung aufnahm, gelang es nicht, die geheimnisvolle Gestalt auf der Flucht einzuholen: sie lief schneller als ein Auto.

Die Uhrmacher lehnten sich geschlossen gegen die Polizei auf, die ihre Ohnmacht zugab. Erst am 30. November stürzte keuchend ein alter Mann ins Büro des Polizeikommissars und sagte, er habe wichtige Aufklärung zu geben. Er war völlig verwirrt und weinte.

»Eisenhans... die Uhren...«, stammelte er. »Man muß ihn sofort fangen...«

Man bat den alten Mann, sich in einen Sessel zu setzen, brachte ihm Kamillentee und wartete, bis er sich beruhigt hatte.

»Sie müssen sofort hinter ihm her!« rief er, während ihm dicke Schweißtropfen von der Stirn rannen. »Mit einem Magneten!«

»Einem Magneten?« fragte der Kommissar erstaunt.

»Ja, einem Magneten«, sagte der Alte, »nur damit können Sie ihn verhaften.«

»Wollen Sie mir nicht verraten, um was es sich handelt?« sagte der Kommissar, »und seien Sie unbesorgt: wir werden ihn mit oder ohne Magneten kriegen.«

»Er ist mein Lebenswerk«, begann der Alte, »dem Eisenhans habe ich mein ganzes Studium gewidmet: vierzig Jahre Studium und Arbeit. Meine Herren«, erklärte der alte Mann, während er sich in seinem Sessel aufrichtete, »ich habe den vollkommenen Automaten geschaffen, ja, zur Welt gebracht.«

»Den Automaten?« fragte der Kommissar.

»Ja, den künstlichen Menschen«, sagte der Alte, »Eisenhans, den Menschen, der ganz und gar aus Metall besteht, den Menschen, der eine Seele besitzt, der spricht, geht, arbeitet und sich in allem wie ein normaler Mensch benimmt. Er hat eine Seele, meine Herren. Ich habe andere künstliche Menschen gesehen, aber keiner hatte eine Seele! Eisenhans hat eine eigene Seele und einen eigenen Willen.«

Der Kommissar lächelte, alle anderen lächelten und schüttelten ungläubig den Kopf. Wahrscheinlich war der Alte aus dem Irrenhaus fortgelaufen.

»Deshalb können Sie ihn nur mit einem Magneten fangen«, sagte der Alte, »Sie können mit Revolvern oder Maschinenpistolen auf ihn schießen: durch seine Adern fließt kein Blut, nur Schmieröl.«

»Und was hat das mit den Uhren zu tun?« fragte der Kommissar.

Der Alte senkte den Kopf.

»Das ist so«, erwiderte er, »Eisenhans hat außer einer Seele auch einen Magen, Eingeweide und Gedärme. Er ist durch und durch ein Mensch wie wir. Aber er besteht aus Metall. Aus Gußeisen, Stahl und Aluminium. An jenem Tage, da mir klar wurde, daß ich mein Ziel erreicht, daß ich das Werk vollbracht hatte, mußte ich ihm nur noch das letzte Getriebe einsetzen, damit der Mechanismus in allen seinen Teilen funktionierte. Für mich war es ein dramatischer Augenblick. Es ging um den letzten kleinen Schritt zum Ziel, für das ich mein Leben lang gearbeitet hatte. Sicher können Sie sich vorstellen, wie mir da zumute war: entweder Ruhm oder Tod standen mir bevor. Mein Entschluß war gefaßt. Ich fieberte und hatte den entscheidenden Augenblick schon tags zuvor aufgeschoben. Ich befürchtete das Scheitern meines Werkes. Statt dessen . . .«, der Alte wischte sich den Schweiß von der Stirne. »Zitternd«, fuhr er fort, »setzte ich das letzte Getriebe ein. Da richtete sich der Automat nach und nach auf und lächelte mich mit metallenem Gesicht an. Ich wurde ohnmächtig. Als ich wieder zu mir kam, stand er über mich gebeugt und streichelte mir mit seinen kalten Händen die Stirn.

›Ich beglückwünsche mich‹, sagte er und reichte mir die Hand; und das war die schönste Genugtuung für mich. Er beglückwünschte sich selbst zu meinem Werk, zu dem Erfolg, der mir beschieden war. Ein Erfolg, meine Herren, der alle Erwartungen übertraf.

›Wie geht es dir?‹ fragte ich.

›Gut‹, sagte er, ›ausgezeichnet.‹ Er ging im Laboratorium auf und ab und machte dabei ein paar Kniebeugen. ›Du hast ein Meisterwerk vollbracht‹, sagte er, ›die Bewegungen machen mir keinerlei Schwierigkeiten. Alles ist in bester Ordnung.‹

›Ich werde dir einen Namen geben müssen‹, sagte ich.

›Eisenhans‹, antwortete der Automat, ›das ist der passendste Name.‹

›Einverstanden, Eisenhans‹, erwiderte ich. Ich zog meine Uhr aus der Tasche. Es war dreiundzwanzig Uhr vier. Eisenhans starrte auf die Uhr, leckte sich die Lippen, nahm mir die Uhr aus der Hand und riß sie von der Kette ab.

›Sie muß sehr gut sein‹, sagte er, ›ich habe einen Bärenhunger.‹

Er steckte sie in den Mund, kaute und schluckte sie herunter. Er sagte, sie sei ein Leckerbissen, etwas Köstliches. Sie war ein teures Familienerbstück, aber es war mir egal. Ich hätte Eisenhans, meinem Geschöpf, alles gegeben. Eisenhans schaute sich um. Meine Uhr hatte seinen Appetit angeregt. Ich stellte fest, daß mein Werk wirklich vollkommen war. Sogar der Magen arbeitete prächtig. Ich gab ihm noch eine zweite Uhr, einen kleinen Wecker. Er vertilgte ihn mit entsetzlicher Gefräßigkeit. Ich hielt schnell noch eine Wanduhr für ihn bereit. Die machte ihn satt, aber nicht einmal besonders.

Ich kaufte alte, abgelegte Uhren und Uhrwerke auf. Als ich ihm diese Dinger brachte, verzog er vor Abscheu das Gesicht. ›Soll ich etwa dieses alte Zeug essen?‹ sagte er. ›Ihr eßt doch auch keine verdorbenen Fische!‹

Er wollte frische Ware, Uhren, die liefen, ›lebendige‹, wie er sagte. Er zog sie zuerst auf und aß sie nur, wenn er das Ticken ihres Mechanismus hörte. Ich kaufte ihm zwei Kilo Armbanduhren. Es war nicht genug. Mein ganzes Geld gab ich für Uhren aus; doch sein Hunger war unersättlich. Wir zankten uns. Er meinte, wenn ich ihn zum Hungerleiden erfunden hätte, wäre es besser gewesen, ihn überhaupt nicht zu erfinden. Ich war ratlos. Eines Nachts ging er davon.

Tags darauf erfuhr ich, daß er einen ganzen Uhrenladen

aufgefressen hatte. Ich versuchte alles, um ihn von seinen Unternehmungen abzubringen, aber ich konnte ihn nicht zwingen, zu hungern. Nachts ging er fort, und niemand konnte ihn festhalten. So flink und stark war er. Mit einer Hand zerriß er ein Schutzgitter, als sei es Papier.

Alles Weitere wissen Sie selbst. Er verschlang eine Unmenge von Uhren, und als die Geschäfte bewacht wurden, machte er sich über die Straßenuhren her, jedoch mit wenig Begeisterung. Sie waren nicht nach seinem Geschmack. Er liebte das Knusprige, wie er sagte, die kleinen Armbanduhren, allenfalls noch die eine oder andere Büfettuhr.«

»Und wo ist er jetzt?« wollte der Kommissar wissen, während er sich erhob und den Alten streng anblickte.

Der Alte ließ den Kopf hängen, und große Schweißtropfen perlten ihm erneut von der Stirn. Er zerknüllte mit zitternden Händen sein Taschentuch.

»Man muß ihm nach, ihn mit einem Magnet fangen«, stammelte er.

»Wohin ist er denn gegangen?«

»In die Schweiz«, sagte der Alte und wurde ohnmächtig. Der Kommissar gab Alarm. Überfallkommandos, die mit Magneten ausgerüstet waren, fuhren in Richtung Grenze. Sie fanden ihn verlassen auf einem Feld neben der Straße. Kraftlos und kalt. Am Tag vorher hatte es geregnet, und die schreckliche Rostkrankheit war im Begriff, ihn zu verzehren. Er hatte kaum die Kraft, dem Alten zuzulächeln, der sich auf die Knie warf und ihn schluchzend umarmte.

Der vierzehnte Gast

Fröhliche Stimmung herrschte an jenem Abend im Hause von Herrn Usuello Basco Freddo. Es war wirklich ein sorgloser Abend. Herr Usuello strömte Heiterkeit aus allen Poren aus, und seine Frau Entusiasta strahlte. Es war das beste Abendessen im ganzen Umkreis. Entusiasta hatte es selbst zubereitet. Jeder Gang wurde mit freudigen und bewundernden Ausrufen begrüßt, jede Speise wurde eingehend gewürdigt. Die Damen baten um technische Einzelheiten über den besten Rostbraten Europas; die Herren ließen sich die Speise munden, deren würziger Geschmack ihrem Gaumen neuartige Reize verschaffte.

Frau Entusiasta servierte selbst. Fremden war das Betreten der Küche untersagt. Alles war schon fertig: die vorbereiteten Gerichte brauchten nur geholt und aufgetragen zu werden. Das Personal hatte an jenem Tag Ausgang, und Frau Entusiasta hatte die Abwesenheit der Köchin dazu benutzt, in aller Heimlichkeit ihre Spezialgerichte zu machen.

Dann waren die Gäste gekommen, und das Essen begann, verlief und endete zur allgemeinen Zufriedenheit.

Es war ein einziger Triumph, der seinen Höhepunkt erreichte, als Huhn auf Samt und anschließend Tabakbraten serviert wurde.

Danach gab es Süßspeisen, Käse, Obst und Eis.

Beim Kaffee wurde Frau Entusiasta plötzlich bleich. Sie schaute die Gäste der Reihe nach an und erblaßte immer mehr. Sie betrachtete sie nochmals und fiel, da sie nicht noch bleicher werden konnte, in Ohnmacht.

Herr Usuello fing sie in seinen Armen auf, und die Gäste umringten bestürzt die Hausherrin.

Als Frau Entusiasta wieder zu sich kam, bat sie die Gäste, wieder am Tisch Platz zu nehmen, und flüsterte ihrem Gatten ins Ohr: »Zähle sie!«

Im stillen zählte Herr Usuello Basco Freddo die Anwesenden und sah seine Frau an.

»Wir sind dreizehn«, sagte er. »Ich habe von rechts nach links und von links nach rechts gezählt. Wir sind dreizehn.« Frau Entusiasta nickte. »Genau dreizehn«, sagte sie. »Das ist schlimm. Es war falsch, sie nicht gleich zu zählen; dann hätte es sich vermeiden lassen.«

»Wie denn?« fragte ihr Mann. »Wir hätten keinen unserer Freunde wieder ausladen können.«

»Aber wir hätten einen vierzehnten Gast einladen können«, sagte Frau Entusiasta, »jetzt ist das Unglück geschehen.«

»Wir müssen es um jeden Preis wiedergutmachen«, sagte Herr Usuello, »ich glaube, keiner der Anwesenden möchte gerne bei Tisch der Dreizehnte sein.«

»Wie läßt es sich wiedergutmachen, da wir doch schon gegessen haben?« fragte Frau Entusiasta. »Wer weiß, welches Unglück jetzt über unser Haus kommen wird.«

Herr Usuelle Basco Freddo stand auf.

»Meine Damen und Herren«, sagte er, »leider stelle ich eben erst fest, daß wir dreizehn sind.«

Ein Gemurmel erhob sich unter den Geladenen. Corinna Cartonaggi brach in Tränen aus. Gismondo Asciugamano riß sich ein Büschel weißer Haare aus und warf es unter den Tisch.

»Einer von uns muß gehen«, rief Domenico Frosesì und sprang verzweifelt auf.

»Zu spät«, sagte Herr Usuello Basco Freddo, »wir haben schon gegessen.«

Da erhob sich Graf Baldo Moribondo und bat mit einer Handbewegung um Ruhe. Alle verstummten.

»Es gibt einen Ausweg«, sagte er. »Wir räumen den Tisch ab, decken ihn wieder neu und essen nochmals. Natürlich erst, wenn wir den vierzehnten Gast gefunden haben.«

Seine Worte entfesselten einen wahren Freudenausbruch. Frau Entusiasta traten vor Erleichterung die Tränen in die Augen. Sie stand auf und eilte in die Küche.

»Es läßt sich ausgezeichnet machen«, rief sie, wieder im Eßzimmer erscheinend, »wir haben eine Menge Reste. Los, Kinder! Ich richte sie in der Küche neu an, ihr helft abräumen und wieder decken.«

Alle machten sich voll Eifer an die Arbeit.

Herr Usuello stürzte ans Telephon und begann, im Telephonbuch zu blättern. Nach zehn Minuten kam er bleich und niedergeschlagen zurück.

»Um diese Zeit haben alle schon gegessen«, sagte er und schlug verzweifelt die Hände über dem Kopf zusammen.

Den Anwesenden wurde angst und bange.

»Jemand muß gefunden werden«, sagte Graf Baldo Moribondo, »irgend jemand, egal wer. In zehn Minuten wird an diesem Tisch der vierzehnte Gast sitzen. Ich verpflichte mich, ihn aufzutreiben.«

Graf Baldo Moribondo begab sich zur Garderobe, schlüpfte in seinen Überzieher und ging auf die Straße hinunter.

Zehn Minuten später kam er zurück. In Begleitung eines Mannes. Ein Fünfziger in elegantem dunklen Anzug. Er verbeugte sich und begrüßte alle Anwesenden, die ihn aufatmend betrachteten.

»Doktor Alticcio Rovinastri«, stellte Graf Baldo Moribondo vor.

Doktor Alticcio Rovinastri lächelte allen zu, und sogleich kehrte die gute Stimmung ins Haus zurück.

Alle setzten sich wieder zu Tisch, und aus der Küche kam Frau Entusiasta freudestrahlend mit der Suppenterrine.

Doktor Alticcio Rovinastri sah sie an.

Da stolperte Frau Entusiasta über den Teppich und goß sich die ganze Suppe in den Ausschnitt.

»Macht nichts«, sagte sie lachend. »Hauptsache ist, wir sind vierzehn und nicht dreizehn. Nichts soll mehr die Fröhlichkeit aus diesem Hause vertreiben. Nun sind wir sicher, daß niemandem von uns etwas Unangenehmes zustoßen kann. Dank Doktor Alticcio Rovinastri, der so liebenswürdig ist, mit uns zu essen.«

Alle applaudierten Doktor Rovinastri, und Doktor Rovinastri lächelte.

»Haben Sie zu dieser Stunde wirklich noch nicht zu Abend gegessen?« fragte Corinna Cartonaggi, die zu seiner Rechten saß.

»Wirklich nicht«, sagte Doktor Alticcio Rovinastri. »Wissen Sie, ich hatte eine ganze Menge Einladungen für heute abend. Erst akzeptierte ich die Einladung des Grafen Arturo Brescia Periferia. Aber als wir uns zu Tisch setzten, merkten wir, daß wir dreizehn waren. Alle Gäste blickten mich an. Da stand ich auf, verabschiedete mich und ging. Ich rief den Industriellen Bettino Rivadestra an, der mich auch eingeladen hatte. Er war über meinen Anruf hocherfreut und sagte, ich sollte ja kommen. Als wir uns zu Tisch setzten, stellten wir fest, daß wir dreizehn waren. Alle richteten ihre Blicke auf mich, so mußte ich gehen. Es war schon spät, trotzdem wagte ich es, die herzogliche Familie Spesso Seduti anzurufen. Sie sagten, sie hätten mich wie eine Stecknadel gesucht, um mich doch noch zu bewegen, ihre Einladung anzunehmen, um so mehr, da sie im letzten Augenblick entdeckt hatten, daß sie zu dreizehnt waren. Ich solle schleunigst kommen, das Essen stehe schon auf dem Tisch. Ich ging schleunigst hin. Als ich eintrat, trug man gerade einen Gast hinaus, dem es schlecht geworden war.

Ich wäre also der dreizehnte Gast gewesen. Alle blickten mich stumm an, und ich ging.«

»Aber warum mußten denn gerade Sie immer gehen?« erkundigte sich Domenico Frosesì.

Doktor Alticcio Rovinastri lächelte.

»Haben Sie gesehen, wie die Hausfrau die Suppenschüssel über sich ausgegossen hat?«

»Ja«, sagte Domenico Frosesì.

»Ich bin ein großer Unglücksbringer«, sagte Doktor Alticcio Rovinastri.

»Wunderbar!« rief Frau Entusiasta. »Ich habe noch nie einen gesehen. Wie machen Sie das?«

Doktor Alticcio Rovinastri zuckte die Achseln.

»Ich weiß es nicht«, sagte er. »Es geschieht ohne mein Zutun. Wenn Sie wünschen, daß ich fortgehe, so mache ich weiter keine Umstände. Ich weiß, es ist nicht angenehm, einen Unglücksbringer bei Tisch zu haben.«

Alle protestierten.

»Keinesfalls«, sagte Herr Usuello Basco Freddo, »wenn Sie gehen, sind wir wieder dreizehn, und wer weiß, was dann geschieht.«

»Danke«, sagte Doktor Alticcio Rovinastri, »wenn Sie durchaus wollen, bleibe ich gern.«

Die verschiedenen Gerichte wurden bei allgemeiner Heiterkeit aufgetragen. Alle Gäste aßen wieder mit Appetit und wollten von dem Neuankömmling wissen, was für unangenehme Ereignisse er schon einmal durch seine Gegenwart hervorgerufen habe. Doktor Alticcio Rovinastri erzählte bereitwillig.

»Ich bin nicht abergläubisch«, sagte Rubaldo Bloccasterzo. »Tatsächlich war ich der einzige, dem es nichts ausmachte, daß wir dreizehn waren. Und Unglücksbringer existieren nur für den, der daran glaubt.«

Doktor Alticcio Rovinastri lächelte und betrachtete den Kronleuchter.

Im selben Augenblick löste sich dieser von der Decke und stürzte unter lautem Getöse auf den Tisch.

Alle sprangen auf und riefen: »Wunderbar! Unglaublich!«

»Bravo! Wie haben Sie das gemacht?« fragte Frau Entusiasta.

»Entschuldigen Sie«, sagte Doktor Alticcio Rovinastri beschämt, »wenn Sie meinen, daß ich gehen soll...«

»Keinesfalls«, rief Herr Usuello Basco Freddo, »wenn Sie gehen, sind wir wieder dreizehn!«

»Seien Sie doch nicht so töricht, gerade jetzt gehen zu wollen«, sagte Fräulein Corinna Cartonaggi, »jetzt, wo wir gerade eine Lösung gefunden haben.«

Das Telephon klingelte. Herr Usuello ging auf den Flur, um es abzunehmen.

»Sie werden gewünscht«, sagte er, auf der Schwelle zum Eßzimmer stehend, und machte Domenico Frosesì ein Zeichen.

Als Domenico Frosesì zurückkam, hatte sich seine Miene verdüstert. »Ich bin vollkommen ruiniert«, sagte er. »Man hat mir soeben den Bankrott meiner Gesellschaft mitgeteilt.«

»Das tut mir aber leid«, sagte Doktor Alticcio Rovinastri und stand auf. »Ich gehe.«

»Wehe Ihnen, wenn Sie sich von der Stelle rühren!« rief Graf Baldo Moribondo. »Was geschehen ist, ist geschehen. Wenn Sie fortgehen, bleibt Herr Frosesì trotzdem ruiniert, und außerdem sind wir dann wieder dreizehn.«

Doktor Alticcio Rovinastri setzte sich wieder, und der Abend verlief ohne bedeutende Zwischenfälle, wenn man von den Nachrichten absieht, die allmählich über den Telephondraht zu den Gästen gelangten: Zusammenstöße

sämtlicher Autobusse auf allen Linien, die Rubaldo Bloccasterzo gehörten, völlige Überschwemmung der Lände-
reien des Grafen Baldo Moribondo, Explosion des Bade-
ofens im Hause von Fräulein Corinna Cartonaggi, Untergang aller vier Schiffe, deren Reeder Gismondo Asciugamano war. Und andere Kleinigkeiten, die nicht erwähnens-
wert sind.

Inzwischen war es zwei Uhr geworden. Das Essen war
schon einige Zeit zu Ende, und die Gäste begannen aufzu-
brechen. Jemand verstauchte sich das Bein, als er am Arm
Doktor Alticcio Rovinastris die Villa verließ, aber Herr
Usuello Basco Freddo wollte bis zuletzt höflich bleiben.
Er machte die Garage auf und fuhr mit dem Wagen vor das
Gartentor.

»Ich werde Sie nach Hause bringen«, sagte er zu Doktor
Alticcio Rovinastri, und Doktor Alticcio Rovinastri stieg
ein.

Langsam fuhr der Wagen an. Vor der Kurve blickte Herr
Usuello Basco Freddo in den Rückspiegel.

Aus allen Fenstern der Villa schlugen rote Flammen. Der
Brand mußte sich mit unglaublicher Schnelligkeit ausgebreitet haben.

War es die Überraschung? Der Schreck? Man weiß es nicht.
Das Auto geriet ins Schleudern, drehte sich um sich selbst
und prallte mit voller Wucht gegen eine Mauer.

Doktor Rovinastri riß die Tür auf und stieg aus.

Dann beugte er sich über die Trümmer. Eine schwache
Stimme erklang aus dem Wrack.

„Wer weiß, was alles geschehen wäre, wenn wir bei Tisch
dreizehn gewesen wären«, sagte Herr Usuello Basco Freddo. »Jedenfalls danke ich Ihnen ...«

Und Herr Usuello Basco Freddo gab den Geist auf.

Die Repräsentiertasse

Das Kaffeeservice befindet sich im Hause von Tante Karoline an einem sicheren Ort.

Wir schauten es uns nur ganz selten an, wenn wir in uns den brennenden Wunsch verspürten, ein Kunstwerk zu bewundern.

Dann warteten wir, bis keiner mehr im Hause war. Wenn Tante Karoline einkaufen ging und es sicher war, daß sie lange genug fortblieb.

Auf Zehenspitzen schlichen wir in das dunkle Zimmer, öffneten vorsichtig den Schrank und schlugen die schön zusammengelegten Decken zurück, unter denen die Pappschachtel zum Vorschein kam.

Wir betrachteten sie eine Weile und nahmen dann den Deckel ab.

Auf Holzwolle gebettet, in Seidenpapier gewickelt lagen da die Teile des Services. Wir nahmen mit angehaltenem Atem eines heraus, entfernten das Papier, und die Tasse erschien in ihrer strahlenden Schönheit. Es waren feinste weiße Porzellantassen mit vielen blauen Blümchen. Äußerst zerbrechlich.

Das Service war ein Hochzeitsgeschenk Tante Karolines.

Als sie es erhielt, so erzählte uns Onkel August, sei Tante Karoline vom Anblick ganz entzückt gewesen. Das ganze Service mit allen zwölf Tassen, den zwölf Untertassen und der Zuckerdose sei auf dem großen Tisch im Eßzimmer aufgestellt worden.

Schließlich hatte sie die Teile wieder in Seidenpapier gewickkelt und sorgfältig in den Karton gelegt.

Diesen hatte sie im sichersten Winkel des Schlafzimmerschrankes verborgen.

Seit damals hat niemand mehr das vollständige Service gesehen.

Tante Karoline sprach von ihrem Kaffeeservice wie von einer seltenen Kostbarkeit.

Und wenn jemand kam, servierte sie den Kaffee in den gewöhnlichen Tassen, armseligen Drei-Groschen-Tassen mit abgestoßenen Rändern.

»Entschuldigt«, sagte sie, »aber unser Service ist so fein, daß ich Angst habe, es könnte ein Stück zerbrechen. Und Einzelteile sind nicht mehr erhältlich.«

Sie ging ins Schlafzimmer, öffnete den Schrank, nahm eine Tasse und eine Untertasse heraus und kam dann zurück, um sie den Gästen zu zeigen.

Sie stellte Tasse und Untertasse überaus behutsam auf den Tisch, und alle betrachteten sie voll Bewunderung. Gelegentlich wagte ein Gast, die Tasse in die Hand zu nehmen und sie umzudrehen, damit er die Marke erkennen konnte.

»Rosenthal«, sagte er.

Dann hielt Tante Karoline den Atem an, ergriff schnellstens die Tasse und trug sie wieder in den sicheren Schlupfwinkel. Es war immer dieselbe Tasse, die den Gästen gezeigt wurde; die oberste, gleich wenn man die Schachtel öffnete. Die Repräsentiertasse. Und vor dieser immer leerbleibenden Tasse saßen die Gäste und schlürften den Kaffee aus den Drei-Groschen-Tassen mit den abgestoßenen Rändern. Dennoch schien das ganze Service dazustehen.

Darum warteten wir, bis das Haus verlassen war, um von Zeit zu Zeit den Schrank zu durchstöbern und dieses Wunder, dieses Meisterwerk zu betrachten, das Tante Karoline wie eine Reliquie hütete.

Natürlich sollten wir uns von diesem zerbrechlichen Familienmonument fernhalten. Nach Tante Karolines Ansicht könnte allein unsere Nähe im Umkreis von einem Meter bereits katastrophale Folgen haben.

Für uns war diese Tasse ein unerreichbarer Traum. Wir durften sie nur aus der Ferne sehen, eigentlich mehr ahnen als sehen. Und jedesmal verspürten wir den Wunsch, sie in die Hand zu nehmen, sie zu streicheln, ihre Durchsichtigkeit zu bewundern, wie es Tante Karoline immer tat, wenn sie die Tasse vor den Augen der Gäste gegen das Fenster hielt. Aber es war verboten, denn wir waren Vandalen: wir machten doch nur alles kaputt, was uns in die Hände fiel. Darum nützten wir die Augenblicke aus, da das Haus leer war, um auf Zehenspitzen in das Schlafzimmer zu schleichen, den Schrank zu öffnen, die Repräsentiertasse aus der Schachtel zu nehmen und sie in die Sonnenstrahlen zu halten, die durch den geschlossenen Fensterladen hereinfielen.

Da schillerte die Tasse in blauen und rosa Reflexen, und die gemalten Blümchen schienen zu leben. Die Sonnenstrahlen füllten die Tasse mit goldenem Staub.

Ich führte sie an die Lippen, schlürfte langsam und glaubte, zu fühlen, wie die Sonnenwärme in meinem Munde schmolz.

Eines bösen Tages geschah ein nicht wiedergutzumachendes Unglück.

Die Tasse glitt mir aus den Händen, fiel auf den Boden und zersprang in tausend Stücke.

Fassungslos stand ich vor dem Unglück. Dann las ich die Stücke eines nach dem anderen auf und wickelte sie in das Seidenpapier.

Das Scherbenpäckchen steckte ich ganz unten in die Schachtel, holte von dort eine neue Tasse herauf und legte sie oben mitten auf die Holzwolle.

Nun war alles in Ordnung. Tante Karoline würde nichts merken.

Ich verbrachte einige Tage klopfenden Herzens. Schließlich kam eine Verwandte, und Tante Karoline begann von dem Kaffeeservice zu reden.

Mein Herz schlug mir zum Zerspringen. Tante Karoline huschte ins Schlafzimmer, und ich wartete auf ihre Rückkehr wie auf das Jüngste Gericht.

Endlich erschien Tante Karoline über das ganze Gesicht lächelnd mit der Tasse. Ich stieß einen Seufzer der Erleichterung aus.

Sie hatte nichts bemerkt. Und von da an stöberte ich nie mehr im Schrank, und das Kaffeeservice Tante Karolines blieb ungestört in seinem sicheren Versteck.

Ich hatte das Unglück vergessen. Die Tasse, die meine Tante den Gästen vorzeigte, war immer diejenige, welche ihr als erste in die Hände fiel. Aber lange Zeit danach vertraute sich mir meine Kusine an. Sie war ganz außer sich vor Entsetzen.

»Ich habe eine Tasse zerbrochen«, sagte sie, »eine Tasse von Tante Karolines Service. Von dem Schlafzimmer. Ich habe der Versuchung nicht widerstehen können, es anzuschauen. Sie ist mir, ich weiß nicht wie, aus den Händen geglitten. Die Scherben habe ich in das Seidenpapier gewikkelt und ganz zuunterst in die Schachtel gelegt. Wenn Tante nicht das vollständige Service herausnimmt, wird sie es nicht merken.«

Wir baten Gott, daß die Tante nicht das vollständige Service herausnehmen möge, und tatsächlich schien er uns erhört zu haben. Lange Zeit danach wurde ich von meinem Bruder und von meinem Vetter ins Vertrauen gezogen.

Eine Tasse hatte mein Bruder zerbrochen, mein Vetter deren zwei. Wir rechneten zusammen. Fünf Tassen waren zerschlagen; aber waren es wirklich nur fünf?

Im Garten hielten wir Kriegsrat. Alle waren wir anwesend,

das heißt zu acht: Geschwister, Vettern und Kusinen. Wir zählten die zerschlagenen Tassen zusammen. Waren es neun oder zehn?

Wir wußten es nicht genau. Wie konnten wir es nach so viel Jahren noch genau wissen?

Darum schickten wir einen von uns eines Tages, als die Tante nicht zu Hause war, zur Kontrolle hin.

Er kam zurück und meldete, daß an heilen Tassen nur noch zwei vorhanden gewesen seien! vor kurzem wenigstens. Eine jedoch habe er, mit der Hand im Dunkeln tastend, zerbrochen.

Nun besitzt das kostbare Porzellanservice nur noch eine einzige Tasse; aber Tante Karoline weiß es nicht.

Sie glaubt, daß in der Schachtel noch alle zwölf Tassen unversehrt seien.

Wenn Gäste kommen, geht sie ins Schlafzimmer und kommt mit der kostbaren Reliquie in der Hand zurück, hält sie gegen das Licht und ist ganz glücklich, wenn sie die bewundernden Ausrufe und Komplimente der Besucher hört.

»Es ist zu fein zum Gebrauch. Wenn ein Stück von diesem Service zerbräche, wäre es ruiniert.«

Man trinkt Kaffee aus den alten abgestoßenen Drei-Groschen-Tassen, und die Repräsentiertasse steht wegen des schönen Anblicks auf dem Tisch.

Inzwischen sind wir ein gutes Stück gewachsen. Aber wenn wir sehen, wie Tante Karoline ins Schlafzimmer geht, um die Repräsentiertasse zu holen, schlägt uns das Herz zum Zerspringen, und wir beten inständig, daß ihr die Tasse nicht aus der Hand fallen möge.

Wir gehen mit ihr. Das Herz steht uns fast still. Wir mahnen sie zu größter Vorsicht. Ja, wir sind bereit vorzuschnellen, falls die Tasse schwanken sollte, um sie zu ergreifen und vor dem Zerbrechen zu bewahren.

Und Tante Karoline ist uns für diese Aufmerksamkeit dankbar.

Sie wünscht sich, daß wir ihrem Kaffeeservice auch nach ihrem Tode solche Sorgfalt angedeihen lassen.

Nachtfahrt

Ich saß an einem Tisch im Restaurant. Der Teller vor mir war groß, und genau in der Mitte lag ein kleines Beefsteak. Ich hielt den Teller in beiden Händen, und da ich eine Kurve nehmen mußte, steuerte ich ein wenig nach rechts, drückte mit der Linken auf das Beefsteak, hörte aber keinen Ton. Dann schlug ich mit der Gabel gegen das leere Glas. Auf halber Höhe der Kurve drückte ich auf das Gaspedal und fühlte unter meinem Fuß die Nase des unter dem Tisch liegenden Ermordeten.

Da hatte ich den Eindruck, daß jemand mir die Hand auf die rechte Schulter legte.

»He!« rief eine Stimme, und jäh verschwand das Restaurant: vor mir erblickte ich die nächtlich dunkle Straße und den Scheinwerferstreifen des Autos, das ich steuerte.

»Wie weit sind wir?« fragte Enrico, der neben mir saß.

»Das Verbrechen ist gerade entdeckt«, sagte ich, »und in diesem Augenblick kommt Kommissar Maigret herein.«

»Ich meine, wie weit sind wir auf der Straße«, sagte Enrico, »wieviel Kilometer müssen wir noch fahren?«

Nun wurde ich ganz wach. Wir befanden uns auf der Autobahn Turin–Mailand. Wir mußten ungefähr dreißig Kilometer zurückgelegt haben. Ich erinnerte mich kaum an die gerade dunkle Straße, die kleinen weißen Prellsteine, die Scheinwerfer der vereinzelten Autos.

»Erst?« sagte Enrico. »Ich dachte, ich hätte mindestens eine Stunde geschlafen.«

»Ich auch«, sagte ich.

»Du auch?« schrie Enrico und richtete sich kerzengerade auf.

»Ich erinnere mich, daß es mir nicht gelang, die Augen offenzuhalten«, sagte ich. »Dann befand ich mich an einem Tisch im Restaurant und hatte an Stelle des Steuers einen Teller in der Hand, auf dem genau in der Mitte ein kleines Beefsteak war, die Hupe. Es handelte sich um eine Geschichte von Simenon, die ich gestern abend gelesen habe. Wahrhaftig trat ich statt auf das Gaspedal auf die Nase des Ermordeten. Trotzdem fuhr das Auto. Du hast mich gerade geweckt, als die Gestalt des Kommissars Maigret eintrat. Die typische, massive Gestalt des berühmten Detektivs.«

»Halt an!« rief Enrico beeindruckt.

Ich fuhr langsamer und blieb am Straßenrand stehen.

»Wir sind einer großen Gefahr entronnen«, sagte Enrico. »Ich fühle mich völlig sicher und überlasse mich dem Schlaf, während du einschläfst, als befändest du dich im festen Bett eines Zimmers und nicht am Steuer eines Autos, das mit beinahe hundert Stundenkilometern dahinrast.«

»Also hast du auch geschlafen!« sagte ich.

»Aber ich steuere keinen Wagen! Wenn ich einen Wagen steuere, schlafe ich nicht. Mir läuft es kalt über den Rükken!«

»Los!« sagte ich. »Nimm du das Steuer, damit ich ein Nickerchen machen kann.«

Ich stieg aus und überließ Enrico meinen Platz am Steuer. Ich setzte mich neben ihn und richtete mich zum Schlafen ein. Wir fuhren weiter.

Aber nun war ich nicht mehr schläfrig. Ich schloß die

Augen, schlug sie jedoch kurz danach bei einem Bremsen wieder auf, schloß sie von neuem und schlug sie bei einem Gehupe nochmals auf. Enrico steuerte sicher und schweigend. Ich sah sein unbewegliches Profil, fast allzu unbeweglich.

Ich richtete mich auf und begann zu pfeifen. Enricos Profil rührte sich, und das Auto fuhr schneller. Ich streckte mich wieder aus und schloß die Augen. Der Wagen fuhr etwas langsamer, dann beschleunigte sich mit einem Ruck das Tempo.

»Wir haben weitere fünfzehn Kilometer hinter uns«, sagte ich. Enrico machte eine brüske Bewegung, der Wagen kam etwas ins Schleudern, fing sich aber wieder.

»Du hast mich erschreckt«, sagte Enrico. »Du mußt nicht so plötzlich und laut reden, wenn andere Leute schlafen.«

»Wer schläft?« fragte ich.

»Zweiunddreißig«, sagte Enrico, »wer hilft mir die Zentralheizung wegrücken?«

»Was für eine Zentralheizung?« fragte ich.

Enrico antwortete nicht und begann zu schnarchen.

Also stieß ich ihn an. Enrico schrak auf, der Wagen machte erneut einen Ruck, fing sich aber wieder.

»Was ist denn los?«

»Schläfst du?« sagte ich.

»Wer?«

»Du«, sagte ich.

»Es fällt mir überhaupt nicht im Traum ein, zu schlafen«, sagte Enrico.

»Du hast gesagt ›zweiunddreißig‹ und dann, ›wer hilft mir die Zentralheizung wegrücken‹.«

»Ganz ausgeschlossen, daß ich solche Dummheiten gesagt habe.«

»Du hast die Angewohnheit, im Schlaf zu reden«, sagte ich, »und außerdem hast du geschnarcht.«

»Wahrscheinlich fuhr eine Zentralheizung vor uns her«, sagte Enrico, »und ließ mich nicht vorbei.«

»Es ist unmöglich, daß eine Zentralheizung mitten in der Nacht auf der Autobahn zirkuliert. Halt an!«

Der Wagen fuhr langsamer und blieb bei einem Prellstein stehen.

»Jetzt steuere ich«, sagte ich, »mein Schlaf ist völlig verflogen.«

Ich nahm das Steuer, und Enrico setzte sich neben mich.

»Wir haben wieder zwanzig Kilometer hinter uns«, sagte ich.

»Das kann nicht sein«, sagte Enrico. »Wenn du behauptest, daß wir wieder zwanzig Kilometer hinter uns haben, dann habe ich tatsächlich geschlafen. War denn wirklich keine Zentralheizung vor uns?«

»Wirklich nicht«, sagte ich, »ich weiß es genau, denn mein Schlaf ist völlig verflogen.«

Ein Luftzug kam durch das Fenster herein, die kühle Nachtluft. Ich drehte das Fenster hoch, und das Motorengeräusch änderte den Ton. Es glich einem sanften Rhythmus, einem Heiapopeia.

Das Scheinwerferlicht glitt über den Asphalt, und am Straßenrand zogen sich die Reihen der weißen Prellsteine hin. Zwei Reihen, an jeder Seite eine.

Sie kamen dem Wagen entgegen, verschwanden an beiden Seiten.

Auf einmal sprang ein Prellstein mitten auf die Straße. Ich bremste, fuhr aber gleich weiter.

»Jetzt fangen auch schon die Prellsteine damit an«, sagte ich.

»Womit?« fragte Enrico.

»Mitten auf die Straße zu springen.«

»Du bist sicher wieder eingeschlafen«, sagte Enrico. »Kein einziger Prellstein ist mitten auf die Straße gesprungen. Ich habe nur eine Katze gesehen, die sie überquerte.«

»Mein Schlaf ist völlig verflogen«, sagte ich. ›Und doch kehrt er zurück‹, dachte ich.

Aber ich hatte keinen Teller mit einem Beefsteak mehr in der Hand.

Wahrscheinlich hatte ich Simenons Roman schon vergessen. Von Zeit zu Zeit wichen die Prellsteine von der Straße ab, viele Kinder standen am Straßenrand, und eines winkte mit einem Taschentuch, mit irgend etwas, aber es waren nur Schattenspiele.

Eine Baumgruppe bildete einen dunklen Fleck in der Finsternis der Nacht.

Von Zeit zu Zeit eine Lampe, ein Auto, das uns mit unabgeblendeten Scheinwerfern kreuzte, die Anstrengung, die Lider aufzuhalten...

Dann wieder Nacht. Die Prellsteine waren hohle weiße Zähne.

Ich legte den Finger auf meine Backe.

Ich fühlte das Zahnfleisch.

Ich fühlte eine Hand, die mich an der Schulter schüttelte.

»Warum möchtest du eine Zahnbürste?« fragte Enrico.

»Ich?« fragte ich verwundert. »Ich möchte gar keine Zahnbürste.«

»Eben noch hast du eine verlangt«, sagte Enrico. »Halt an!« Ich fuhr langsamer und blieb stehen.

Enrico nahm wieder meinen Platz ein, und wir fuhren weiter.

»Seltsam«, sagte ich, »daß der Schlaf, wenn man am Steuer sitzt, unwiderstehlich wird. Wenn ich mich daneben setze, ist er weg. Hast du geschlafen, während ich steuerte?«

»Nein«, sagte Enrico, »ich war nicht schläfrig.«

Wir sangen ein wenig, dann hörte Enrico auf. Ich sah, wie er mehrmals mit dem Kopf nickte, sah, wie er sich zusammenraffte, sich ans Steuer klammerte, sich nach vorn beugte, mühsam aus halbgeschlossenen Lidern starrte. »Schläfst du?« fragte ich.

Keine Antwort, aber aus seinem Mund kam ein kurzes Pfeifen, dann ein Brummen, wieder ein Pfeifen.

Ich klopfte ihm auf die Schulter.

»Laß das, Adele«, sagte Enrico, »ich verstehe nicht, warum du dir in den Kopf setzt, daß ich schnarche.«

»Ich bin nicht Adele«, sagte ich, »halt an!«

Enrico sagte, er wisse genau, daß ich nicht seine Frau sei. Dann fuhr er langsamer und blieb in einer kleinen Ausbuchtung am rechten Straßenrand stehen.

»Es ist besser, daß wir hier halten, bis uns der Schlaf vergangen ist«, sagte er.

Wir schalteten die Scheinwerfer aus und ließen nur noch die Stadtlampen brennen. Wir streckten uns auf den Sitzen aus und schlossen die Augen.

Wir hörten die Grillen zirpen, die Frösche quaken. Der Himmel war voller Sterne. Enrico schnaufte.

Ich drehte mich um. Betrachtete die Straße. Die Prellsteine waren am Straßenrand stehengeblieben. Unbeweglich, weiß — einfache Prellsteine.

Enrico drehte sich um und seufzte.

»Schläfst du?« sagte er.

›Nein‹, erwiderte ich. »Ich bin nicht mehr schläfrig.«

»Ich auch nicht.«

Wir bemühten uns, die Augen zu schließen. Die Grillen zirpten, die Frösche quakten weiter.

Ich versuchte an den Kommissar Maigret zu denken, tastete mit dem Fuß nach der Nase des Ermordeten unter dem Tisch im Restaurant.

Die Prellsteine standen noch immer still — einwandfreiere Prellsteine denn je, die sich zehn Meter von uns entfernt im nächtlichen Dunkel verloren.

»An Schlaf ist nicht zu denken«, sagte Enrico, »laß uns eine Zigarette anstecken.«

Wir steckten eine Zigarette an, rauchten und sahen uns um. Dann ließ Enrico den Motor anspringen und fuhr los. Nach zwei Kilometern hielt er wieder. »Nichts zu machen«, sagte er, »wenn ich steuere, schlafe ich ein.«

Ich versuchte es ebenfalls.

Nach einem Kilometer hielt ich an: der Schlaf am Steuer wurde übermächtig, und es gelang mir nicht, seiner Herr zu werden.

Also rauchten wir, am Straßenrand parkend. Und lauschten den Grillen und Fröschen, bis der Himmel am Horizont allmählich hell zu werden begann.

Da verscheuchte die leichte Helle und die Morgenkühle den Schlaf endgültig.

Endlich allein

Giorgio kommt mir freudestrahlend und glücklich entgegen. »Hallo«, sagt er, »wie geht's?«

Ich sage, daß es mir gut geht, und wundere mich, weil ich den Eindruck habe, daß es auch ihm, im Gegensatz zu sonst, außergewöhnlich gut geht. Denn gewöhnlich zieht Giorgio ein Gesicht wie drei Tage Regenwetter und scheint mit sich und aller Welt auf Kriegsfuß zu leben. Diesmal aber spritzt ihm Freude aus Augen und Ohren. Er trägt ein blitzendes Chlorodontlächeln zur Schau, und wenn er nur den Mund öffnet, so sprudelt ein Wortschwall hervor, daß es einem nicht gelingt, irgend etwas von seinem Gestammel zu verstehen.

Dabei war Giorgio für seine Schweigsamkeit bekannt, ja, wir nannten ihn sogar den »Schmollfisch«.

Ich habe also kaum Zeit, zu sagen, daß es mir recht gut geht, da überschüttet er mich schon mit seinem Wortschwall. Er sei im Ausland gewesen und gerade erst zurückgekommen. Nach seiner Rückkehr aus dem Ausland sei er jedoch nicht nach Hause gegangen, sondern habe sich auf die Suche nach seiner Familie gemacht, die, während er im Ausland war, in die Berge gefahren sei.

»Alles prima, fabelhaft. Was für eine Luft!« sagt er. »Eine Luft, wie man sie sich überhaupt nicht vorstellen kann. Die tut bestimmt allen gut, wir hatten sie nötig wie das tägliche Brot. Ich bin im Augenblick angekommen und kann es gar nicht erwarten, nach Hause zu gehen.«

»Ich habe dich noch nie so begeistert gesehen bei dem Gedanken, nach Hause zu gehen«, sage ich. »Gewöhnlich bleibst du lieber von zu Hause weg.«

»Wenn die Familie da ist«, sagt er, »aber jetzt, ohne Familie, ist es etwas ganz anderes. Wenn die Familie zu Hause ist, kann ich nicht dort bleiben. Man muß das mitgemacht haben: eine Tochter ist beim Klavierspielen, die andere beim Lateinlernen, meine Frau beim Wäschesortieren und Patiencelegen, das Dienstmädchen beim Flurschrubben, und ich weiß nicht, wo ich bleiben soll. Und wer ist der Herr im Haus?«

»Du«, sage ich.

»Scheinbar; aber in Wirklichkeit bin ich der letzte, der etwas zu sagen hat. Wer, glaubst du wohl, hat den Gasherd gekauft?«

»Du hast ihn gekauft«, sage ich.

»Natürlich habe ich ihn gekauft«, sagt Giorgio, »aber wehe, wenn ich einen Tropfen Milch auf dem Gasherd verschütte, aber wehe, wenn ich einen Teller kaputt mache! Und wer hat die Teller gekauft? Ich. Und glaubst du vielleicht, ich dürfte über die Teppiche in meinem eigenen Haus gehen?«

»Das darfst du nicht?«

»Nein, denn die Teppiche nutzen sich ab, wenn man darüber geht, also muß ich einen Bogen darum herum machen. Und wer hat die Teppiche gekauft? Ich habe sie gekauft, und ich habe sie gekauft, weil ich gerne auf Teppichen gehe«, sagt Giorgio. »Und jetzt mach das Licht aus, das für nichts und wieder nichts brennt, und wer bezahlt das Licht? Ich bezahle es. Und leg den Kopf nicht auf den Sessel, sonst wird die Lehne fettig. Und wer hat den Sessel gekauft? Ich habe ihn gekauft, um bequem zu sitzen und nicht den Kopf aufrecht zu halten, um dann beim Aufstehen einen steifen Hals zu haben. Und wenn ich ins Badezimmer will, kann ich es nicht, denn es ist besetzt, und wenn ich das zweite Programm hören will, wollen die anderen das erste hören. Und wer hat den Radioapparat gekauft, und wer bezahlt die Rundfunkgebühren? Ich. Und wenn ich Grammophon spielen möchte, kann ich es nicht, weil eine Tochter Latein lernt, und wenn ich schlafen möchte, gelingt es mir nicht, weil die andere Klavier übt. Darum halte ich es zu Hause nur schwer aus. Aber jetzt ist es etwas ganz anderes. Jetzt habe ich die Wohnung ganz für mich allein. Sie sind in den Bergen mit der guten Luft, und ich kann mich in meinem Sessel so ausstrecken, wie ich will, und auf dem Bett, auch wenn die seidene Überdecke noch darauf liegt. Ich kann stinkende Zigarren rauchen, die Musik hören, die mir gefällt, meine Getränke trinken und über meine Teppiche gehen. Endlich kann ich mein Haus genießen, das diesmal wirklich mir gehört.«

Giorgio stieß einen Seufzer des Wohlbehagens aus. Er ist ein glücklicher Mensch und möchte, daß ich an seinem Glück teilhabe.

»Komm mit, wir wollen einen Kognak trinken«, sagt er, »und einen Kaffee. Den Kaffee wollen wir absichtlich überkochen lassen, damit das Wasser den Gasherd schmutzig macht. Das ist eine kleine Genugtuung, die ich mir gönnen möchte. Dann gehen wir ein bißchen auf den Teppichen auf und ab und knipsen alle Lampen im Haus an.«

Ich muß wohl oder übel ja sagen, denn Giorgio packt mich beim Arm und läßt mich nicht mehr los.

Wir gelangen zur Haustür, und er steckt den Schlüssel ins Schloß.

»Mir kommt es wie ein Paradies vor«, sagt Giorgio, »wirklich eine einladende Stille.«

Er macht die Tür auf und geht hinein. Draußen scheint die Nachmittagssonne, aber drinnen ist es pechschwarz, und Giorgio streckt den Arm nach dem Lichtschalter aus.

Ich höre, wie der Schalter knackst, nochmals knackst und ein drittes Mal knackst. Aber das Dunkel bleibt undurchdringlich.

»Das Licht geht nicht an«, sagt Giorgio, »vielleicht ist die Birne kaputt.«

Giorgio verschwindet im Dunkeln, und ich folge ihm. Ich höre ihn herumtapsen.

»Ich versuche, das Wohnzimmerlicht anzuknipsen«, sagt er.

»Zum Teufel, wo ist denn der Schalter hingekommen?« schreit er kurz darauf.

»Was ist denn los?« frage ich.

»Steck schnell ein Streichholz an«, sagt Giorgio, der sehr aufgeregt und erschrocken zu sein scheint.

Ich finde die Streichholzschachtel und stecke eins an. Ich sehe, daß er einen Haufen Zeug umarmt, das mit einem weißen Bettuch zugedeckt ist.

Wir sehen unter das Bettuch und erblicken zwei zusammengerollte, verschnürte Matratzen, eine über der anderen.

»Ich glaubte, ich hätte einen dicken Kerl umarmt«, sagt Giorgio und stößt einen Seufzer der Erleichterung aus. »Ich dachte, er sei tot, weil er sich nicht rührte.«

Beim Streichholzschein finden wir den Schalter. Trotzdem geht das Licht im Wohnzimmer nicht an.

»Vielleicht sind die Sicherungen durchgebrannt«, sage ich und gehe nachsehen. »Keine Sicherungen.«

»Was heißt keine?« fragt Giorgio.

»Meine Frau schraubt auch, wenn sie auf Reisen geht, die Sicherungen heraus, um Kurzschlüsse und sonstige elektrische Unfälle zu vermeiden«, sage ich. »Gewöhnlich legt sie sie auf den Zähler.«

Aber auf dem Zähler liegen keine Sicherungen, nirgends sind Sicherungen zu entdecken.

Wir finden eine Kerze und geben uns für den Augenblick damit zufrieden. Aber Giorgio sieht sich verblüfft um. Das Wohnzimmer ist völlig verändert. Die Teppiche sind fort. In einer Ecke stehen sie zusammengerollt. Die Sessel, einer neben dem anderen aufgestellt, sind mit weißem Tuch zugedeckt. Die Möbel sind von der Wand abgerückt, die hermetisch geschlossenen Fenster sind ohne Gardinen.

Giorgio ist weniger gesprächig als zuvor, und seine Freude ist recht gedämpft.

»Das Wohnzimmer ist außer Gebrauch«, sagt Giorgio, »wir können ja ins Eßzimmer gehen.«

Wir gehen ins Eßzimmer, aber Giorgio bleibt auf der Schwelle stehen und betrachtet es beim Kerzenschein. Der Tisch ist zum hermetisch geschlossenen Fenster getragen worden, und auf dem Tisch strecken die Stühle die Beine in die Luft. Von der Decke hängt der in Zeitungspapier gewickelte Kristallüster herab.

Ich klopfe Giorgio freundschaftlich auf die Schulter. Ich verstehe seine Gemütsverfassung. Er hoffte, endlich ein Haus ganz für sich zu haben, und findet eine unbewohnbare Wohnung vor.

»Es bleibt dir nur noch das Schlafzimmer«, sage ich.

Giorgio seufzt und wendet sich zum Schlafzimmer, aber als er an den Matratzen vorbeikommt, starrt er sie entsetzt an und stürzt davon.

Ich folge ihm – das Ehebett ist fort. Die Sprungrahemn lehnen gegen das hermetisch geschlossene Fenster, und die Bettgestelle stehen hintereinander vor den Sprungrahmen. Der Parkettboden ist mit alten Zeitungen belegt.

Giorgio sagt kein Wort.

Er hat nun wieder seine frühere »Schmollfischmiene« und geht durch den Flur.

Im Kinderzimmer ist ein Bett auseinandergenommen, und der Sprungrahmen lehnt hochgestellt gegen das geschlossene Fenster. Das andere dagegen ist benutzbar.

»Es ist ziemlich kurz«, sage ich, »aber jetzt im Sommer kannst du die Füße rausstrecken. Es ist ja warm.«

»Vielleicht ist es besser, wenn wir den Kognak im Café trinken«, sagt Giorgio. »Nicht einmal Kaffee können wir machen. Die Tassen sind zusammen mit den Getränken im Büfett eingeschlossen.«

Auf dem Kopfkissen liegt ein bleistiftgeschriebener Zettel. Von Giorgios Frau.

»Denk daran, den Blumen Wasser zu geben!«

»Die Blumen«, sagt Giorgio und sieht sich trotzig um, »stehen auf dem Schlafzimmerbalkon.«

Wir gehen ins Schlafzimmer, entfernen die Sprungrahmen und Bettgestelle, und endlich gelingt es uns, das Fenster zu öffnen.

Wir tragen alle Blumentöpfe herein und schließen wieder das Fenster.

»Jetzt habe ich eine Idee«, sagt Giorgio, und ein seltsames Lächeln spielt um seinen Mund.

Er stellt einen Blumentopf ins Spülbecken der Küche, einen anderen ins Waschbecken des Badezimmers, deren zwei in die Badewanne. Dann dreht er sämtliche Wasserhähne ganz auf. Als das geschehen ist, nimmt er seinen Hut und geht zur Tür.

Da erblickt er noch einen Blumentopf in der Ecke.

»Einen Augenblick«, sagt er. Stellt den Blumentopf ins Klosett, und zwar mit den Blumen nach unten, zieht daraufhin an der Kette. Und damit sie gespannt bleibt und das Wasser weiterfließt, befestigt er sie an einem Nagel in der Wand.

»So, jetzt gehen wir«, sagt er. »Jetzt trinken wir unseren Kognak.«

»Und läßt du alle Wasserhähne auf?«

Giorgio zuckt die Achseln.

»So kriegen die Blumen Wasser«, sagt er. »Ich ziehe ins Hotel und gehe erst wieder nach Hause, wenn die Ferien zu Ende sind.«

Ein aufregendes Spiel

Ich betrete das Stadion. Es gleicht einem Becken voller Menschen. Einem riesigen Becken, das im nächsten Augenblick überzulaufen droht.

Ich versuche, mir etwas Platz zu schaffen und mich auf den Stufen breitzumachen, aber zehn oder zwölf Leute ereifern sich.

»Wo wollen Sie eigentlich hin?« fragt einer.

»Da hinauf«, sage ich und deute in die Höhe. »Vielleicht ist da oben noch Platz.«

Ich drehe mich um, aber inzwischen ist der Weg versperrt.

»Wohin gehen Sie?« fragt einer, der erst hinter mir stand, jetzt aber vor mir steht.

»Zurück«, sage ich, »dort läßt man mich nicht durch.«

»Faule Ausreden: Sie wollen mir nur den Platz wegnehmen.«

»Ich will keinem Menschen den Platz wegnehmen«, sage ich, »sondern nur vorbeigehen.«

»Gehen Sie woanders vorbei«, sagt er, »ich rühre mich nicht von der Stelle.«

Ich versuche woanders vorbeizugehen und streife mit der Fußspitze den Rücken eines sitzenden Herrn, der sofort aufspringt und sagt, daß ich zur »Eintracht« halte. Ich sage, es sei nicht wahr, daß ich zur »Eintracht« halte. Ich wolle nur vorbeigehen.

»Mein Rücken ist kein Fußball!« schreit der Herr, der aufgesprungen ist.

»Ha!« brüllt einer hinter mir und fuchtelt mit dem rechten Arm, »wir werden ja sehen, was die ›Fortuna‹ für eine Figur macht!«

»Alles gut und schön«, sage ich, »aber ich möchte einen Platz finden.«

Ein anderer springt auf, um zu sagen, daß kein Grund zu Spötteleien vorhanden sei, »Fortuna« bleibe »Fortuna«! Alle fangen an zu brüllen, und ich wage es, die letzten Stufen hinunterzugehen. Nun befinde ich mich auf der Höhe des Feldes und sehe einen Wald von Köpfen vor mir. Ich zwänge mich in die stehende Menge, während alle schreien und in die Hände klatschen.

Irgend jemand muß das Feld betreten haben.

Ich versuche mich breitzumachen, aber einer hört zu klatschen auf und sagt, es sei unnötig, daß ich drängele, ich hätte eher kommen müssen, wenn ich einen besseren Platz haben wollte.

Ich wage es, einen halben Meter vorzudringen, und stoße mit der Nase auf den Rücken eines übertrieben großen Kerls.

»Hallo«, sagte jemand neben mir. Ein Freund, der sich auch vergeblich bemüht, einen Platz zu bekommen.

»Der hat es gut«, sagt mein Freund und zeigt auf den übertrieben Großen, »der hat sich eine Coca-Cola-Kiste ergattert, während ich eine mieten wollte, und als ich fünf Mark dafür bot, hat man mir ins Gesicht gelacht.«

»Ich habe zehn dafür bezahlt«, sagt der übertrieben Große. Wir hören einen Pfiff und wissen daher, daß das Spiel angefangen hat.

»Siehst du etwas?« fragt mich mein Freund.

»Ich sehe eine Menge Köpfe«, sage ich, aber wenn ich den Hals nach rechts recke, gelingt es mir, zwischen dem rechten Ohr und dem linken Ohr zweier Zuschauer einen schmalen Grasstreifen zu erspähen. Natürlich handelt es sich um das Spielfeld. Um einen winzigen Bruchteil des Spielfeldes, aber es kommt mir vor, als ob alle Spieler ausgerechnet diesen schmalen Grasstreifen, den ich sehen kann, meiden. Jedenfalls ist es ratsam, ihn nicht aus den Augen zu lassen. Endlich rennt ein Spieler in schwarzweiß-gestreiftem Fußballhemd über mein kleines Rasenstück, verfolgt von einem schwarzrotgestreiften Spieler und dann wieder einem Schwarzweißen. Dann nichts mehr.

»Schöne Kombination!« sage ich.

»Du Glücklicher, du siehst etwas«, sagt mein Freund und reckt den Hals erst nach rechts, dann nach links, »ich sehe nichts.«

Mein Freund stellt sich auf die Zehenspitzen, und einer hinter ihm brummt, es sei unfair, daß sich Leute vor ihm auf die Zehenspitzen stellten.

Wir hören die Menge schreien, und der auf der Coca-Cola-

Kiste teilt uns mit, daß es eine wunderbare Parade war.

Ich finde mein Rasenstückchen zwischen den Ohren der beiden Zuschauer zurück und habe das Glück, zu sehen, wie ein Spieler in schwarzrotgestreiftem Fußballhemd stehenbleibt, die Hände in den Hüften, und nach links Ausschau hält.

Ich lasse ihn nicht aus den Augen, in der Hoffnung, daß er den Ball bekommt und ihn etwas auf dem winzigen Rasenstück zwischen den Ohren der beiden Zuschauer behält. Aber da wirft er den Blick gen Himmel, macht einen Schritt zurück und verläßt mein Spielfeld.

»Schöne Kombination!« sage ich.

Kurz darauf überquert ein Herr in schwarzer Jacke und kurzen Hosen den schmalen Grasstreifen.

»Der Schiedsrichter ist bestochen!« schreie ich, insistiere jedoch nicht, denn es ist kein Grund vorhanden, auf den Schiedsrichter zu schimpfen.

Endlich sehe ich den Ball, der aus dem Wald der Zuschauerköpfe in den Himmel steigt.

»Endlich sehe ich etwas«, sagt mein Freund und betrachtet den hochfliegenden Ball. Wir verfolgen mit dem Blick seine Bahn und wünschen uns, daß er sich noch ein wenig länger in diesem blauen Raum aufhalten möge. Aber da fällt er schon wieder herunter und verschwindet erneut hinter der Menschenmauer.

»Fabelhaft«, sagt mein Freund.

Wir kommentieren etwas die Kombination, aber bald müssen wir uns in eine Diskussion mit den Nachbarn einlassen, und zwar auf Grund eines mutmaßlichen Fouls, das ein Eintrachtspieler begangen hat.

»Ich habe es nicht gesehen«, sage ich.

»Natürlich nicht«, sagt einer, »wenn ein Eintrachtspieler Fouls macht, sieht niemand etwas.«

»Wenn Sie sich die Haare schneiden lassen würden, könnte ich vielleicht etwas sehen«, sage ich. »Aber Sie lassen sich nicht die Haare schneiden, weil Sie zur ›Fortuna‹ halten. Und den Fortuna-Anhängern verschafft es Genugtuung, sich nicht die Haare schneiden zu lassen, um einem Eintracht-Anhänger die Sicht zu nehmen.« Und ich entdecke einen anderen schmalen Grasstreifen zwischen zwei Köpfen. Der Grasstreifen ist verlassen und bleibt verlassen, denn alle Spieler halten sich jetzt im entgegengesetzten Teil des Feldes auf.

»Vielleicht schießen sie jetzt ein Tor«, sage ich.

»Nach dem Geschrei der Menge zu urteilen, scheint es mir auch so«, sagt mein Freund. »Wir haben den Höhepunkt der Kombination erreicht. Siehst du etwas?«

»Ja«, sage ich und zeige auf den Ball, der in den Himmel fliegt.

»Fabelhaft«, sagt mein Freund, »das ist eines der interessantesten Spiele, die ich je gesehen habe.«

Der Ball fällt gleich wieder herunter, über das Rechteck des Feldes, das ich sehen kann, rennt ein schwarzweißer Spieler, rennt wieder zurück, verfolgt von einem Schwarzroten und einem anderen Schwarzweißen.

Zufrieden stelle ich wieder die Fersen auf den Boden, denn die Waden tun mir weh, und nach dem aufregenden Spielverlauf auf meinem Rasenstück erwarte ich nichts Bedeutendes mehr.

Nach dem Geschrei der Menge zu urteilen, sind vier Tore gefallen, aber am Schluß des Spieles erfahren wir mit Sicherheit, daß nur die »Eintracht« zwei geschossen hat.

Wir verlassen das Stadion und diskutieren das Spiel und die Preise der Eintrittskarten.

Kaum draußen, bietet uns ein Kerl einen numerierten Platz zu fünfzig Pfennig an.

»Diesmal sind die Kartenaufkäufer reingefallen«, sagt mein Freund, »und sie können von Glück sagen, wenn es ihnen gelingt, das Trambahngeld für die Rückfahrt wiederzubekommen.«

Eintagskrawatten

Auch der Tag des hl. Carlo Borromeo ist vorübergegangen, wie alle anderen Tage des hl. Carlo Borromeo.

Es ist mein Namenstag. Aber wenn es keine Geschenke gibt, denke ich gar nicht daran. Ich wache morgens auf, wie an allen anderen Tagen. Doch kaum bin ich wach, da merke ich, daß eine andere Atmosphäre im Hause herrscht: nämlich festliche Ausgelassenheit. Und mit der Ausgelassenheit stellen sich Scherz und Schabernack ein – und natürlich die Geschenke.

Ich weiß schon, um was für Geschenke es sich handelt.

Um Krawatten.

Im Sommer trage ich nie Krawatten, und im Winter trage ich sie nur, weil ich nicht darum herumkomme. Ich habe zwei für den Winter. Wenn ich die eine ablege, binde ich die andere um. Hätte ich drei, geriete ich in Verlegenheit und wüßte nie, welche ich wählen sollte.

Und doch hat es den Anschein, als ob ich eine Schwäche für Krawatten hätte. Denn am Tage des hl. Carlo Borromeo schenken mir alle eine Krawatte.

Drei erhalte ich von meiner Frau und meinen beiden Töchtern: von jeder eine. Dazu kommt die Krawatte von meiner Schwester und noch ein paar von anderen Verwandten.

Außerdem die eine oder andere von meinen übrigen Bekannten.

An diesem Tag bin ich mit Krawatten reich gesegnet, und so lege ich sie in Reih und Glied aufs Bett und betrachte sie mir. Alle sind natürlich wunderschön. Doch die schönsten sind diejenigen, welche mir meine Lieben geschenkt haben, und zwar schon morgens. Das heißt die drei Krawatten meiner Frau und meiner Töchter. Unter diesen dreien wüßte ich wirklich nicht, welche ich wählen sollte.

Das Schlimme ist, daß man nicht drei Krawatten auf einmal umbinden kann. Notgedrungen muß man sich für eine entscheiden. Und es ist nicht leicht, es allen recht zu machen.

Also wollen wir nach dem Alter vorgehen: ich ziehe zuerst die Krawatte meiner Frau an. Natürlich nicht, weil sie etwa die schönste ist. Wie gesagt, sind sie alle gleich schön. Ich behalte sie drei Stunden an. Drauf binde ich die Krawatte der älteren Tochter um und nach weiteren drei Stunden die der jüngeren.

»Sagen wir immer nur zwei Stunden«, sagt die jüngere Tochter, »sonst muß ich bis abends warten.«

»Und dann sind auch noch die Krawatten der anderen da«, sage ich. Also zwei Stunden für jede.

Dann gehen wir aus, um einige Besuche zu machen.

»Wenn du zu deiner Schwester gehst und sie sieht, daß du nicht ihre Krawatte anhast, nimmt sie es übel«, sagt meine Frau.

Das ist wahr. Ich stecke die Krawatten meiner Töchter, die meiner Schwester und auch die anderen Krawatten in die Tasche.

Am Tag des hl. Carlo Borromeo habe ich die Taschen voller Krawatten. Auf den Treppen wechsele ich die Krawatten – jedesmal, wenn ein Besuch vorbei ist.

Ich tue nichts anderes als Krawatten wechseln an jenem Tag, bis zum Abend.

Aber am folgenden Tag mache ich Ferien. Ich bleibe ohne Krawatte, um mich ein wenig zu erholen.

Und mit der Zeit verlieren die Krawatten an Bedeutung. Ich kann die erste beste umbinden, die mir unter die Finger kommt, ohne daß sich jemand beleidigt fühlt.

Die
Lügengeschichten

Der Erfinder

Der große Saal war überfüllt wie ein Bahnhof zur Urlaubszeit. Nur daß auf einem Bahnhof die Menge steht und geht, manche rennen sogar, und die meisten haben Gepäck. In diesem Saal nichts von alledem, keiner rannte, keiner hatte Gepäck, und die standen, taten es nur, weil es keine Sitzplätze mehr gab. Sie wissen schon, wie es bei diesen Gelegenheiten zugeht: man protestiert, weil die Leute Ihnen die Sicht nehmen, bleiben-Sie-doch-hinten, merken-Sie-nicht, daß-Sie-auf-mir-sitzen, Sie-wissen-wohl-nicht, wer-ich-bin usw. In dem usw. sind auch die Füllfederhalter enthalten, die Knie, die Hüte und alles, was in so einem übervollen Saal enthalten ist.

Es war ein melancholischer Septembernachmittag, an dem viele zu den Seen fuhren oder auch zu Hause blieben. Die aber in dem überfüllten Saal waren weder an den Seen noch zu Hause geblieben.

Gelehrte waren es, verschiedener Fakultäten, versteht sich, weil Professor Duilio Canzonati gewünscht hatte, daß alle bei seiner Konferenz zugegen waren.

Gelehrte in Geographie, Geschichte, in lebendigen und toten Objekten, in flüssigem und festem Gas, in Tasten, in Lebensmitteln, elektrischen Apparaten und anderem.

Aus allen Teilen der Welt waren sie erschienen, einige von sehr weit her, denn der Ruf des Professors Duilio Tannasio Canzonati war sehr verbreitet.

Sogar in Uganda sprach man ab und zu von ihm, meistens um vier Uhr nachmittags.

Und nicht nur in Uganda, auch in anderen, noch unbekannteren Gegenden.

Worauf nun basierte seine Berühmtheit? Auf seinem, nur den Studien gewidmeten Leben.

Er war einer der berühmtesten Wissenschaftler der Welt. Sogar der berühmteste. Andere Gelehrte unterbrachen wenigstens hier und da ihre Studien, um in den Tabakladen zu gehen oder mit der Tram zu fahren, was ich nur als Beispiel anführe. Es gab nichts, was ihn auch nur einen Augenblick von seinen Studien hätte abhalten können.

Nicht nur das, niemand konnte in Erfahrung bringen, was der Gelehrte studierte. Sein Studienobjekt war ein Geheimnis, und er wußte es in jeder Hinsicht zu wahren.

Er bewohnte eine Villa außerhalb der Stadt. Keiner konnte sie betreten, keiner konnte sie verlassen.

Die Tatsache, daß nie jemand die Villa verließ, hatte einmal sogar bei der Polizei Verdacht erregt. Sie stellte gewissenhafte Recherchen an, aber daß nie jemand die Villa betrat, genügte ihr als Erklärung, warum sie nie jemand verließ, und so wurden die Recherchen eingestellt.

Alle Gelehrten der Welt waren in Sorge, daß er eine umwälzende Entdeckung machen würde, aber es fehlte ihnen jeder Anhaltspunkt, auf welchem Gebiet der Professor arbeitete.

Endlich verbreitete der Professor die Nachricht, er würde seine Entdeckung der Welt vorstellen. Seine große Entdeckung.

Gab es je eine größere Aufregung, als die, welche die Gelehrten bei dieser Nachricht erfaßte? Es gab keine. Viele fielen in Ohnmacht, als sie davon hörten.

Die Nachricht verbreitete sich in der ganzen Welt, und alle eilten dem Zusammenkunftsort entgegen.

Professor Duilio Tannasio Canzonati hatte beschlossen, seine Konferenz im »Saal der Geräusche« abzuhalten. Dort würde er seine Entdeckung der Öffentlichkeit vorstellen.

Obwohl an diesem Septembernachmittag der Saal überfüllt war wie ein Bahnhof zur Urlaubszeit, waren die anliegenden Straßen und Plätze noch voll von Gelehrten, die im Saal keinen Platz mehr bekommen hatten.

Die aus den entlegensten Gegenden Gekommenen protestierten, aber ihre Proteste zielten ins Nichts. Man sah einige Gelehrte weinen aus Kummer, andere boten phantastische Summen, um wenigstens ins Innere zu kommen. Verschiedene versuchten, sich mit den Ellbogen Platz zu schaffen, einige hatten einen Tunnel unter dem Pflaster gegraben und waren bis zum Fußboden des Saales vorgedrungen, aber die Menge, die den Saal füllte, machte einen Ausstieg unmöglich.

Da nichts zu machen war, beruhigten sich die draußen Gebliebenen und begnügten sich, von den Kollegen im Saal über die große Entdeckung wenigstens mündlich informiert zu werden.

Punkt sechzehn Uhr hatte Professor Duilio Tannasio Canzonati seinen Auftritt. Schnellen Schrittes kam er aus einer kleinen Tür zu einem kleinen Tisch auf dem Podium.

Beifall rauschte auf und dauerte gute zehn Minuten. Dann trat Ruhe ein. Man hörte das Herzklopfen der Menschen in Erwartung der großen Entdeckung.

Der Professor sah aus wie ein Siebziger, er konnte auch älter oder weniger alt sein. Das passiert ja oft, daß einer so und so alt aussieht, was aber dann nicht stimmt. Aber dafür können wir nichts.

Er war sehr elegant gekleidet. Man sah an seinem Krawattenknoten, daß er seiner Toilette viel Zeit gewidmet hatte, was bewies, daß seine Studien abgeschlossen waren und er sich nun anderen Dingen widmen konnte.

In absoluter Stille ergriff der Professor das Wort. Er begann beim Anfang, das heißt er gab eine klare Schilderung seines

Gelehrtenlebens. Er sagte, daß er von klein auf sich zu Entdeckungen hingezogen gefühlt hatte. Die Blumen hatten es ihm besonders angetan, dann die Pflanzen, später die Insekten. Die Steine hatte er studiert und auch die Lehre vom Raum. Er ging nicht auf Details ein. Das Ziel dieser Konferenz war, dem Publikum das wichtigste Phänomen der Welt vorzustellen, der Studien würdig und aller Aufmerksamkeit wert. Der große Augenblick war gekommen, und er bat das Publikum, sich nicht vom Enthusiasmus hinreißen zu lassen, wenn es seine Entdeckung kennenlerne. »Es handelt sich nicht um eine neue Bombe oder Bombenabwehr«, sagte der Professor, »es ist auch keine Weltraumrakete, um auf irgendeinem Planeten zu landen, es handelt sich um etwas viel Wichtigeres, um dies.«

Er machte ein Zeichen, und zwei Diener brachten eine Kiste, die sie vor dem Tischchen auf das Podium stellten. Alle applaudierten frenetisch.

»Nicht die Kiste, die Sie hier sehen, ist meine Entdeckung«, sagte der Professor, »aber der Inhalt. Ich stelle das ausdrücklich fest, damit keine Irrtümer entstehen können. Sie applaudieren einer Kiste, aber ich bitte Sie, noch zu warten. Der Augenblick ist noch nicht da.«

Langsam hob er den Kistendeckel, ein junger Mann stieg heraus und stellte sich neben den Professor.

Ein junger Mann um die Zwanzig, nur mit einer Badehose bekleidet, mit tiefgebräunter Haut wie nach einer langen Sonnenbadekur. Der Professor verbeugte sich lächelnd und zeigte auf den jungen Mann.

»Hier«, sagte er, »haben Sie die vollkommenste menschliche Maschine.«

Ein nie gehörter Beifall brach aus. Minuten um Minuten dauerte er und schien nicht enden zu wollen.

Mit einer Geste bat der Professor um Ruhe.

Als es im Saal still wurde, ergriff er das Wort.

»Kein Trick, meine Herrschaften. Das ist ein Mensch und nichts anderes als ein Mensch. Er bewegt sich ohne besondere Mechanismen. Wie Sie sehen, gibt es weder elektrische Drähte noch Kabel, keine Batterien, keine Federn, keine Aufziehungsmechanik. Er bewegt sich aus eigenem Antrieb.«

Er bat ihn, den linken Arm zu heben, und der junge Mann hob den linken Arm, er bat ihn, den Kopf zu beugen, und der Junge beugte den Kopf. Dann bewegte er sich einige Schritte nach vorne, drehte sich um, verbeugte sich, hob dann eine Zigarette auf, die dem Professor heruntergefallen war, und legte sie auf das Tischchen.

Der Professor schaute ihm glücklich lächelnd und zufrieden zu.

Das Publikum begann wieder zu applaudieren.

Dann bat der Professor den Jungen, sich zu setzen, und er setzte sich auch, das Publikum hatte sich wieder beruhigt, und der Professor ergriff wieder das Wort.

»Es ist unnötig, Ihnen Erklärungen geben zu wollen. Ich bin nach vielen, vielen Jahren intensivsten Studiums zu diesem Ergebnis gekommen. Um genau zu sein, nach sechzig Jahren. Nach dieser langen Zeit ist es mir klar geworden, daß dies die beste Maschine ist, die je erfunden wurde. Es ist nicht übergroße Bescheidenheit, wenn ich Ihnen sage, meine Damen und Herren, daß ich der Erfinder dieser Maschine bin...«

»Das ist nicht wahr!« schrie eine Stimme, und sofort wurde sie überschrien von allen, daß der Professor zu bescheiden sei, in diesem Fall sei Bescheidenheit eine Sünde usw.

Der Professor lächelte und forderte durch eine Geste nochmals Ruhe. »Ich möchte sehen«, sagte er, »ob es heute einen Wissenschaftler gibt, ob es je einen gegeben hat, ob es je einen geben wird, der diese Vollkommenheit erfinden könnte.«

»Das gibt es nicht, das gibt es nicht!« schrie die Menge.

In diesem Moment beugte sich der junge Mann an das Ohr des Professors, und dieser wandte sich an das Publikum.

»Er friert«, sagte der Professor, und sofort erhob sich im Saal ein Stimmengemurmel, ein Murmeln der Ungläubigkeit.

»Wie ist das möglich?« sagte einer, »da muß ein Trick dabei sein.«

Der Professor bat den jungen Mann, mit lauter Stimme zu wiederholen, was er kurz vorher gesagt hatte.

»Klar«, sagte der junge Mann, »mich friert, ich bin ja in der Badehose!«

Der Applaus brach wieder aus, während die Saaldiener einige warme Sachen brachten, die der junge Mann hinter einem Paravent anzog.

Dann stürmte die Menge auf das Podium, hob den Professor auf die Schultern und trug ihn im Triumph hinaus. Der junge Mann ging inzwischen in die nächste Bar und bestellte sich einen Espresso.

Die in der Nähe Stehenden betrachteten ihn voll Verwunderung, als er seinen Kaffee schlürfte, nicht anders, als einer von ihnen.

Der Fotoapparat

Wir kauften einen Fotoapparat. Einen prachtvollen Fotoapparat, vollkommen in jeder Hinsicht: das allerneueste Modell, ein besseres konnte in der ganzen Welt nicht existieren.

So begannen wir also zu fotografieren. Wir knipsten alles, nur so zur Übung, und dann, man weiß ja, wenn einer einen Fotoapparat ersteht, fotografiert er alles, was ihm vor die Linse kommt.

Es gelangen uns wunderbare Aufnahmen. Fotos von Monumenten, Häusern, Straßen und Plätzen, Bergen und Dörfern und unzähligen anderen Motiven. Vorher war es uns nie in den Sinn gekommen, wieviele Dinge in der Welt man aufnehmen konnte. Die Welt ist voll von fotogenen Motiven. Selbst vor dem Foto einer Birne oder Traube standen wir verzaubert und mit offenem Mund.

»Was für eine herrliche Birne und welch prächtige Traube!« riefen wir aus. Viel schöner als in Wirklichkeit erschienen uns die Birne und die Traube. Nun ja, so geht es eben zu, wenn man zum erstenmal einen Fotoapparat in der Hand hält.

Wenn ich fotografierte, schaute Heribert Crucchi mir zu, wenn er fotografierte, schaute ich ihm zu. Wir berieten uns gegenseitig über die Einstellung und die Blende und über die günstigste Art, wie man den Apparat halten sollte.

Eines Tages beschlossen wir, unser Hobby zu vervollständigen, womit ich sagen will, daß wir unsere Begeisterung bis zu dem Punkt vortrieben, uns nicht mehr auf das Knipsen zu beschränken. Wir wollten unsere Filme selbst entwickeln und auch Abzüge davon machen. Um diese do-it-yourself-Methode richtig anzupacken, informierten wir uns bei Freunden und Fachleuten. Damit diese uns alles zeigen konnten, richteten wir in meiner Wohnung eine Dunkelkammer ein, kauften Säuren und Schalen, kurz alles Nötige zum Entwickeln, Abziehen und Vergrößern unserer Aufnahmen.

Viel Zeit ist vergangen seit damals, wir machen nun großartige Fotos und haben alles bis zur Perfektion erlernt. Leider ist Heribert ein wenig unscharf geworden, und daran bin ich schuld, aber wer konnte so etwas voraussehen? Es kommt nur daher, daß ich damals noch zu wenig Praxis hatte. Aber wenn Heribert auch ein wenig unscharf war, es ging ihm ganz gut, und wenn er sich auch ab und zu bei mir beklagte und sich mit mir anlegte, verging sein Groll doch schnell wieder, aber es hatte schon seine Zeit gekostet, bis er mir verzieh.

Der Fall passierte an einem Herbstmorgen. Es war ein wundervoller Herbst, und wir waren mit unserem Fotoapparat in die Gegend gewandert, die sich an die Peripherie der Stadt anschließt. Wir wollten die goldgelben Blätter der Bäume aufnehmen und die Alleen, ganz bedeckt von eben diesen abgefallenen, toten Blättern.

Ein zauberhafter, leichter Nebel hüllte die Landschaft ein und die Häuser der Peripherie. Die Sonne vergoldete diesen Nebel und schuf die ideale Atmosphäre für die Aufnahmen, die wir uns vorgenommen hatten.

Wir machten viele Bilder, und als die Filmspule zu Ende ging, kam es Heribert in den Sinn, sich selbst aufnehmen zu lassen. Wir hatten noch nie versucht, von uns Fotos zu machen, und die Idee war also gar nicht so abwegig. Das Ausschlaggebende war, daß in diesem Moment *ich* den Apparat in der Hand hatte. Hätte Heribert ihn in der Hand gehabt, wäre von *mir* eine Aufnahme entstanden und *ich* wäre jetzt wahrscheinlich der Unscharfe.

Statt dessen war ich sofort mit seinem Vorschlag einverstanden und gab ihm an, wo er sich hinstellen sollte. Er stellte sich also in Positur, ich richtete das Objektiv auf die richtige Schärfe ein und fragte ihn, ob er bereit sei.

Keine Ahnung hatte ich in diesem Moment, was geschehen würde. Er sagte, er sei bereit, und ich drückte auf's Knöpfchen. Ich hörte das Geräusch des Auslösers und hob den Kopf.

Heribert Crucchi war nicht mehr da. Bleich starrte ich auf die Landstraße vor mir. Vollständig verwaist. Rechts und links Felder und nichts als Felder. Der leichte Nebel vergoldete immer noch die Landschaft. Von Heribert Crucchi keine Spur: er war urplötzlich verschwunden, weg.

Ich konnte mir diesen Vorgang nicht erklären. Er hatte sich nicht gerührt, während ich auf den Auslöser drückte, ich sah ihn im Fotospiegel in voller Größe und lächelnd vor mir stehen. Ich schaute auf, und Heribert war nicht mehr vorhanden.

Ich rief ihn mit lauter Stimme, niemand antwortete mir. Ich blieb eine Weile wartend stehen, es wurde mir aber bald klar, daß das keinen Sinn hatte, und so machte ich mich verwirrt auf den Heimweg.

Wie sollte ich dieses mehr als sonderbare Verschwinden erklären? Und wie war es überhaupt möglich, daß er sich so plötzlich entmaterialisieren konnte? Ich kann meinen Geisteszustand jenes Morgens nicht beschreiben.

Vielleicht hatte ich geträumt, dachte ich, und war allein fotografieren gegangen. Aber ich erinnerte mich ganz genau, daß Heribert Crucchi mit mir war und wir viele Aufnahmen miteinander gemacht hatten.

Dann hoffte ich, ihn zu Hause wartend vorzufinden. Nichts. Die Wohnung war verwaist, und ich stürzte in die Dunkelkammer, nahm den Film aus dem Apparat und begann, ihn zu entwickeln.

Ich sah die Motive sich nach und nach verdeutlichen, und auf dem letzten Film erschien Heribert Crucchi in Person. Der Traum war aus.

Ich wartete, bis der Film trocken war, schnitt dann die letzte Aufnahme ab und betrachtete sie durch das Vergrößerungsglas. Es war er, ich hatte mich nicht getäuscht. Auf dem Negativ war er deutlichst zu erkennen.

Ich machte sofort einen Abzug und tauchte das Papier in das Entwicklungsbad.

Ich erinnere mich ganz genau, daß ich das Papier zwischen Daumen und Zeigefinger hielt und daß die Säure meine ganze Hand bedeckte. In dem schwachen Rotlicht der Dunkelkammer konnte ich das Innere der Schale nicht genau erkennen, aber plötzlich fühlte ich etwas sich an meinen Zeigefinger klammern und eine schwache Stimme rief: »Hör doch auf, du Idiot, du ersäufst mich ja!«

Ich knipste das Licht an und sah einen ungefähr sechs Zentimeter kleinen, pudelnassen, an meinen Zeigefinger geklammerten Heribert, der aus dem Säurebad zu steigen versuchte, indem er sich an meinen Hemdärmel klammerte. Ich nahm die Hand aus der Schale und hievte Heribert Crucchi auf die Tischplatte.

Ich war entsetzt. Der tropfnasse Heribert trocknete sein Gesicht und setzte sich dann auf einen Bleistiftstummel, der auf dem Tisch lag.

»Du hast mich ja fein zugerichtet!« schrie er mit so schwacher Stimme, daß sie kaum zu hören war.

»Ich kann doch nichts dafür!« sagte ich, »ich habe nur geknipst. Der Apparat muß kaputt sein oder was weiß denn ich!«

»Ich bin kleiner als eine Zigarette!« jammerte er und fing zu weinen an.

Ich weinte mit ihm, aber mit Weinen löst man kein Problem. Drum hörten wir damit auf und begannen nachzudenken, was zu machen sei. »Also«, sagte Heribert, »wenn du wenigstens eine Vergrößerung machen könntest ...«

Ich nahm sofort das Negativ und begann mit dem Vergrößerungsapparat zu hantieren, und da bemerkte ich erst, daß die Aufnahme ein wenig unscharf war. Nicht sehr, versteht sich, aber sie war eben nicht ganz scharf. Das Foto selbst mochte hingehen, aber stark vergrößert würde es sehr unscharf sein.

Nun, wenn schon; immer besser ein unscharfer Freund in Normalgröße als ein scharfer, so kleiner.

Ich tauchte das Papier in die Entwicklungsschale.

Der kleine Heribert hatte sich an den Rand der Schale gelehnt und überwachte mit Argusaugen den Fortgang der Arbeit. Ich bemerkte, daß mit dem Erscheinen seiner Figur auf dem Papier der ganz kleine Heribert nach und nach verschwand.

Als er sich ganz entmaterialisiert hatte, kam ein ungefähr fünfundzwanzig Zentimeter großer Heribert schwimmend an den Rand der Schale, und ich half ihm heraus.

Tropfnaß sprang er auf den Tisch, trocknete sein Gesicht und setzte sich dann auf den Aschenbecher.

»Jetzt ist's schon besser«, sagte er, »aber ich bin natürlich noch nicht zufrieden.«

Ich war es auch nicht. Er war noch zu klein, und das sagte ich ihm auch.

»Wem sagst du das?« fragte er, »das weiß ich selber. Du mußt mich unbedingt wieder auf Normalmaß bringen.«

Ich beschaute ihn aufmerksam und sagte ihm, daß er unscharf war und daß, wenn er noch größer käme, es zu sehr auffiele.

Er fing zu schreien und zu toben an. Er fragte mich, was ein fünfundzwanzig Zentimeter kleiner Mann in dieser Welt zu suchen habe.

Ich versuchte ihn zu beruhigen und holte schnell ein wesentlich größeres Kopierpapier. Dann bereitete ich die Lösung in der Badewanne zu.

Noch einmal warnte ich ihn: »Du wirst sehen, daß du viel zu unscharf kommst.«

»Macht nichts«, gab er mir zur Antwort, »lieber unscharf als so klein.«

Als er der Badewanne entstieg, war er nur wenig unter Mittelgröße: vielleicht zehn Zentimeter kleiner. Als er es bemerkte, fing er zu streiten an, aber als ich ihm dann einen Spiegel brachte, raufte er sich die Haare: um weitere zehn Zentimeter vergrößert wäre er absolut unkenntlich geworden, denn er war schon jetzt sehr unscharf.

Wir stritten uns eine Weile herum, er warf mir vor allem vor, daß ich den Apparat nicht scharf eingestellt hatte, aber meine Ausrede war plausibel: ich war schließlich kein Fachmann. Jetzt sind wir beide wirkliche Fachleute geworden und stellen unseren Apparat so scharf ein, daß man die Aufnahmen auch tausendfach vergrößern könnte. Er verlangt ab und zu von mir, mich von ihm knipsen zu lassen, aber ich tue ihm nicht den Gefallen, denn ich bin sicher, daß er sich revanchieren würde und mich womöglich noch unschärfer aufnähme.

Und ich bin nicht einmal sicher, ob er mich auf Normalmaß vergrößern würde. Um sich zu rächen, wäre er imstande, mich auf Format vier mal fünf zu belassen. Und was soll dann ein so kleiner Mann in dieser Welt anfangen?

Der Haupttreffer

Gustavo Camiciola hatte eine unheimliche Menge Leute zur Verzweiflung gebracht: nie hatte jemand so viele Menschen in Hoffnungslosigkeit gestürzt wie er. Und auch als er auf dem Sterbebett lag, rauften sich im Nebenzimmer seine

Verwandten die Haare und taten alles, einen Arzt zu finden, der den Onkel am Leben erhalten könnte. Es ist schon seltsam, sich Erben in dieser Art betragen zu sehen, denn im allgemeinen beten sie, daß der liebe Verwandte möglichst schnell diese Erde verlasse und sein Vermögen endlich von der Verwandtschaft eingeheimst werden könne. Nicht so die Erben von Gustavo Camiciola, der leider endgültig dahinging und die Seinigen ohne jede Hoffnung im Nebenzimmer ließ.

Denn die Dinge lagen ganz anders, als sie normalerweise in so einem Fall zu sein pflegen. Aber um Ihnen das zu erklären, muß ich um einige Jahre zurückgehen. Das tut man meistens recht gerne, womit ich sagen will, daß wir wer weiß wieviele Jahre zurückgehen würden, um wieder jung zu sein. Wir trügen gerne wieder kurze Hosen und gingen mit der Mappe unter dem Arm in die Schule.

Aber leider kann man davon nur reden. Wenn man bei Jahren ist, gibt es kein Zurück mehr, außer in Gedanken. Aber die Gedanken allein befriedigen uns nicht.

Nicht daß jetzt vielleicht der Moment wäre, eine Verjüngungskur zu machen, nur weil ich gesagt habe, daß man ein paar Jahre zurückdenken muß. Ich meine, in der Erzählung zurückkehren, wie man das häufig tut.

Gustavo Camiciola war ein Mann wie alle anderen, und wie alle war er Leidenschaften, Lastern und Manien unterworfen, die im Grund die ganze Menschheit beherrschen. Alle haben wir irgendein Laster, einige schlimme, andere harmlose, andere sogar gefährliche. Aber alle wollen diese Laster befriedigen und ihre Manien, ihre Leidenschaften. Jeder von uns setzt alle zur Verfügung stehenden Mittel ein, um ihnen gerecht zu werden. Auch Gustavo Camiciola, den man verstehen und auch entschuldigen muß.

Gustavo Camiciola war von der Spielleidenschaft besessen.

Nicht von der Leidenschaft für das Spiel, das heißt für das Spiel um des Spielens willen. Er spielte um zu gewinnen, um Geld zu verdienen, er spielte, um reich zu werden. Und wie alle Spieler verlor er immer, wütete gegen sein Pech, das ihn verfolgte, und versteifte sich immer mehr gegen seine Pechsträhne.

Fast den ganzen Samstagvormittag verbrachte er in den Lotterieeinnahmestellen, immer auf der Suche nach günstigen Nummern, und gab dabei einen großen Teil seiner Einkünfte aus. Eigentlich die ganzen, denn er lebte sehr bescheiden. Er spielte also, und manchmal gewann er sogar kleine Summen, die er sofort wieder in das Spiel investierte. Er spielte nicht um kleine Gewinne, er wollte große.

Dann kam das Toto, und er verteilte die Zahlen zwischen dem Lotto und diesem neuen Spiel. Er zitterte, wenn er von großen Gewinnen hörte, und machte sich sofort daran, die unmöglichsten und gewagtesten Kombinationen auf den Scheinen zusammenzustellen. Und eines Tages gewann er. Er war der einzige, der die Nummer dreizehn gespielt hatte in jener Woche, und sein Gewinn betrug 120 Millionen. Eine enorme Summe.

Gustavo Camiciola jubelte. Das war wirklich der schönste Tag in seinem Leben. Endlich hatte er es erreicht und als erster die heißersehnte Ziellinie berührt, wofür er so schwer gekämpft hatte in seinem Leben. Der Sieg war sein, ein bemerkenswerter Sieg, den er lange erträumt hatte.

An diesem Tag beschaute er immer wieder liebevoll den siegreichen Lottozettel und zeigte ihn allen Kollegen, Freunden und Verwandten. Er wurde gefeiert, umarmt und geküßt. Er war der große Sieger, und Journalisten und Fotografen lauerten ihm auf. Er erhielt Briefe, Geldforderungen, Bitten um Hilfe, Angebote für Beteiligungen, Vorschläge, Patente anzukaufen.

Er war eine wichtige Persönlichkeit geworden. Die Freunde pumpten ihn an, die Verwandten baten um kleine Darlehen. Da bemerkte Gustavo Camiciola, daß sich in seinem Inneren eine Veränderung vorbereitete.

Mit dem Enthusiasmus um ihn herum sehr zufrieden, verschob er den Augenblick, wo er die 120 Millionen abheben würde. Er versicherte sich, daß der Lottoschein gültig war und daß die Bank ihm das Geld jederzeit auszahlen würde. Er verschob diese wichtige Zeremonie auf die nächste Woche und war immer noch ein glücklicher Mensch: er konnte, wann er wollte, auf die Bank gehen und das Geld beheben, dachte aber, daß der richtige Moment noch nicht gekommen wäre. Erst mußte er gut überlegen, wie er das Geld am besten anlegte. Das war nicht so einfach. Das Geld lag dort, und dort sollte es bleiben, keiner konnte es ihm nehmen. Es gefiel ihm, alle diese Menschen um ihn herumtanzen zu sehen, bereit, sein Geld auszugeben, alles Menschen voller Hoffnung, da er sich bereit gezeigt hatte, ihnen zu helfen. Gustavo Camiciola tat inzwischen seine Arbeit weiter, und am Samstag spielte er wie eh und je im Lotto und Toto. Und nächste Woche wieder. Und allen, die ihn um Geld anschnorrten, sagte er ja. Er war gern bereit, Geld zu verleihen, Patente zu erwerben, nur mußten die braven Leute warten, bis er seinen Gewinn abgeholt hatte. Das Geld war ja da, und jeder konnte sich auf der Bank überzeugen, daß es dem glücklichen Gewinner zur Verfügung stand. Er zeigte den famosen Schein her, mit Stempel und Steuermarke, auch den Brief, in dem stand, daß er genau 120 Millionen und 37 000 Lire gewonnen hatte. Man mußte nur Geduld haben, den richtigen Augenblick abwarten, bis er Zeit und Lust hatte, zu kassieren und über sein Geld zu verfügen. Die Menschen sollten sich Zeit lassen und weitermachen wie bisher, aber jetzt mit mehr Enthusiasmus, mehr gutem Willen, denn das Geld war ja da und sie würden es schon bekommen. Wie lebt man, wenn man sicher weiß, daß man einen Haufen Geld hat? Und wie arbeitet man?

Besser, viel besser lebt und arbeitet es sich, und Gustavo Camiciola bewies es, denn da er wußte, daß das Geld da war, lebte er viel besser. Ohne Ängste, in Ruhe und Sicherheit. Das Geld lag dort auf der Bank und wartete nur, von ihm abgehoben zu werden, wann er dazu Lust hatte, und deshalb war es ein ganz anderes Leben als vorher. Nach und nach kam er darauf, daß es ihm gar nicht so wichtig war, dieses Geld wirklich zu besitzen; ihm genügte das Wissen um sein Vorhandensein. Es lebte sich besser so, als wenn er das Geld schon in Händen gehabt hätte. Sicher würde er es schon lange ausgegeben haben, statt dessen lag das Geld dort auf der Bank, und keiner rührte es an.

Sie boten ihm eine prachtvolle Villa um einen sehr günstigen Preis an. Gustavo ließ sich den Plan der Villa zeigen, die Front, das Ausmaß des Parks, er wollte alle Details wissen. Er hätte sie natürlich kaufen können. Er sagte, daß er sie ganz sicher erwerben würde, wenn er sein Geld zur Verfügung hätte.

Es gefiel ihm das Wissen, dieses grandiose Bauwerk mit dem großen Park kaufen zu können, es würde ihm gar nichts ausmachen, und dieses Wissen befriedigte ihn.

Wenige Menschen nur konnten sich leisten, was *er* sich leisten konnte. Dann zeigten sie ihm den Grundriß eines alten Schlosses, das die Gemeinde versteigern mußte. Großartig. Er sagte, er werde es ohne weiteres kaufen, aber nicht gleich. Erst mußte er die famose Angelegenheit erledigen. Aber das hatte Zeit, es eilte nicht. Sie sollten alle in Ruhe abwarten, weil es sicher zu einem Abschluß kommen würde. Genügte das nicht zur allgemeinen Beruhigung?

Da gab es auch eine Type mit einem Darlehensersuchen von fünfzig Millionen. Es gab keine Schwierigkeit, es ihm zu gewähren. Ja, er konnte so tun, als ob er fünfzig Millionen schon in der Tasche hätte.

So vergingen die Jahre, und die Angebote kamen immer noch, Angebote von günstigen Käufen, die er alle akzeptierte; allen sagte er ja, denn auf der Bank waren alle diese Gelder, und er brauchte sie nur abzuheben.

Auf diese Weise konnte er kaufen, was er wollte, natürlich innerhalb der 120 Millionen.

Als fünf Jahre vergangen waren, rechnete Gustavo Camiciola alles zusammen, was ihm angeboten worden war und was er hätte kaufen können.

Eine ungeheure Summe kam heraus. Zweihundert Milliarden ungefähr, und Gustavo Camiciola fragte sich, wie er mit nur einhundertzwanzig Millionen um zweihundert Milliarden hätte einkaufen können. Er entdeckte, daß das alles nur möglich war, weil er sein Geld nie angerührt hatte, und darüber war er glücklich. Alle diese Dinge hätte er kaufen können, und dieses Wissen gab ihm eine große Befriedigung. Nichts hatte er gekauft, das stimmte, aber er hatte die Möglichkeit genossen, daß er es hätte tun können.

Er war vollkommen zufrieden.

Jetzt lag er auf dem Sterbebett, und seine Erben verzweifelten bei dem Gedanken an den famosen Lottoschein und an das viele Geld auf der Bank, das Gustavo Camiciola nie hatte beheben wollen. Nun lag er im Sterben, und man mußte ihn zu überzeugen versuchen, den legendären Lottozettel herauszugeben, ihnen zu sagen, wo er war, und ihnen eine Vollmacht auszustellen, das Geld zu beheben. Es wäre eine Ungerechtigkeit, wenn dieses Geld nach seinem Tod verloren sein sollte. Es war einfach seine Pflicht, damit er ruhig sterben konnte.

Gustavo Camiciola rief seine Erben an sein Bett.

Mühsam zog er den famosen Lottozettel unter dem Kopfkissen hervor und zeigte ihn den Verwandten.

»Hier ist er«, sagte er leise, »einhundertzwanzig Millionen. Ich habe sie alle ausgegeben, sogar noch viel mehr. Mit diesen hundertzwanzig Millionen habe ich in fünf Jahren mehr als zweihundert Milliarden ausgegeben. Es tut mir leid für euch, aber es ist nicht ein Soldo übriggeblieben.«

Er versteckte seine Hände unter der Bettdecke und zündete ein Streichholz an. Wenige Sekunden später war von dem famosen Lottoschein nichts mehr übrig als ein kleines Häufchen Asche.

Eine geruhsame Flugreise

Es gibt eine Menge Menschen, die Herr ihrer Nerven sind. Nicht nur das, sie beherrschen auch die Nerven anderer. Kaum zu glauben, aber es ist so. Herr über die eigenen Nerven zu bleiben, ist in gewissen Situationen nicht leicht. Ich sage: in gewissen Situationen, denn in anderen wäre es heller Blödsinn, Herr seiner Nerven zu bleiben. Wenn alles glatt geht und kein Grund besteht, sie zu verlieren, heißt das noch lange nicht, seine Nerven zu beherrschen. Haben tut man sie immer, aber man braucht sie nicht zu beherrschen; also, ich will damit sagen... Sie haben mich sicher verstanden.

Sehr selten sind die, welche nicht nur ihre eigenen, sondern auch noch die Nerven anderer beherrschen.

Diesen gelingt es, ich will nicht gerade sagen, Mut um sich

zu verbreiten, aber wenigstens Angst und Schrecken von den sie umgebenden Menschen fernzuhalten.

Die Luftstewardessen vor allen besitzen diese seltene Gabe. Manchmal gelingt es ihnen, eine Reise voller Gefahren in einen reizenden Ausflug zu verwandeln. Sie zerstreuen die Passagiere mit netten Geschichten oder sonstwie.

Sie sind tatsächlich Herrinnen nicht nur ihrer Nerven, sondern auch der aller Flugreisenden.

In diesem Zusammenhang erzählt mir mein Freund Giacomo del Sigillo oft seine reizendste Flugreise, die er je gemacht hat. Jedesmal erfindet er eine neue Variante, so daß die Geschichte immer wieder ganz anders klingt. Aber so geht es ja meistens mit unseren Erlebnissen, wenn wir sie öfter erzählen. Man beginnt mit den einfachen Tatsachen und baut diese dann aus. Nach einigen Jahren sind sie dann sehr kompliziert und äußerst dramatisch geworden.

Dramatisch möchte ich die Geschichte von Giacomo del Sigillo nicht nennen. Er wiederholt nur immer, daß es seine schönste Flugreise war, weil er die normalen Ängste, die eine Flugreise so in sich hat, nie zu spüren bekam.

»Auf einmal waren wir alle überzeugt, daß alles großartig gehen würde«, sagte Giacomo, »und dabei muß man bedenken, daß wir allesamt zum ersten Mal flogen und deshalb grausame Angst hatten. Bis jetzt hatten wir vom sicheren Boden aus die Flugzeuge nur mit einem Gemisch von Bewunderung und Angst angestarrt.

Einer unter den Passagieren zitterte richtig vor Angst. Er sagte, er fühle sich wie im Wartezimmer seines Dentisten. Er machte uns viel zu schaffen, bis wir ihn überzeugen konnten, daß er nicht beim Dentisten war, sondern im Begriff, ein Flugzeug zu besteigen. Dann begann er zu weinen, weil er das noch viel schlimmer fand. Wir flößten ihm gemeinsam unser bißchen Mut ein, so daß für uns keiner mehr übrig blieb und wir auch zu zittern anfingen, so sehr, daß wir nicht einmal mehr unser Gepäck halten konnten.

Nun erschien die Stewardess, die uns auf diesem Flug betreuen sollte. Sie war jung, hübsch und lächelte. Sie sah uns nur an und... verstand. Von diesem Moment an bemächtigte sie sich unserer Nerven. Wir beruhigten uns. Ihre Anwesenheit ließ jede Angst verschwinden.

Nur der mit der Dentistenangst hörte nicht auf zu zittern. Die Stewardess näherte sich ihm und fragte, was er in dem seltsamen Etui mit sich trage.

›Eine Trompete‹, sagte er.

›Eine Trompete? Sind Sie krank?‹ fragte die Stewardess ihrerseits und legte sanft ihre Hand auf seinen Arm.

›Nein‹, sagte er. ›Ich reise zu einem Orchester. Warum fragen Sie, ob ich krank bin?‹

Der Mann war jetzt mehr erstaunt als ängstlich. Das Zittern hatte aufgehört, und seine normale Gesichtsfarbe kehrte wieder. Die Stewardess lächelte.

›Die Trompete erinnert mich an eine schreckliche Krankheit, die vor einiger Zeit meinen Onkel befiel‹, sagte sie. ›Eben wegen dieser Krankheit bin ich von Zuhause durchgebrannt und Stewardess geworden.‹

Sie entfernte sich, und wir versammelten uns, neugierig geworden, um den Trompetenmann. Durch die Erzählung der Stewardess hatten wir alle unsere Ängste vergessen und wollten wissen, wie es weiter ging mit der Krankheit ihres Onkels.

Unser Flugzeug stand bereit, und als wir den Platz überquerten, um die Gangway hinaufzusteigen, überfiel uns unsere Angst.

Der Trompetenmann fing wieder zu zittern an, aber die Stewardess half ihm beim Einsteigen.

›Sie müssen keine Angst haben‹, sagte sie, ›es war keine gewöhnliche Krankheit. Im Gegenteil, sie ist äußerst selten und befiel – zum Erstaunen von Ärzten der halben Welt – ausgerechnet meinen Onkel. Es ist übrigens nachgewiesen, daß Trompetenbläser gegen sie immun sind.‹ Sie hatte den Mann die Ursache seiner Angst vergessen lassen, und er wurde ganz ruhig.

Als die Tür geschlossen war, flogen wir ab. Wir hoben uns vom Rollfeld, es verschwand unter uns, wir sahen Felder, Hausdächer, den Fluß. Die Stewardess spazierte lächelnd hin und her, und ihre Gegenwart ließ uns vergessen, daß wir in der Luft waren. Sie hatte sich unserer Nerven bemächtigt, alle unsere Reaktionen hingen nun von ihr ab. Das heftige Schwanken einer Tragfläche beeinträchtigte ihr Lächeln in keiner Weise, und damit wiederum beruhigte sie *uns.*

Wir tauchten in ein Wolkenchaos, ein heftiger Zyklon ließ das Flugzeug taumeln. Sofort konzentrierte die Stewardess die Aufmerksamkeit der Fluggäste auf ihre Person.

›Die Geschichte meines Onkels‹, erzählte sie lächelnd und vermittelte uns so den Eindruck, daß draußen nichts Außergewöhnliches geschah, ›ist zwar seltsam, aber doch einfach. Noch nie war jemand auf so kuriose Weise erkrankt.‹

Der Trompetenmann hörte besonders interessiert zu, weil die Geschichte mit seinem Beruf zusammenhing.

›Mein Onkel Assimetro wohnte bei uns und war immer ganz gesund‹, fuhr die Stewardess fort, während das Flugzeug zwischen Blitzen und Sturmböen einen verrückten Tanz aufführte, ›aber eines Tages fand er eine Trompete aus glänzendem Messing. Anfangs hatte dieser Fund keinerlei Folgen. Keiner kümmerte sich groß darum, will ich sagen, bis die Krankheit ausbrach. Ich erinnere mich gut an diesen Tag. Als ich nach Hause kam, hörte ich Trompetentöne und dachte nur, daß der Onkel versuchte, auf seinem Fund zu blasen, aber der Lärm hörte nicht auf, und nach einer Stunde blies doch mein Onkel fehlerfrei den ganzen Bersaglierimarsch.‹ Wir hörten eine heftige Explosion, und das Flugzeug wackelte.

›Tatataataataa tataata...‹, sang der Trompetenmann.

›Genau‹, sagte die Stewardess. ›Wir waren natürlich überzeugt, daß der Onkel nach einiger Zeit genug haben würde, aber nein. Die Nachbarn begannen zu schimpfen und protestierten, wir rannten zum Onkel und baten ihn, endlich aufzuhören. Nichts zu machen. Mit rotem Kopf, daß man glaubte, er würde jeden Augenblick zerspringen, dachte er gar nicht daran, die Trompete abzusetzen. Wir waren verzweifelt und wußten keinen Ausweg. Er ließ sich das Instrument auch nicht entreißen. Er blies die ganze Nacht. Am nächsten Morgen riefen wir einen Arzt. Er untersuchte den Onkel, ohne daß dieser auch nur einen Moment das Instrument von den Lippen ließ. Der Arzt konstatierte einen akuten Anfall von *Trompitis metallica*, einen Überschuß an Luft in den Lungen, gegen den nichts zu machen war. Die Krisis mußte sich selbst überwinden. Die Tage vergingen, und die Trompete ertönte pausenlos. Tag und Nacht der Bersaglierimarsch. Die Nachbarn zogen aus, und auch ich kapitulierte und entfloh.‹ In diesem Augenblick schlugen helle Flammen aus der Pilotenkabine. ›Jetzt dürfen wir rauchen!‹ freute sich die Stewardess und zündete ihre Zigarette an dem Flammenmeer an. Wir waren inzwischen aus den Wolken und hatten das Unwetter hinter uns gelassen. Alle zündeten wir uns Zigaretten an, nur der Trompetenbläser nicht. ›Ich rauche nicht, danke sehr‹, sagte er. ›Aber die Erzählung der jungen Dame interessiert mich brennend.‹

›Meine Familie machte eine tragische Woche durch‹, erzählte unsere Betreuerin weiter, während sie hinter unseren Rücken die Fallschirme anschnallte (mit soviel Charme, daß wir es gar nicht bemerkten!), ›denn dieser Marsch zwang meine ganze Familie, sich nur mehr im Marschtempo zu bewegen. Sie müssen sich das nur vorstellen, sogar das Dienstmädchen marschierte.‹

Die Stewardess entnahm dem Etui die hellglänzende Trompete des Musikers. Sie führte das Instrument zum Mund, begann den Bersaglierimarsch zu blasen und durchmaß im echten Bersaglierilaufschritt den schmalen Gang zur Tür, und als sie sie öffnete, sprangen wir alle zum Klang dieses Marsches ins Leere. Auf halbem Weg trafen wir unsere Stewardess, auch sie am Fallschirm hängend, und der Trompetenmann fragte, indem er die Hände als Schalltrichter benützte: ›Und das Essen?‹ hörten wir ihn rufen. ›Was?‹ schrie die Stewardess zurück, so laut sie konnte.

›Wie konnte Ihr Onkel essen, wenn er die Trompete nie absetzte?‹

›Injektionen!!!‹ klärte ihn die Stewardess auf.

Auf einer Wiese außerhalb der Stadt kamen wir zu Boden. In unserer Nähe verglühten die Reste unseres Flugzeuges. Wir befreiten uns von den Fallschirmen und bestiegen einen herbeieilenden Krankenwagen.

In ihm gab die Stewardess die Trompete ihrem rechtmäßigen Besitzer wieder.

›Mein Onkel‹, sagte sie lächelnd, ›ist bald darauf genesen. Auf einer Konsultation zwischen Ärzten und Kapellmeistern wurde beschlossen, ein ganzes Orchester an das Bett des Kranken zu bringen. 32 Musiker spielten die Begleitung zu dem von der Trompete geblasenen Bersaglierimarsch. Bei der letzten Note löste der Onkel die Trompete von den Lippen. Endlich.‹

Der Trompetenbläser seufzte. ›Ihre Erzählung hat mich die

ganze Flugreise vergessen lassen‹, sagte er, ›wo sind wir eigentlich?‹

Er schaute aus dem Fenster des Krankenwagens, der eben hielt. Als wir ausgestiegen waren, erzählte man uns unser Flugabenteuer, die Explosion eines Motors, den Brand, unsere Rettung durch die Fallschirme. Wir wurden blaß und fingen wieder zu zittern an. Der Trompetenbläser fiel in Ohnmacht, und wir mußten ihn ins Hotel tragen.«

Damit endet die Erzählung meines Freundes Giacomo del Sigillo, und ich glaube nicht, daß sie sehr wahr ist. Er hat sie schon so oft erzählt, daß er sicher noch eine Menge hinzuerfunden hat.

Ich glaube, daß die wirkliche Geschichte darin bestand, daß mein Freund beim Verlassen des Flugzeuges nach einer absolut ereignislosen Reise auf der Gangway stolperte.

Luxus-Modell

Ihr kennt Modesto noch nicht? Ich stelle ihn euch hiermit vor. Er ist ein ganz durchschnittlicher Typ, wie es durchschnittlicher nicht mehr möglich ist, und er könnte genau so gut Brambilla oder Bianchi oder Rossi oder sonstwie heißen. Er könnte auch Carlo, Luigi, Augusto, Michele oder Ettore sein, statt dessen heißt er eben Modesto, weil Modesto der erste Name war, der mir einfiel. Modesto könnte ein Freund von mir sein oder von irgend jemandem anderen. Alle haben wir Freunde wie Modesto, denn Typen wie Modesto gibt es in unserem Land Tausende.

Modesto hatte also einen Sparren, so sagt man, wenn einer

eine fixe Idee hat, und die fixe Idee von Modesto war, sich ein motorisiertes Gefährt zu kaufen, um am Sonntag mitsamt seiner Familie hinaus zu fahren an die Seen oder ans Meer. Irgendeinen Wagen, der sich bewegte, der fuhr, gar nicht besonders schnell, vielleicht nur dreißig Stundenkilometer und nicht mehr.

»Ich hab's nicht mit den großen Wagen, auch nicht mit den schnellen, auch nicht mit den Luxuslimousinen«, sagte er immer, »mir gefiele ein Wagen, der gerade noch fährt.«

Eines Tages endlich sagte Modesto, daß er nun so weit wäre. Er hatte genug Geld beisammen, und der Moment, sich zu entscheiden, war gekommen. Erst wollte er sich aber noch gut umsehen. Wenn man sich einen Wagen kaufen will, muß man es im Zeitlupentempo tun, alles genau berechnen, überlegen, was am günstigsten wäre, das Pro und Contra erwägen und endlich das wählen, was die eigenen Wünsche und Möglichkeiten möglichst vereinigt. Über seine Wünsche war sich Modesto nicht mehr im Zweifel: einen kleineren Wagen, gerade groß genug, bescheiden wie sein Name, und daß er fahre, wenn auch langsam. Daß er seine kleine Familie unterbringen kann, das heißt sich, seine Frau und seine zwei Kinder. Aber die Kinder zählten noch gar nicht, so klein waren sie noch. Deshalb kam ein viersitziger Wagen gar nicht in Frage, zu groß, zu auffallend und vor allem zu teuer.

Kein viersitziger Wagen also, man mußte nach einem Zweisitzer Umschau halten, denn in Wirklichkeit waren zwei Plätze vier Plätze, und seine Familie hatte reichlich Platz. Warum so viel unnötigen Platz mitbezahlen? Die Kinder waren noch so klein, daß sie bequem auf einem Motorroller unterzubringen waren. Modesto beschäftigte sich intensiv mit der Idee des Rollers: viel wendiger als ein auch noch so kleiner Wagen, nicht so auffallend, und vor allem hatte er den Vorzug viel größerer Billigkeit.

Die Familie hätte darauf gut und bequem Platz: seine Frau auf dem Rücksitz mit dem Kleinsten im Arm — auch in einem Wagen hätte sie den Kleinen im Arm halten müssen —, der größere, vorne stehend, mit der Hand an der Lenkstange, hätte viel mehr Spaß als in einem Wagen sitzend.

Modesto entschloß sich: er kaufte den Motorroller und machte mit ihm eine Probefahrt nach der anderen.

Er war wunderbar. Er war die Erfüllung seiner Wünsche schlechterdings. Man mußte den Enthusiasmus Modestos erlebt haben.

»Ein Schmuckstück«, sagte er, »jetzt richte ich ihn mir noch ganz nach Wunsch her, ich werde ihn hegen und pflegen, wie es so ein Kleinod verdient.«

Er war überaus stolz auf seine Maschine und dachte sofort an gewisse kleine Verbesserungen, die sie über alle anderen hinausragen lassen würde.

Erst tauschte er den Sitz gegen einen besser gefederten aus. Dann ließ er am Soziussitz eine Rückenlehne anbringen, damit seine Frau bequemer sitze mit dem Kleinen im Arm, einen Soziussitz für zwei sozusagen. Dann kaufte er zwei wunderbare Taschen, die er an den Seiten anbringen ließ. Sehr geräumige, um alles für einen Sonntagsausflug unter- zubringen: Mittagessen, Regenmäntel usw.

Dann dachte Modesto auch an das Wetter: es konnte ja während eines Ausfluges zu regnen beginnen. Er erstand eine große durchsichtige Bedachung aus Plastikmaterial und ließ sie aufmontieren, so daß er nun einen Limousinenroller hatte. Das war eine großartige Idee, da man nun auch gegen den Wind geschützt war. Nun war die Maschine eigentlich komplett mit Ausnahme von einigen Kleinigkeiten, um all den Komfort zu genießen, den man während eines Ausfluges brauchte. Die Hupe wurde verstärkt, ein Rückspiegel, ein Tachometer und ein Kilometerzähler angebracht. Und warum nicht auch eine Uhr? Wenn man fährt und wissen will, wie spät es ist, muß man mit einer Hand lenken, und die Uhr verschönerte das Ganze beträchtlich. Um die Langeweile der geraden Strecken zu überwinden, was gab es besseres als ein Radio?

Er kaufte auch ein winzig kleines, extra konstruiert für Motorroller, mit einer wiegenden Antenne.

Ein Aschenbecher wurde noch angebracht, absolut notwendig in einer Limousine, und ein elektrischer Anzünder. Dann kam noch ein Nebelscheinwerfer hinzu und einige Pfeile rückwärts und vorne, um die Richtung anzuzeigen. Er kaufte noch eine Unmenge kleiner Zubehöre, mit denen er die Maschine noch schöner gestaltete. Er war ehrlich stolz auf seinen Luxus-Motorroller.

Er versah ihn noch mit einer Sicherung gegen Diebstahl, und dann war er endlich komplett. Die Leute blieben auf der Straße stehen und schauten ihm nach, denn einen schöneren Roller als den seinigen gab es nicht. Modesto rechnete die ganzen Ausgaben nicht zusammen, denn wenn er es getan hätte, wäre er daraufgekommen, daß er um das gleiche Geld einen viersitzigen Wagen bekommen hätte, wahrscheinlich wäre ihm sogar etwas übriggeblieben.

Aber ein Viersitzer hätte eben ausgesehen wie ein Viersitzer. Dies hingegen war nur ein Motorroller, aber es gab keinen zweiten, der ihm glich.

Eines Tages rief er mich höchst zufrieden an und fragte mich, ob ich morgen, am Samstag, mit ihm einen Ausflug machen wolle.

»Wir zwei allein?« fragte ich.

»Nein«, sagte er, »meine ganze Familie fährt mit, aber du

brauchst keine Angst zu haben: du hast leicht Platz, denn mein Vetter und meine Base können morgen nicht mitkommen.«

Der Schnee

Es hatte wieder dicht zu schneien begonnen. Man wußte nicht mehr, in welcher Stadt man war, ob überhaupt in einer Stadt. Ein dickes, weißes Tuch hatte sich über alles gebreitet, und die Menschen hätten einen Zipfel dieses Tuches lüpfen müssen, um zu wissen, was sich darunter befand. Aber wie soll man ein so dickes, weißes Tuch aufheben, das so dicht und zäh am Boden klebte?

Unter der weißen Oberfläche war noch eine Eisschicht von beachtlicher Dicke. Zehn, auch zwanzig Zentimeter sagten sie, vielleicht auch siebzig, keiner wußte es genau. Da müßte man erst die flaumige Schneedecke aufheben und dann das Eis zerstoßen, um den Durchmesser errechnen zu können. Und wem gelang es schon, eine so dichte Schneeschicht zu lüpfen?

Da war einer, man weiß nicht wo, auf dieser unendlichen, weißen Fläche, der gern gewußt hätte, in welchem Teil von Europa er sich befand.

»Ich könnte in Mailand sein oder in Paris, vielleicht auch in Udine«, sagte er, »wer weiß, was für eine Stadt hier darunter ist. Alle Wegweiser sind zugeschneit, die Verkehrszeichen unter einer Eiskruste versteckt. Man kann rechts oder links abbiegen, wie man will, es gibt keine Einbahnstraßen und keine Stoppschilder mehr.«

Wer übrigens hielt bei diesem Schnee schon an? Es war auch nicht ratsam. Da blieb einer stehen und konnte dann nicht mehr anfahren. Ettore sank ein, und Federico rutschte. Ottorino fuhr, aber der Schnee nahm ihm die Sicht.

So klein kann ein Ding gar nicht sein, daß es nicht vom Schnee verdeckt wäre.

Rinaldo zog seinen Handschuh aus und streckte die Hand vor. Die weißen Flocken legten sich auf seinen Handrücken, und auch die Hand verschwand unter einer Schneeschicht. Besser, man schüttelte den Schnee ab, zog den Handschuh wieder an und steckte die Hand in die Tasche.

Die zu Hause Gebliebenen waren im Warmen, sahen den Schnee jenseits der Fenster auf die Straße fallen. Die Gehsteige waren verschwunden, und der Platz war nur mehr eine einzige, glatte Fläche: die Beete und Sträucher waren zugeschneit, nur die Pfosten der Bänke, die wie mit weißen Wollfäden verbunden zu sein schienen, ragten aus den Schneemassen. Wie Stricknadeln, auf denen sich die Wolle durcheinanderschlingt.

Solange wir uns in unseren Häusern befanden, wußten wir, daß wir in unserer Stadt waren. Im Haus war alles so, wie es im letzten Herbst war und wie es im nächsten Frühling sein würde. Die gleichen Möbel, die gleichen Wände, aber vom Fenster her drang weißes Licht ein, das alle uns umgebenden Dinge verblaßt erscheinen ließ.

Solange wir zu Hause waren, befanden wir uns in Mailand, aber wir mußten zur Porta Venezia. Wir schauten zum Fenster hinaus, hinunter auf die verwaiste Straße. Ein Mann überquerte sie und hinterließ seine Spuren in dem weißen Tuch.

Wir mußten die Expedition gut organisieren.

»Wir sind nicht besonders gut ausgerüstet«, sagte Serafino, »aber vielleicht können wir trotzdem die Überquerung vorbereiten. Wir haben Wollsachen und Bergschuhe. Etwas Warmes müssen wir uns auch mitnehmen. Ich habe ein altes Zelt aus meiner Militärzeit.«

Wir richteten unsere Rucksäcke her und verabschiedeten uns von unserer Familie. Unter dem Haustor zogen wir den Stadtplan zu Rate, auf dem unsere Stadt allerdings ganz anders aussah. »Wir müssen nach Süden vordringen und dann nach fünfhundert Metern gegen Südwest abbiegen.« Wir warfen uns ins Schneegestöber und arbeiteten uns mühsam vorwärts. Es gelang uns, die gegenüberliegende Straßenseite zu erreichen. Immerhin waren wir schon an die zwanzig Meter ohne Unfall vorwärtsgekommen und legten jetzt eine Verschnaufpause ein. Wir schauten uns um. Man sah keine lebende Seele, und einer von uns fand unser Unternehmen zu waghalsig. Nicht einmal ein Über-tragungsgerät hatten wir mit uns. Macht nichts, wir woll-ten den Mut nicht verlieren. Wir gehörten nicht zu denen, die auf halbem Weg umkehren.

Sehr langsam rückten wir zur Straßenecke vor. Serafino bildete die Spitze, Tommaso die Nachhut. Wir hätten uns anseilen können, aber dazu war es noch zu früh. Als wir an der Ecke waren, überfiel uns ein heftiger Windstoß.

Trotzdem bewältigten wir die Ecke, und vor uns zeigte sich die Allee in ihrer ganzen Trostlosigkeit. In der Straßenmitte bemerkten wir zwei Männer in Not. Wir hielten eine Beratung ab. Man mußte ihnen zu Hilfe kommen. Serafino wagte als erster den Übergang, und wir hielten dicht hinter ihm. Wir seilten uns an, weil wir ja nicht wissen konnten, ob unter der Eisschicht tatsächlich Asphalt war. Man hatte uns gestern erzählt, daß ein Passant im Stadtzentrum im Eis eingebrochen war und ins Wasser fiel. Wer wußte, ob hier unten nicht auch ein See war.

Wir brauchten dreiviertel Stunden, um zu den Verunglückten zu gelangen. Ihre Stimmen leiteten uns, und wir erreichten sie nach Bewältigung einer hohen Schneewehe.

Sie waren halb erfroren, aber es gelang uns, ihnen den Hals unserer Kognakflasche zwischen die Zähne zu schieben. Sie erholten sich schnell und erzählten uns ihr Abenteuer.

»Wir warteten auf die Tram«, sagte der am schnellsten wieder zu Kräften Gekommene, »das ist eine Haltestelle der Sechzehner.« Wir sahen uns um. Es schien unmöglich, aber es war tatsächlich eine Haltestelle, nur kam die Tram nicht mehr bis hierher durch. Die Geleise waren unter einer dicken Schnee- und Eisschicht verborgen. Wir stocherten ein wenig im Schnee und bekamen auch ein ganz kleines Geleisstück frei. Die Hoffnung kehrte für einen Augenblick bei uns ein, verschwand aber ebenso schnell wieder. Wir mußten ans Ende der Allee gelangen, wo sich hinter einigen Schneehaufen eine Häuserfront abzeichnete. Vielleicht waren wir dort etwas vor den Unbilden des Wetters geschützt. Die beiden auf dem Rücken tragend, erreichten wir endlich die Hausmauer. Dort richteten wir unser Zelt auf und machten ein kleines Feuer. Das Holz hatten wir im Rucksack mitgenommen. Die Wärme tat uns gut, und nach einer Stunde konnten wir den Weg fortsetzen.

Wir dachten an unsere Familien, die sicher in Sorge waren um uns. Seit drei Stunden waren wir unterwegs und konnten ihnen noch keine Nachricht geben. Hinter einem Parterrefenster bemerkten wir einen Mann, der uns entgegensah. Wir signalisierten ihm unser Kommen und gaben ihm dann unsere Telefonnummer. Wir baten ihn, zu Hause anzurufen, es ginge uns gut, und wir wären außer Gefahr. Der Marsch ging weiter. Wenn sie in den nächsten drei Stunden ohne Nachricht von uns blieben, würden sie eine Hilfsexpedition ausrüsten und uns entgegen kommen. Wir würden gern unsere Spuren im Schnee zurücklassen, aber er fiel so dicht, daß er sie sofort wieder zudeckte.

Die zwei Passanten, die wir an der Tramhaltestelle aufgelesen hatten, schlossen sich uns an, und der Vormarsch ging weiter. Einen Taxistand erkannten wir an der Telefonsäule, die aus dem Schnee ragte, aber wir konnten nicht feststellen, ob ein Taxi dastand. Auf der weißen Fläche hatte sich eine leichte Kräuselung gebildet, aber wir hatten keine Zeit, uns zu vergewissern, ob sich darunter ein Taxi befand. Unter unmenschlichen Anstrengungen setzten wir unseren Weg fort und sahen auf einmal zwischen dem Flockengewirbel eine dunkle Masse auftauchen und auf ihr einige gestikulierende Menschen. Wir hörten auch Hilferufe. Wir hielten direkt auf diese Unglücklichen zu, und beim Näherkommen entpuppte sich die dunkle Masse als Schneeräummaschine außer Betrieb.

Die Maschine war fast vollständig im Schnee versunken, und die Bedienungsmannschaft hatte sich auf dem höchsten Punkt zusammengedrängt und rief um Hilfe. Wir retteten auch sie und flüchteten uns dann in einen Tabakladen.

Wir wärmten uns auf, bis unser Blutkreislauf wieder einigermaßen normal war. Wir waren genau auf halbem Weg zur Porta Venezia. In einer kleinen Sitzung besprachen wir, ob weiteres Vordringen einen Sinn hatte, und Serafino behauptete, daß es heller Wahnsinn wäre, weiterzugehen. Wir riefen zu Hause an und beruhigten unsere Familien. Wir hatten beschlossen, hierzubleiben und im Tabakladen zu überwintern. Wir schauten aus dem Fenster und sahen, daß der Schnee nach wie vor fiel.

Wir konnten ebensogut in Kopenhagen, Berlin, Turin oder Paris sein. Man müßte den weißen Mantel aufheben können, um zu sehen, was darunter war.

Um unseren Geist völlig zu verwirren, war der Nordpol über uns gekommen. Wir warteten nun auf den Frühling, der unserer Stadt wieder ihr Gesicht geben würde, daß es wieder unsere Stadt wird, wie sie immer war.

Die Autoschlüssel

Haben Sie je Signor Primo Scontrato gesehen mit seinen Autoschlüsseln in der Hand?
Unmöglich, daß Sie ihn nicht gesehen haben. Er steht mit einem Freund in der Bar und hat die Autoschlüssel in der Hand. Er gestikuliert, und die Schlüssel klingeln in seiner Hand, ein angenehmes Geräusch. Wie eine Begleitmusik zu seinen Worten.
Die Schlüssel klingeln immer, weil die Hände des Signor Primo Scontrato beim Sprechen nie ruhig bleiben, auch nicht, wenn er geht oder irgendwo steht, um auf jemanden zu warten. Unmöglich, sie nicht zu sehen oder zu hören. Auch wenn er die Straße überquert und es herrscht starker Verkehr, hört man das Klingeln von Signor Scontratos Autoschlüsseln im diffusen Straßengeräusch.
Er hat sie nie in der Tasche, denn er darf sie nicht in die Tasche stecken.
Signor Primo Scontrato hat eine Verpflichtung übernommen. Man weiß nicht, gegen wen. Wahrscheinlich gegen sich selbst. Aber gerade Verpflichtungen, die wir mit uns selbst eingehen, sind am schwersten zu halten. Er muß zwar keinen Rekord brechen, das stimmt, aber er muß etwas tun, was sonst keiner tut: er muß immer die Autoschlüssel in der

247

Hand halten und sie dabei bewegen, daß man ihr Klingeln hört. Kann sein, er hat eine Vorliebe für Klingeln und ähnliche Geräusche, und das ist dann eine Leidenschaft wie eine andere. Wir alle können mit dem gleichen Recht unseren Leidenschaften frönen.

Vor einigen Jahren startete Signor Primo Scontrato zu einer »Reise um die Welt mit den Autoschlüsseln in der Hand«, und das war ein höchst interessantes Unternehmen. Keineswegs gefährlich. Es gab keine Gefahren, wie sie eine Reise im Auto mit sich bringen würde, das nicht. Es stand nicht zur Debatte, eine ähnliche Reise im Auto zu machen; es wäre auch gar nicht möglich gewesen, weil die Schlüssel, wenn man im Wagen fährt, logischerweise am Armaturenbrett stecken müssen und nicht in der Hand.

Aber dieses Unterfangen war trotzdem interessant und in gewisser Weise auch schwierig. Sie werden sicher noch nie probiert haben, irgendeinen Gegenstand lange Zeit, sogar tagelang, in der Hand zu halten. Die Gefahr besteht darin, daß man den Gegenstand irgendwo deponiert und ihn dann vergißt, und keiner von uns, wer es auch sei, könnte ununterbrochen einen Gegenstand in der Hand halten. Stellen wir uns außerdem vor, daß es sich dabei um einen kleinen Schlüsselbund handelt.

Wieviele Male folgen wir unbewußt dem Wunsch, die Schlüssel in die Tasche zu stecken. Mehr noch, wir stecken sie einfach in die Tasche, ohne langes Getue, mit größter Selbstverständlichkeit, wie man ein Glas Wasser trinkt oder auf eine Türklinke drückt, wenn man sie öffnen will.

Aus diesem Grund war die Reise des Signor Primo Scontrato so interessant. Alle warteten von Tag zu Tag, daß er die Schlüssel zerstreuterweise in die Tasche stecken oder sie auf einem Tisch oder der Bartheke vergessen würde. Um der Wahrheit die Ehre zu geben, nichts von alledem geschah. Signor Primo Scontrato fuhr von Vercelli ab mit den Schlüsseln in der Hand, und eine Menge seiner Freunde verabschiedete sich von ihm auf dem Bahnhof. Er stieg in den Waggon und winkte seinen Freunden mit dem Schlüsselbund zu.

Als der Zug sich in Bewegung setzte, sah man die Schlüssel im Sonnenschein glänzen und hörte das silberne Klingeln sich mit dem Geräusch des abfahrenden Zuges vermischen. Signor Scontrato kam in Lyon an, wo seine Durchreise avisiert war: er hatte die Autoschlüssel in der Hand.

Dann folgte seine Ankunft in Paris.

Der Rapport aus der französischen Hauptstadt besagte, daß Signor Primo Scontrato den Bahnhof mit den Schlüsseln in der Hand verließ, genau so, wie wenn sein Wagen ihn am Ausgang erwartet hätte. Er hatte kein Gepäck, denn eine solche Belastung hätte ihn in Verlegenheit bringen können. Er mußte absolute Bewegungsfreiheit haben.

Die Rapporte aus Paris kamen laufend an, in denen seine Bewegungen, auch die kleinsten, angeführt waren. Und immer stand in ihnen, daß er (manchmal in der rechten, manchmal in der linken Hand, je nach seiner Umgebung, den Personen, denen er begegnete und der Temperatur) die Autoschlüssel in der Hand hielt.

Und die Schlüssel klingelten ununterbrochen bei der kleinsten Bewegung des Armes oder der Hand. Die Schlüssel wurden nacheinander aus London, Liverpool, Amsterdam, Luxemburg und Frankfurt avisiert.

Aus allen Meldungen ging eindeutig hervor, daß während des ganzen Europatrips die Schlüssel nicht ein einziges Mal vergessen oder in die Tasche gesteckt wurden.

Natürlich hatte sich Signor Primo Scontrato auferlegt, daß er nur außerhalb seines Hotelzimmers die Schlüssel in der Hand halten mußte.

Zeugen berichteten, als sie ihn in seinem Zimmer aufsuchten, um zu sehen, ob er auch dort die Schlüssel in der Hand hielte, daß er die Schlüssel auf einem Tischchen im Vorzimmer neben der Tür deponiert hatte: wahrscheinlich tat er das, damit er beim Weggehen an sie erinnert wurde und sie nicht mitzunehmen vergaß.

In New York wurde unser Mann von Journalisten und Fotografen überfallen. Sogar das Klingeln seiner Schlüssel wurde auf Band aufgenommen und per Radio den Hörern überspielt.

Aber Signor Primo Scontrato weigerte sich, den amerikanischen Journalisten Rede und Antwort zu stehen. Er befreite sich auf schnellstem Weg von ihnen und lief mit den Schlüsseln in der Hand durch die Straßen, wie wenn er schnell seinen Wagen erreichen und im Blitztempo mit ihm abbrausen wollte.

Eine der wichtigsten Wochenzeitschriften brachte einen Artikel mit der Lüge, daß Signor Primo Scontrato in seinem Hotelzimmer die Schlüssel putzen würde. Der Journalist hatte festgestellt, daß die Schlüssel ungewöhnlich glänzten und deshalb besonders sorgfältig behandelt würden.

Signor Scontrato dementierte kurz: er hatte nie daran gedacht, die Schlüssel zu putzen. Ihr Glanz hatte seinen Ursprung in der Tatsache, daß er sie immer in der Hand hielt. Der stete Kontakt mit der Haut genügte, sie immer glänzend zu erhalten. Aus allen Teilen der Welt kamen Berichte über ihn, und unser Held hatte immer und überall die Autoschlüssel in der Hand.

Wir erinnern uns gut an seine Rückkunft in die Heimatstadt. Er kam an einem Frühlingsmorgen an. Eine große Menschenmenge hatte sich am Bahnhof in Erwartung des Zuges versammelt. Alle diskutierten über dieses wichtige Ereignis.

Kam er mit den Schlüsseln in der Hand oder nicht? Das war die Frage, die seine Freunde und Bewunderer bewegte.

Die Theorien lauteten verschieden. Einige meinten, da die Reise beendet sei, könnte er die Schlüssel ruhig in die Tasche stecken. Andere wieder behaupteten, er müsse erst den Zug verlassen haben, und dann, nach Abschluß der Reise, dürfe er die Schlüssel in die Tasche stecken.

Endlich fuhr der Zug mit achtzehn Minuten Verspätung, die durch Gleisreparaturen entstanden waren, im Bahnhof ein.

Schnaufend hielt er am Bahnsteig, und als er stillstand, hörte man deutlich das Klingeln der Schlüssel. Frenetischer Beifall brach aus.

Signor Primo Scontrato zeigte sich am Fenster und grüßte die Freunde mit Schlüsselgeklingel.

Dann holte man ihn aus dem Zug und trug ihn auf den Schultern bis zur Sperre.

Außerhalb des Bahnhofes verließ er seine Bewunderer und machte sich mit klingelnden Schlüsseln davon, wie wenn sein Auto am Parkplatz auf ihn warten würde. Alle glaubten, daß er nach dieser phänomenalen Reise die Schlüssel endlich in die Tasche stecken würde, aber dem war nicht so.

Von nun an hatte er sie immer in der Hand, obwohl er nicht mehr auf der Reise war und keinerlei Verpflichtung mehr hatte, nicht einmal gegen sich selbst.

Er hatte sie in der Hand, wenn er mit Freunden im Kaffeehaus diskutierte, wenn er die Straße überquerte, wenn er im Vorzimmer eines Büros wartete. Immer klingelten sie, wenn er die Hand oder den Arm bewegte.

Ein zartes Klingeln, wie Begleitmusik zu seinen Worten.

»Was haben Sie für Zukunftspläne?« fragten ihn eines Tages Journalisten einer wichtigen Wochenzeitschrift.

Signor Scontrato starrte in den Himmel, der über den Hausdächern blaute, und überlegte lange Zeit.

»Ach!« murmelte er seufzend, »vielleicht kaufe ich mir doch eines Tages einen Wagen.«

Die Giraffe

Das Restaurant war gesteckt voll. Die zwei warteten, bis ein Tisch frei wurde, und setzten sich hin. Der Kellner legte eilig ein neues Tischtuch auf und überreichte Signor Tommaso die Speisekarte. »Bringen Sie mir Spaghetti«, sagte Tommaso.

»Und mir Hafer«, sagte Tourniquen.

Der Kellner verbeugte sich und verschwand.

»Die Zeiten haben sich geändert«, sagte Tourniquen, »früher hätte sich der Kellner gewundert, aber heutzutage wundert sich keiner mehr über irgend etwas; es ist zum Verrücktwerden. Ich verstehe die Welt nicht mehr.«

Signor Tommaso zuckte die Achseln und sah sich um.

Alle Tische waren besetzt mit in ihre eigenen Angelegenheiten vertieften und essenden Menschen, keiner drehte sich nach ihnen um. Der Kellner brachte das Bestellte, und Tourniquen seufzte.

»Ich bringe den ganzen Tag den Mund nicht zu vor Erstaunen über das, was so passiert«, sagte Tourniquen. »Die Leute bleiben völlig unbeeindruckt, auch vor den absurdesten Geschehnissen.«

»Und was passiert denn so Absurdes?« fragte Signor Tommaso, »ich habe den Eindruck, daß alles ganz normal weitergeht.«

»Ich wundere mich über Sie«, sagte Tourniquen.

»Wenn du dich wunderst, daß ich mich *nicht* wundere, hast du unrecht«, sagte Signor Tommaso. »Es ist doch nichts Außergewöhnliches, sich über nichts zu wundern!«

»Eben«, sagte Tourniquen, »gerade die Tatsache, daß Sie sich über nichts wundern, ist so verwunderlich. Mir passieren so viele Sachen, über die alle Leute den Mund aufsperren müßten vor Erstaunen, Sie inbegriffen.«

»Tut mir leid«, sagte Signor Tommaso, »vielleicht ist der technische Fortschritt oder sonst etwas schuld daran.«

»Sie kommen mir genau so vor wie neulich die Dame, als sie sagte: ›Armes Tier!‹ Da hätte man vor Erstaunen tot umfallen können.«

»Was ist denn da so Ungewöhnliches dran, wenn eine Dame ›armes Tier‹ sagt?« fragte Signor Tommaso.

»Gar nichts«, sagte Tourniquen, »bei allen möglichen Gelegenheiten kann man ›armes Tier‹ sagen, und es ist ganz in Ordnung, aber in diesem Fall war ›armes Tier‹ das letzte, was man hätte sagen können.«

»Ich verstehe nicht«, sagte Signor Tommaso.

»Diesen Fall hörte ich gestern in der Tram«, sagte Tourniquen, »ich stand an der Haltestelle Corso Buenos Aires. Sie wissen, wie es da zur Stoßzeit zugeht, genauso ein Betrieb wie in der Innenstadt. Ich warte also auf meine Tram und mit mir eine Menge Leute. So kurz vor Mittag hofften alle, daß die Tram nicht gar zu überfüllt sein würde. Als ich mich umdrehte, sehe ich aus einer Seitenstraße ganz gemütlich eine Giraffe daherkommen, mit ihrem charakteristischen Gang. Hie und da senkt sie den Kopf und schaut umher, dann geht sie wieder weiter. An der Ecke bleibt sie stehen und wartet einen günstigen Moment ab, um auf unsere Insel zu kommen.

›Tschau‹, sage ich, und sie sagt auch ›Tschau‹ und brummt

etwas vor sich hin. Ich merke, daß sie schlechter Laune ist, und frage sie, warum. ›Ich kann die Auslagen nicht richtig anschauen‹, sagt sie, ›sie sind zu weit unten.‹

Ein Herr neben mir sagt: ›Das kann ich mir vorstellen, bei *dem* Hals!‹ ›Das weiß ich selber‹, sagt die Giraffe, ›daß es wegen meines langen Halses ist. Für mich wäre es bequemer, wenn die Auslagen im ersten Stock wären.‹

›Das ist aber ein bißchen viel verlangt‹, mischt sich eine Dame ins Gespräch, ›dann hätten wir mit unseren kürzeren Hälsen das Nachsehen!‹

›Sie können sich ja die Fenster im ersten Stock anschauen‹, schlägt ein Herr vor, der auch auf die Tram wartet.

›Ein schöner Trost!‹ sagt die Giraffe, ›was ich da schon zu sehen bekäme in den Wohnungen!‹ «

»Da hatte sie nicht so unrecht«, sagte Signor Tommaso, »ich möchte auch nicht in die Fenster fremder Leute gucken, wenn ich einen Giraffenhals hätte. Erstens sähe man sowieso nichts Gescheites, und zweitens interessieren mich die anderen Leute nicht.«

»Eben«, sagte Tourniquen, »sie wollte auch nicht, sondern die Schaufenster besehen, das konnte sie aber nur bei denen auf der anderen Seite. Also, wir warten weiter auf die Tram, und ich frage sie, welche Nummer sie nehmen würde.

›Die Linie vier‹, sagt sie.

›Ich auch‹, sage ich, und da kommt sie auch tatsächlich daher. Beim Einsteigen gibt es einige Schwierigkeiten, weil alle auf einmal hineinwollen, aber alle beraten die Giraffe, und so geht es relativ vernünftig weiter. Sie können sich nicht vorstellen, wie schwer es für eine Giraffe ist, in eine Tram hineinzukommen, nur wegen des Halses. Wäre der Einstieg hinten statt auf der Seite, ginge es leicht, aber so muß sie, um ihren Hals unterzubringen, den Kopf nach rechts drehen und sich dann, bei der Enge, mühsam nachschieben. Sie probiert es also erst ganz normal, mit dem Kopf voran, aber sie stößt überall an, bis ihr ein Herr den Rat gibt, den Kopf zu drehen, aber als dieser beim Schaffner vorbeikommt, will der natürlich sein Geld.

›Wie soll ich zahlen, wenn ich noch nicht einmal ein Bein im Wagen habe‹, protestiert die Giraffe. Und es stimmt. Der ganze Körper ist noch draußen, und so verteidigt ein Fahrgast die Giraffe, ein anderer den Schaffner. Die Giraffe besteht darauf, erst zu zahlen, wenn sie ganz im Wagen ist. Endlich ist es so weit, sie zahlt, aber die Diskussion geht weiter, weil sie den Hals waagrecht halten muß; dadurch ist ihr Kopf vorne beim Fahrer, ihr Körper aber immer noch beim Schaffner. Dieser hat gut rufen: ›Weitergehen, vorne ist noch Platz!‹ Die Giraffe kann ihren Hals nicht verkürzen. Der Schaffner protestiert, die Leute schimpfen, aber alle müssen sich den Tatsachen beugen. Ein Herr schimpft, weil die Giraffe angeblich seine Zeitung mitliest. Es ist gar nicht wahr, denn die Giraffe kümmert sich um nichts und plaudert mit mir. Auch sie wundert sich über die Menschen, die sich über gar nichts mehr wundern, und erzählt mir den Fall, von dem ich spreche und der gerade mitten in einer belebten Innenstraße passiert ist. Über diesen Fall hätte man die Maulsperre bekommen müssen vor Verwunderung, statt dessen war alles, was man hörte: ›Armes Tier!‹, Eine Dame, die mit vielen anderen Leuten auf dem Trottoir dahineilte, merkt plötzlich, daß sie etwas streift und dann mit großem Krach hinter ihr zu Boden fällt. Sie dreht sich um: ein Zebra ist von oben heruntergefallen, mit dem Kopf aufgeschlagen und sofort tot. Nun also, die Dame sagte: ›Armes Tier!‹ ohne sich auch nur im mindesten zu wundern, wieso ein Zebra aus der Höhe auf eine belebte Straße des Zentrums fällt. Ein Passant klärt die Sache insoweit auf, daß das

Zebra aus einem Zirkus entwichen sei. Dieses Wie und Warum kann man beiseite lassen, die Tatsache bleibt, daß das Zebra von oben heruntergefallen ist. Wenn einer diese Geschichte erfunden hätte, glaubte man sie ihm nicht, sie wäre erlogen, weil so etwas in Wirklichkeit nicht vorkommen kann. Wenn es dagegen tatsächlich passiert, findet keiner was dabei, man erklärt sie sogar.

Erzählte einer diese Begebenheit folgendermaßen: ›An jenem Morgen überquerte Signor Pippo den Corso Vittorio, als ihm ein Zebra zu Füßen fiel. Er bückte sich und hob es auf, als ein Unterseeboot vorbeikam und das Zebra zum Mitfahren einlud. Das Zebra bemächtigte sich eines Fahrrades und entwischte in Windeseile‹ – die Leute würden ihn für verrückt erklären.«

»Also«, sagte Signor Tommaso, »was wollte die Giraffe eigentlich damit sagen?«

»Sie wollte genau das sagen: es geschehen die seltsamsten Dinge, und keiner wundert sich darüber«, sagte Tourniquen, »wenn einer aber eine absurde Geschichte erfindet, hält man ihn für verrückt.«

»Schon möglich«, sagte Signor Tommaso, »aber was soll ausgerechnet ich dagegen tun?«

Sie waren mit dem Essen fertig. Signor Tommaso schaute auf die Uhr.

»Wir müssen gehen«, sagte er, »Du mußt noch trainieren.« Er verlangte die Rechnung, zahlte und ging, gefolgt von Tourniquen, zum Ausgang. Der Kellner überreichte Signor Tommaso seinen Hut und fragte dann, sich an Tourniquen wendend:

»Sie hatten wohl keinen Hut?«

»Wann haben Sie je ein Pferd mit einem Hut gesehen?« gab ihm Tourniquen zur Antwort.

»Ich dachte nur . . . entschuldigen Sie . . .«, stotterte der Kellner und verbeugte sich.

Kaum draußen, stieß Tourniquen ein fröhliches Wiehern aus und näherte sich in kurzem Trab der Rennbahn.

Die arbeitslosen Seidenraupen

Fortschritt und alles andere ist gut, aber man soll sich hüten, zu übertreiben.

Die Menschen hingegen tun das. Wenn sie sich einmal in Marsch gesetzt haben, bleiben sie nicht mehr stehen, und nur um weiterzukommen, zertreten sie alles, auch die Seidenraupen.

Ausgerechnet die Seidenraupen wollen sie ruinieren, weil sie nur ihren Vorteil im Auge haben. Aus diesem Grund haben sie keinerlei Skrupel, diese armen Tierchen zu vernichten, die bis heute nichts getan haben, als nur für die Menschen, vor allem für die Frauen zu schuften, indem sie den Faden woben für den herrlichen Stoff, den wir Seide nennen. Kein Opfer war ihnen dafür zu groß.

Was haben die Seidenraupen verbrochen, daß man sie auf die Straße setzt, ohne Belohnung für ihren Fleiß, ohne Dank, ohne einen Händedruck?

Welch schwere Sünde oder welchen Fehler haben sie begangen, diese armen Seidenraupen? Ich weiß keine. Jahrhunderte um Jahrhunderte haben sie immer mit größter Sorgfalt und Genauigkeit gearbeitet. Und in diesen vielen Jahrhunderten hat auch nicht eine Seidenraupe ihre Pflicht vernachläßigt. Keine einzige von ihnen hat geschwindelt und schlechte oder minderwertige Ware hergestellt, um Zeit oder Arbeitskraft zu sparen. Haben Sie je eine Seidenraupe gesehen, die, faul hingestreckt, an einem Luxusstrand Urlaub machte? Sie werden auch nie eine Seidenraupe mit den Händen im Schoß angetroffen haben. Ebensowenig hat auch nur eine einzige ihre Arbeit zerstreut oder unlustig verrichtet.

Es muß klargestellt werden, daß Seidenraupen nie eine andere Arbeit getan haben: sie haben nie etwas anderes gemacht als Seide: Seide jeden Tag, jeden Abend, auch an Sonn- und Feiertagen, ohne je Gehaltserhöhung oder Überstunden gefordert zu haben.

Heute habe ich eine Notiz gelesen, die alarmierend ist für Seidenraupenkreise. Die Nachricht, daß es einem Akademiker aus Voghera nach jahrelangem Studium und endlosen Versuchen gelungen ist, mittels eines chemischen Prozesses den Maulbeerblättern die Seide zu entziehen. Diese delikate Arbeit war bis jetzt den Seidenraupen vorbehalten: durch diesen chemischen Vorgang des illustren Gelehrten aus Voghera werden die Seidenraupen auf die Straße gesetzt. Man braucht ihre Arbeit nicht mehr, weil die Seide direkt aus den Maulbeerblättern gewonnen wird. Es mag ein unerhörter Fortschritt sein, aber versetzen wir uns einen Augenblick in die Seele einer Seidenraupe.

Schlüpfen wir in die Mentalität dieses Insektes, das seit Jahrhunderten diese Arbeit tut. Es verwandelt die Maulbeerblätter in reine Seide. Plötzlich entdecken wir ein schnelleres und sparsameres System, diese Seide herzustellen. Was tut nun dieses arme Insekt, das ohne jede Vorwarnung auf die Straße gesetzt wird? Und nicht nur das: das arme Ding hat nicht einmal Maulbeerblätter, die seine einzige Nahrung bildeten, weil wir die Blätter zur Fabrikation der Seide benötigen. Wir schaffen dadurch ein Heer von Arbeitslosen, die Hungers sterben müssen.

Wir sind Menschen und müßten ein Herz haben, wir dürften nicht nur an uns selbst denken. Zum Glück leben wir nicht allein auf dieser Welt, unzählige andere Lebewesen leisten uns Gesellschaft, helfen uns, arbeiten für uns wie im Fall der Seidenraupe. Dieses intelligente und fleißige Tierchen hat nie etwas anderes getan als für uns geschuftet, und wenn wir es nun entlassen, weil seine Arbeit uns zu teuer zu stehen kommt und wir ein System erfunden haben, sein Erzeugnis billiger herzustellen, ist es unsere Pflicht, diese fleißigen Wesen woanders einzusetzen.

Wir wissen nicht mehr, was wir mit seiner Seide anfangen sollen? Nun gut, mach dir keine Gedanken, wir geben dir andere Arbeit. Die Seide machen wir nun direkt aus den Maulbeerblättern, deshalb könntest du etwas anderes machen statt der Seide, zum Beispiel Zündkerzen für Motore. Wie das? Seidenraupen haben doch noch nie Zündkerzen hergestellt? Etwas Geduld, man kann es lernen. So wie ein Gelehrter das System erfunden hat, die Seide direkt aus den Maulbeerblättern zu ziehen, kann sich ein anderer Gelehrter die Möglichkeit ausdenken, wie man den Seidenraupen beibringen kann, Zündkerzen für Motore herzustellen.

Und wenn es keine Zündkerzen sind, könnten es auch Telefonkabel sein zum Beispiel oder irgend etwas anderes. Bevor wir die Seidenraupen in die Wüste schicken, überlegen wir, ob wir ihnen etwas beibringen können: man kann ein Tier, das so viel für uns getan hat, nicht seinem Schicksal überlassen.

Denken wir nicht immer nur daran zu nehmen, denken wir manchmal auch daran zu geben. Schließlich haben die Seidenraupen nicht freiwillig auf ihre Arbeit verzichtet, diese im Sinn des Wortes armen Würmer, ganz im Gegenteil. Fragen Sie die Betroffenen selbst. Sie werden Ihnen antworten, daß sie keinerlei Absicht haben, die Seidenfabrikation einzustellen. Sie denken gar nicht daran, eine andere Arbeit zu erlernen. Das hätte man ja bemerken müssen, nicht? Haben Sie je eine Seidenraupe gesehen, die einen Abendkurs besucht, um eine andere Tätigkeit zu erlernen? Fragen Sie die Seidenraupenzüchter, ob ihnen jemals eine Seidenraupe untergekommen ist, die eine andere Arbeit verrichtete!

Man müßte mit geduldiger Überzeugungskraft beginnen und etwas finden, das sich nicht zu sehr von ihrer Spezialarbeit unterscheidet. Beginnen wir mit dem Versuch, Baumwolle zu fabrizieren, um sie nicht arbeitslos zu machen, dann würden sie nach und nach sich auch auf anderes umstellen können.

Vielleicht doch Zündkerzen oder Stromverteiler.

Inzwischen hat die Geschichte von der grundlosen Entlassung der Seidenraupen auch andere Kreise alarmiert.

Man erwartet von einem Tag zum anderen, daß der Honig direkt aus den Blütenpollen der Blumen gezogen wird und man deshalb die Bienen ruhig aus ihren Körben werfen kann.

Bienenschwärme umkreisen bereits das Arbeitsministerium, fliegende Verbände, die ihre Solidarität mit den Seidenraupen bekunden, weil die Geschichte mit dem Honig noch nicht erfunden ist. Die Bienen sagen, daß es eine Prinzipienfrage ist. An sich haben sie mit den Seidenraupen nichts zu tun, aber es handelt sich um Arbeitsinsekten, die genau wie die Bienen arbeiten, um den Menschen das zu geben, was sie brauchen.

Es scheint, die Seidenraupen haben die Bienen in diesem Sinn um ihre Unterstützung gebeten, als Demonstration ihrer Stärke. »Heute sind *wir* in Gefahr«, haben die Seidenraupen anscheinend den Bienen gesagt, »morgen schon kann es euch treffen, deshalb müßt ihr uns beistehen.«

Die Bienen haben enthusiastisch zugestimmt und haben sich vorgenommen, die vom Arbeitsministerium zu stechen, um sie zu zwingen, ihre Interessen zu vertreten.

Sie haben nicht unrecht; denn wenn einer gezwungen wird, mit seiner Arbeit aufzuhören, muß man ihm die Möglichkeit geben, eine andere anzufangen.

Wir gehen einer Zeit entgegen, in der es uns möglich sein wird, alles selbst zu machen. Wir werden niemanden mehr brauchen. Alle Lebewesen werden dann gegen uns aufstehen, und sie haben nur zu recht.

Auch die Kühe. Denn wenn es uns eines Tages gelingt, die Milch direkt aus dem Gras zu extrahieren, werden wir nicht mehr auf die seit Menschengedenken erprobte Herstellung der Milch durch die Kühe zu warten brauchen.

Jedem sein Pferd

Wir besuchten den alten Sereno Assordati. Er lebte in seiner Klause auf einem Hügel, vom Grün der Wiesen umgeben und belebt durch das sanfte Dahinplätschern eines Flusses. Dies war wirklicher Frieden, und der alte Sereno Assordati verbrachte dort den letzten Teil seines langen und mühseligen Lebens. Hier konnte er in der Erinnerung viele Episoden noch einmal durchleben und bedächtig den Kopf schütteln darüber, daß er durch den Egoismus und die Schlechtigkeit der Menschen seine Probleme nie hatte lösen können. Sereno Assordati war lange Zeit der bedeutendste Politiker des Landes. Ein Mann, der entschlossen war, sein Leben dem Wohlergehen der Menschheit zu weihen, der gehofft hatte, daß er eines Tages allen das geben könne, was er sich selbst gewünscht hatte und was er doch nie erreichen konnte.

Sereno Assordati empfing uns mit einem freundlichen Lächeln. Er wollte alles über uns wissen, auch, wie wir zu ihm heraufgefunden hatten. Als wir ihm sagten, daß wir mit einem Wagen da waren, schaute er von der Veranda auf die Straße. Der Wagen stand dort am Gitter des Zaunes, und das Pferd hatte sein Maul tief in einem Sack mit Heu, den ihm der Kutscher vorgebunden hatte.

Sereno Assordati zeigte auf das Pferd, während in seinen Augen ein seltsames Leuchten erschien.

»Gehört es Ihnen?« fragte er.

»Nein«, sagte ich, »es wird wohl dem Kutscher gehören. Wir haben den Wagen nur gemietet.«

Sereno Assordati seufzte und schlug uns freundschaftlich auf die Schulter. Dann führte er uns auf die Veranda und begann von seiner langen politischen Karriere zu erzählen.

»Ich habe immer die Ungerechtigkeit bekämpft«, sagte er, »aber leider mußte ich den Kampf eines Tages aufgeben, da ich fühlte, daß er sinnlos war. Die Menschen sind undankbar, und ich habe begriffen, daß es nicht der Mühe wert ist, das eigene Leben für das Wohl der anderen zu opfern. Man glaubt, an einem gewissen Punkt, am Ziel angelangt zu sein. Auf einmal fällt alles zusammen durch den Neid, die Eifersüchteleien und den persönlichen Egoismus... vielleicht auch durch unser eigenes Schicksal. Wenn man jung ist, glaubt man voller Unbefangenheit, daß der Weg, den man sich erwählt hat, wohl mit vielen Schwierigkeiten gepflastert ist. Man ist sicher, sie überwinden zu können und nimmt voll Begeisterung eine Hürde nach der anderen. Aber die Schwierigkeiten werden immer größer, unsere Kräfte erlahmen, und gerade vor der letzten Hürde geben wir dann, von Verzweiflung gepackt, auf. So war es bei mir, die letzte Hürde erschien mir zu gigantisch, und ich habe aufgegeben. Und diese allerletzte Schwierigkeit, vor der ich kapitulierte war ... eine Katze.«

»Eine Katze«, fragte ich, »welche Farbe hatte sie?«

»Sie hatte gar keine«, antwortete Sereno Assordati, »weil sie gar nicht in Erscheinung trat. Vielleicht, wenn ich mich erkundigt hätte, würde ich es erfahren haben, und ich könnte mir das Tierchen wenigstens heute vorstellen, diese Katze, die meine Karriere vernichtete. Sie blieb für mich irgend eine Katze. Heute träume ich oft von ihr, aber auch im Traum habe ich keine richtige Vorstellung von ihr. Einmal erscheint sie mir schwarz, dann weiß, dann gefleckt. Ich erinnere mich, wie wenn es gestern gewesen wäre, als die Katze meinen Weg kreuzte.«

»Aberglauben«, sagte mein Begleiter.

»Kein Aberglauben«, sagte Sereno Assordati und schaute meinem Freund in die Augen. »Die Katze lief mir ja nicht wirklich über den Weg, denn sie existierte gar nicht. Aber das können Sie erst begreifen, wenn ich Ihnen die ganze Geschichte erzähle. Ich muß ungefähr zwanzig Jahre zurückgreifen. Ich wußte damals, daß die Menschheit zerrissen und gequält war. Mensch kämpfte gegen Mensch, weil der eine zu viel hatte und der andere zu wenig. Es gab nur Glückliche und Unglückliche. Entweder sie wollten das, was sie nicht hatten, oder das, was die anderen hatten. Wir denken dabei vor allem an Geld, an die Armen und die Reichen, aber das war es nicht. Oft ist ein Reicher unglücklich und ein Armer glücklich, weil er gerade das bekommt, was er sich wünschte. Ich nahm mich selbst zum Beispiel. Ich will es so formulieren: was möchte ich, um glücklich zu sein? Irgend etwas, und ich möchte, daß die ganze Welt das bekommt, was auch ich mir wünsche.«

»Eine lobenswerte Vornahme«, sagte ich.

»Dann«, fuhr Sereno Assordati fort, »fragte ich mich, was ich brauche, um glücklich zu sein. Was ich mir immer gewünscht habe, schon als Kind in der Schule und dann lange Jahre hindurch: ein Pferd.«

»Ein Pferd?« fragten wir.

»Ein Pferd. Pferde haben mir immer gefallen. Ich schaute sie mir oft an auf den Straßen, so schön und majestätisch, wie sie waren, wenn sie dahintrabten. Ich sehe sie noch in den Straßen meiner Heimatstadt, dann später auf den Rennplätzen. Vollblüter oder Karrengaul, es machte mir nichts aus, wenn es nur Pferde waren. Ich träumte von ihnen und galoppierte im Traum auf ihnen dahin und hielt mich an der Mähne fest. Wenn ich ein Pferd gehabt hätte, wäre ich glücklich gewesen. Aber ich hatte keines und dachte daran, daß es auf der Welt viele Menschen gäbe, die zwanzig und dreißig hatten. Und viele, die gar keines besaßen. Ich begriff nun, daß ich kämpfen mußte für die gleichmäßige Verteilung der Pferde. Wir alle haben das Recht auf Glück, wir alle haben das Recht auf ein Pferd. Ich fühlte, daß dies meine Aufgabe war. Einige Freunde halfen mir und ermutigten mich in den ersten Zeiten. Ich gründete eine Zeitung und eine Partei, wohin alle die kommen konnten, die an meiner Seite kämpfen wollten. ›Unser Glück ist der Besitz eines Pferdes!‹ stand auf den Wänden der Parteizentrale geschrieben. Einige Jahre später hatten wir genügend Mittel zusammengebracht, um eine größere Menge Pferde kaufen zu können. Wir verteilten in diesem Jahr ungefähr fünfzig. Es war ein echtes Freudenfest. Man mußte die Glückseligkeit dieser miterlebt haben, die ein Pferd zugeteilt bekamen! Wie ihre Augen strahlten! Mit welcher Wonne sie die Mähne streichelten! Meine Idee war auf fruchtbaren Boden gefallen. Nach der ersten Verteilung nahm unsere Partei einen kolossalen Aufschwung. Ich war der anerkannte, von allen geliebte Führer. Ich selbst hatte auf ein Pferd für meinen eigenen Gebrauch verzichtet und war glücklich im Glück der anderen. Aber dann kam ein schwarzer Tag. Ich hatte einen Parteitag auf unserem Hauptplatz organisiert. Der Platz war schwarz von Menschen, die aus den entlegensten Gemeinden herbeigeeilt waren. Ich sprach lange und sagte, daß der Tag nicht mehr fern sei, an dem jeder sein Pferd haben würde. Der Beifall brach los und dauerte lange Zeit, als ich zu Ende gesprochen hatte, aber dann hob sich eine Hand in der Menge und bat um Gehör. Als alles ruhig war, hörte man eine deutliche Stimme in der Stille: ›Ich will eine Katze!‹ Ich kann Ihnen nicht beschreiben, was dann geschah. Schreie und Pfiffe ertönten, dazwischen aber auch Beifallklatschen. Die ersten Gegner. Ich begriff, daß dies ein schlimmer Tag war und daß diese Katze, die meinen Weg gekreuzt hatte, zur Auflösung meiner Partei führen konnte. Ich rief den Kongreß zusammen, und es bildete sich eine Gruppe, die den Antrag einbrachte, daß sie Katzen wünschte statt Pferde. Wir stimmten ab über Pferd und Katze und erhielten noch die Mehrheit. Aber der Samen der Zwietracht war in der Partei aufgegangen. Wenige Monate später kam es zur Spaltung. Die Katzenbefürworter hatten in kurzer Zeit starken Zulauf. Die Pferdetreuen verloren sich nach und nach, aber auch die Katzenpartei hatte kein langes Leben. In einer Sitzung, bei der ich zugegen war, erhoben sich die ersten Stimmen für Hennen, und diese wurden wiederum von denen, die Hunde wollten, überstimmt. Es war eine bewegte Sitzung, bei der die Partei sich wieder spaltete und in diverse Fraktionen zerfiel. Alles brach auseinander, die persönlichen Interessen bekamen die Oberhand, und keinem gelang es, wieder Ordnung in die Reihen zu bringen. Meine große Idee war in tausend und abertausend kleine Rinnsale versickert. Stellen Sie sich vor, es war sogar einer darunter, der einen Papagei wollte. Nun habe ich mich in diese einsame Ecke zurückgezogen, um über die Nutzlosigkeit meiner Idee nachzudenken oder über die Nutzlosigkeit anderer Ideen, genau so großartig wie die meinige.«

Er begleitete uns zum Tor, und während wir uns in den Wagen setzten, sahen wir eine Träne in seinen Augen, die er wehmütig auf dem Pferd ruhen ließ, das sich in langsamem Trott in Bewegung setzte.

Der Mann mit dem Hut in der Hand

Ich kann nicht sagen, wann ich ihn zum ersten Mal sah. Sicher ist es schon sehr, sehr lange her. Zehn Jahre vielleicht oder zwanzig oder auch dreihundert. Es ist schwer, die Zeit zu messen, wenn man zurückdenkt. Und wenn es sich um unwichtige Dinge handelt, ist es noch schwerer, quasi unmöglich, möchte ich sagen.

Die Dinge entfliehen, das ist's. Nur ein vager Eindruck bleibt, als ob man das Etwas, an das man sich erinnern möchte, durch einen dichten Nebel hindurch kaum wahrnimmt, so daß man die Zeitspanne, die uns davon trennt, einfach nicht ermessen kann.

Dann sah ich ihn einige Male wieder, und daran erinnere ich mich deutlich. Bei einem Zaun stehend, auf einer Bank sitzend, an der Bartheke mit aufgestütztem Ellbogen lehnend.

Und jedes Mal trug er einen Hut in der Hand.

Oft war's ein grauer Hut, oft ein brauner, aber immer ein Hut.

Was die Gewohnheit so ausmacht! Eigentlich nicht einmal die Gewohnheit, eher die Beharrlichkeit einer Sache. Ich habe mich nicht gut ausgedrückt, und ich glaube, daß ich das, was ich sagen möchte, nicht erklären kann — sehr oft fehlen uns die richtigen Worte, um etwas klarzumachen, und dieses Etwas bleibt dann in der Luft hängen, und wir können es nicht erwischen.

Tatsache ist, daß der Mann keinerlei Wichtigkeit hatte für mich: es war irgendein Unbekannter, ein Mensch wie ein anderer, der überhaupt kein Interesse erweckte. Einer, den man gar nicht ansah; so meine ich's.

Kann sein, daß ich ihn ohne den Hut in der Hand gar nicht bemerkt hätte und ich mich an ihn genausowenig erinnern würde wie an tausend andere Personen, denen ich begegnete und wiederbegegnet bin.

Auch der Hut als solcher hatte keine Bedeutung. Kein Hut hat eine Bedeutung. Wir sehen Tausende von Hüten, mir selbst sind solche aller Arten und Moden untergekommen, aber auch diese Hüte verschwinden spurlos aus unserem Blickfeld.

Zwei ganz unwichtige Dinge also: ein Mann und ein Hut. Nicht daß der Mann etwa keine Bedeutung hatte, alle Männer haben eine Bedeutung, aber für mich war es ein Unbekannter wie viele andere, die in meinem Leben nichts zu suchen hatten.

Ich sah ihn neben einer Frau gehen, und er hatte den Hut in der Hand. Ich sah ihn aus der Tram steigen, und er hatte den Hut in der Hand. Anfangs wollte der Eindruck dieses Mannes mit dem Hut in der Hand gar nicht in meinem Gedächtnis haften bleiben. Das heißt, es war ein Bild, das ging und kam, ohne eine Spur zurückzulassen. Aber mit der Zeit ließ es eine Spur zurück.

Ich begann, ihn zu beobachten, wenn er bei meinem Fenster

vorbeiging, immer mit dem Hut in der Hand. So ist es: wenn Ihnen irgend etwas immer und immer wieder vor Augen kommt, beginnen Sie, es zu beobachten, und dann dringt dieses Etwas in Sie ein, bemächtigt sich Ihrer Gedanken und verläßt Sie nimmer.

Ich begann mich zu fragen, nicht etwa, wer der Mann sei, sondern warum er den Hut immer in der Hand trug. Ich begann weiter zu überlegen, daß er wohl zu Hause einen Garderobenständer habe, um den Hut aufzuhängen, daß er den Hut aber wahrscheinlich nicht aufhängt, sondern auf ein Tischchen legt oder auf einen Stuhl.

Dann dachte ich, daß ihm der Hut vielleicht zu eng oder zu weit sei. Ich begann, seinen üppig behaarten Kopf zu mustern, den Umfang und stellte ihn mir vor, den Hut auf dem Kopf. Nach und nach gewöhnte ich mich an den Mann mit dem Hut in der Hand. Ich wußte, um welche Zeit er an meinem Haus vorbeikam, wann er die Bar betrat und war nun sicher, ihn immer nur mit dem Hut in der Hand zu sehen.

Bis er mir eines Tages einen Schock versetzte: der Hut war nicht mehr grau, sondern braun und ganz neu.

Neue Gedanken begannen mich zu quälen: ich stellte mir den Mann vor, wie er sich einen neuen Hut aussuchte. Wie er sich mit dem neuen Hut im Spiegel musterte, nicht auf dem Kopf, sondern in der Hand.

Kein Hut, der zu seinem Kopf paßte, sondern einer, der mit seiner Figur harmonierte. Unwichtig, ob er weit oder eng war. Der alte Hut erschien noch hie und da, bei schlechtem Wetter. Auch dann ging der Mann mit bloßem Kopf, knapp an der Wand entlang, um sich vor dem Regen zu schützen...

Ich bemühte mich, seinen Gesichtsausdruck zu enträtseln, wenn ich ihn sah, aber seine Miene war immer nur die eines vorübergehenden Mannes.

Ganz sicher dachte er nicht an seinen Hut, den er nicht einmal mit einem kurzen Blick streifte, niemals. Hätte er eine Antipathie gegen Kopfbedeckungen gehabt, mir wäre es offenbar geworden.

Er wirkte ganz gleichgültig. Eines Tages, in der Bar, fiel ihm der Hut aus der Hand, er bückte sich, hob ihn auf, wischte den Staub mit der Hand ab und gab ihm mit kleinen, wohlabgewogenen Bewegungen seine Form wieder.

An alles, was den Hut betrifft, erinnere ich mich jetzt wieder.

Ich erinnere mich, wie sich der Mann an einem Sommernachmittag mit dem Hut Kühlung zufächelte, ich erinnere mich an ihn auch in der Tram, wenn er den Fahrschein hinter das Hutband steckte.

Ich erinnere mich, daß ich eines Tages den Entschluß faßte, ihm entgegenzutreten und ihn zu fragen, warum er den Hut immer in der Hand trägt. Ich erinnere mich auch, daß ich diesen Entschluß verwarf. Vielleicht, dachte ich, würde ich eine wunde Stelle berühren. Ich stellte mir vor, wie der Mann erst mich ansähe, dann den Hut, wie er in Tränen ausbräche, den Hut wie einen Ball zusammendrücken, ihn mitten auf die Straße werfen würde, mich dann stehen ließe und sich mit eingezogenem Kopf schluchzend entfernte.

Ich tat also nichts.

Bis dann, eines Tages, das Unerwartete geschah, und ich bin mir heute noch nicht klar, wie es geschehen konnte. Im Gegenteil, heute bezweifle ich, daß es wirklich geschehen ist: Ich sah ihn vorbeigehen, mit dem Hut auf dem Kopf, dem braunen, den grauen jedoch trug er in der Hand.

Der Reisende

Wir standen an der Sperre, beim Ausgang für ankommende Reisende. Es war 10 Uhr 35. Signor Torquato Torrecaduta schob eine Hand unter meinen Arm: »Jetzt müßte er bald ankommen«, sagte er, »es ist immer aufregend, wenn man auf den Bahnhof geht, um jemanden zu erwarten.« »Ja«, sagte ich, »das stimmt. Jedesmal, wenn ein Zug ankommt, sammelt sich ein Menschenstrom beim Ausgang, und jeder sucht unter all diesen Menschen die Person, auf die er wartet. Auch wenn man weiß, daß der ankommende Zug gar nicht der ist, auf den wir warten.«

»Nur zu wahr«, sagte Signor Torquato Torrecaduta, »dieses Phänomen wiederholt sich immer. Wer weiß, warum. Und bei allen ist es dasselbe. Wir warten zum Beispiel auf einen Zug aus Genua, und da gibt der Lautsprecher die Ankunft des Zuges aus Venedig bekannt. Sofort werden wir erregt, unser Herz klopft, wir können einfach nicht ruhig bleiben. Und dabei interessiert uns der Zug aus Venedig überhaupt nicht. Mit diesem Zug kommt niemand, den wir erwarten. Der Zug hält, die Türen öffnen sich, und die Menschen eilen zum Ausgang. Und was tun wir? Wir durchforschen die Menge. Wir sehen Menschen um Menschen, lauter unbekannte Gesichter. Manchmal stellen wir uns auf die Zehenspitzen, um den zu suchen, den wir gar nicht finden können. Irgendeiner fällt uns auf, weil er entfernte Ähnlichkeit hat mit der Person, die wir erwarten. Zu unserer eigenen Überraschung stellen wir in unserem Inneren fest: ›Da ist er ja!‹ Dabei wissen wir ganz genau, daß es nicht die von uns erwartete Person sein kann, weil wir sie aus Genua und nicht aus Venedig erwarten!« »Und jetzt«, fragte ich, »möchte ich wissen, ob unser Freund aus Genua oder aus Venedig kommt.«

»Weder noch. Aber Ruhe jetzt... hier kommt ein Zug.«
Torquato Torrecaduta packte meinen Arm und stellte sich
auf die Zehenspitzen. Ein Zug hielt an dem Bahnsteig vor
uns.

»Das ist nicht der Zug, auf den wir warten«, sagte Torquato,
»vielleicht gelingt es uns diesmal, uninteressiert zu bleiben.«
Wir versuchten es. Es gelang uns nicht. Ich bemühte mich,
nach der anderen Seite zu blicken, aber unwiderstehlich zog
mich die Menschenmenge, die aus der Sperre strömte, an.
Ich mußte einfach hinsehen und überraschte mich dabei, in
dieser Menge jemanden zu suchen, wen, wußte ich selbst
nicht, ein bekanntes Gesicht, egal ob Mann oder Frau,
irgendwelche familiären Züge. Die Leute eilten zur Sperre,
sie trugen Pakete und Reisetaschen, in der Hand hielten sie
ihre Fahrkarten. Leute, die es eilig hatten heimzukommen,
Leute, die nach Freunden oder Verwandten Ausschau hielten, Leute, müde von der Reise und glücklich, endlich
angekommen zu sein.
Lauter Unbekannte, die ich nie gesehen hatte. Manch einer
hatte vielleicht eine vage Ähnlichkeit mit ich-weiß-nicht-
wem. Einer erinnerte in seinem Gang oder im Gesicht
entfernt an einen Verwandten. Aber es waren Unbekannte,
die wer-weiß-wo herkamen und wer-weiß-wo hingingen.
Ich kann mir nicht erklären, worin die vage Ähnlichkeit
bestand, die beim Näherkommen verschwand. Von weitem
kam Renato Scappuccio daher: er plagte sich mit seinem
schweren Koffer ab und betastete seine Taschen nach der
Fahrkarte. Er schien es zu sein, seine ganze Art, seine
Kleidung. Dann kam er näher, gab seine Fahrkarte ab und
ging hinaus, an mir vorbei. Natürlich war er es nicht. In der
Nähe hatte er jede Ähnlichkeit mit Renato Scappuccio
verloren.
Wir erwarteten ja auch nicht ihn.

Torrecaduta suchte unter der Menge. Ich verstand sehr gut, daß er einfach nicht anders konnte. Man sah, daß er sich Mühe gab, trotzdem hob er sich gelegentlich auf die Zehenspitzen und schaute. Die Menge wurde weniger, die letzten kamen fast im Laufschritt an, gaben ihre Billetts ab und verschwanden hinter uns. Wir schauten immer noch auf den Bahnsteig, den eben angekommenen Zug mit seinen offenen Türen entlang. Niemand stieg mehr aus, und auf dem Bahnsteig verblieben nur mehr die Zuspätgekommenen, ein paar Unbekannte.

»Er ist nicht angekommen«, sagte Torquato Torrecaduta, »jetzt ist wieder alles normal.« Wir wußten genau, daß er mit diesem Zug nicht ankommen würde, trotzdem hatten wir unter den Reisenden gesucht. Dieses Phänomen zeigte sich immer wieder, wenn wir auf dem Bahnhof jemanden erwarteten. Aber nicht nur uns passiert es.

Wir gingen in der Halle auf und ab, ohne uns jedoch zu sehr von der Sperre zu entfernen.

Hier und da hörten wir einen Pfiff, das Geschnaufe einer Lokomotive, den Lautsprecher, der irgend etwas brüllte. Reisende durchquerten die Vorhalle, schleppten schwere Koffer zur Sperre, wir hörten das Geräusch der Räder von den Gepäckkarren und die Stimmen der Zeitungsverkäufer. Irgendeiner eilte im Laufschritt zu einem abfahrenden Zug.

»Es kann nicht mehr lange dauern«, sagte Torquato Torrecaduta; es war inzwischen elf Uhr geworden. »Vielleicht hat der Zug Verspätung«, sagte ich. Torquato schüttelte verneinend den Kopf. »Er hat keine Verspätung«, sagte er, »wir müssen nur die Ankunftszeit abwarten.«

»Wer kommt denn?« fragte ich.

»Francesco«, sagte Torquato Torrecaduta.

Ich erinnerte mich an Francesco, er war ein Kamerad unserer abenteuerlichen Jugend.

Ein alter Kumpel, den ich vergessen hatte. Ein Träumer. Er hatte seine ganz speziellen Ideen über das Leben. Er sagte, daß er sie hatte, ohne sie uns jedoch zu verraten. Er tat sehr geheimnisvoll mit seinen Ideen.

»Er reist immer«, sagte Torquato, »immer auf der Suche von irgend etwas. Er trägt seine eigene Welt in sich. Du wirst ja sehen. Er hat mir geschrieben, daß er um 11 Uhr 10 ankommt.«

Es wurde 11 Uhr 10, und ganz am Ende des Bahnsteiges sahen wir Francesco daherkommen. Er hatte eine kleine Tasche und schien müde von der Reise. Aber ein angekommener Zug war nicht zu sehen.

Er durchschritt die Sperre und sah uns. Wir umarmten uns und gingen dem Ausgang zu.

»Ich habe wenig Zeit«, sagte er, »mein Zug geht in einer halben Stunde. Gerade die Zeit, eine Kleinigkeit zu essen und wieder auf den Bahnhof zurückzukehren.«

Wir gingen in ein Restaurant und bestellten etwas zu essen.

»Hast du eine gute Reise gehabt?« fragte Torquato Torrecaduta. »Ausgezeichnet«, sagte Francesco, »du kannst dir gar nicht vorstellen, wie angenehm ich reise, in einem leeren Abteil, ohne Lärm und ohne Hast. Und ich kann fahren, wohin ich will, und teile mir meine Zeit nach meinem Gutdünken ein.«

Der Kellner brachte die Speisen.

»Du weißt, wie gern ich reise, aber die Menschen habe ich nie vertragen können, und die Eisenbahngleise habe ich immer gehaßt, diese Gleise, die dich nur dahin bringen, wohin *sie* wollen und wann *sie* wollen. Wenn du magst, nehme ich dich einmal mit auf eine meiner Reisen. In einen Waggon, der auf einem Abstellgleis steht, und ich fahre mit dir, wohin du willst: Paris, London, an die Seen oder ans Meer. Ich zeige dir während unserer Reise die Ebenen und

Dörfer, die Meeresufer und die Städte. Wir tragen das alles in uns und, wenn wir wollen, sehen wir mehr, als die Eisenbahn uns bieten könnte. Mein Zug geht auch dahin, wo keine Gleise sind, und ich sehe an meinem Fenster die herrlichsten Landschaften vorbeifliegen. – Vor einigen Tagen bin ich in einen falschen Zug gestiegen«, fügte Francesco hinzu, »nachdem ich Platz genommen hatte, fing der Waggon zu fahren an. Man hängte ihn an einen anderen Zug an, der mit Blitzgeschwindigkeit nach Turin fuhr. Es war eine fürchterliche Reise: jede Phantasie war ausgeschlossen, denn ich war gezwungen, das zu sehen, was wirklich war, und mein Geist war deshalb nur damit beschäftigt, die Dinge, die an meinem Fenster vorbeihuschten, wahrzunehmen.«

Aber es war schon spät geworden, und im Eilschritt begleiteten wir Francesco zur Sperre. Dort verabschiedeten wir uns von ihm, und wir sahen ihn mit seiner kleinen Tasche am Ende des Bahnsteiges verschwinden.

Die Krawattenfarbe

Ein Problem, das dem Prokuristen Armadio Settemanzi an den Tagen vor Weihnachten schwer zu schaffen machte, war die Farbe der Krawatte. Es war eigentlich kein Problem, eher eine fixe Idee, eine Art Alptraum. Er brachte einfach den Gedanken nicht aus dem Kopf: welche Farbe wird die Krawatte heuer haben?

Die Sache war so: jedes Weihnachten bekam er von seiner Frau dieses traditionelle Geschenk. Jedes Jahr die gleiche

Komödie. Das geheimnisvolle Lächeln seiner Gattin, die fortwährenden Anspielungen, daß es sich diesmal um etwas Außergewöhnliches, Unerwartetes handle. Die häufigen Fahrten in die Innenstadt zur Besichtigung der Auslagen.

Und dann jedes Jahr, da war es, das Päckchen unter dem Baum: die obligate längliche Form, aus der man sofort den Inhalt erraten konnte. Immer die gleichen erstaunten und entzückten Ausrufe beim Öffnen des Päckchens: »Wunderbar! Großartig! An so ein Prachtstück hatte ich wirklich nicht gedacht!«

Und die Gattin hochbeglückt, daß der Gatte zufrieden war. Die Krawatte war eben das traditionelle Geschenk. Umsonst hatte der Prokurist Armadio Settemanzi an etwas anderes gedacht. Immer, in den Tagen vor Weihnachten, hoffte er, seine Frau habe statt an eine Krawatte zum Beispiel an einen Geldbeutel oder einen Füllfederhalter oder an irgend etwas gedacht, das keine Krawatte war.

Vergebene Hoffnung: für die Gattin des Prokuristen Armadio Settemanzi existierte außer der Krawatte kein anderes Geschenk.

In seinen langen Ehejahren hatte der Prokurist nur geschenkte Krawatten tragen müssen und endlich begriffen, daß es keine andere Möglichkeit für ihn gab. Auch dieses Weihnachten würde sein Geschenk in der obligaten Krawatte bestehen.

Dadurch war das Problem ein ganz anderes geworden: Welche Farbe würde die Krawatte haben?

In den Tagen vor Weihnachten ging der Prokurist Settemanzi in Gedanken alle Krawatten der vorangegangenen Weihnachten durch. Die vom Vorjahr war rot mit blauen Streifen, die von vor zwei Jahren blau mit weißen Tupfen. Dann erinnerte er sich an Krawatten in Rosa und Schwarz,

Grün mit gelben Streifen, Gelb mit blauen Streifen, Grau mit blauem Blattmuster, in Hellblau und Lila, Braun und Gelb, Rot und Grün.

Wie würde die für das kommende Weihnachten aussehen? Schwer zu sagen. In den Auslagen der Geschäfte gab es Millionen verschiedene Krawatten. Welche von ihnen würde seine Frau wählen?

Der Prokurist Settemanzi begann eine Woche vorher an den Schaufenstern herumzulungern.

Als erstes teilte er die Krawatten in Kategorien ein. In die, welche ihm gefielen, und in die, welche ihm nicht gefielen. Die ihm gefallenden schied er sofort aus: nie hätte seine Frau eine von ihnen gewählt. Dann begann er, die ihm nicht gefallenden in engere Wahl zu ziehen. Diese wiederum teilte er in zwei Kategorien: die zweifelhaften und die eindeutig abscheulichen.

Diese Tätigkeit des Prokuristen Settemanzi war recht mühsam: er hatte alle Schaufenster zu absolvieren, auf die das Adlerauge seiner Frau sicher fiel. Es waren gut und gern achtzehn Geschäfte mit ungefähr zwanzig Schaufenstern voller Krawatten. Hunderte von Krawatten, die er alle begutachten mußte.

Der Prokurist Armadio Settemanzi wußte, was er wollte. Er promenierte vor den Auslagen hin und her, examinierte, betrachtete und studierte sehr aufmerksam alle ausgestellten Krawatten.

Dann gelangte er in die Endrunde. Unter all den Krawatten, die er gesehen hatte, waren nur drei, die seiner Frau gefallen konnten. Von diesen dreien die allerscheußlichste herauszufinden, war ihm schlechterdings unmöglich. Alle drei schienen ihm gleich scheußlich, auch wenn eine von der anderen grundsätzlich verschieden war.

Und hier nun das Problem: Welche der drei würde er unter

dem Weihnachtsbaum vorfinden? Denn es gab keinen Zweifel: eine dieser drei würde es sein. Am Tag vor Weihnachten machte er den letzten Inspektionsgang: seine Frau mußte die Krawatte am Tag vorher gekauft haben. Nun würde sich herausstellen, welche der drei Krawatten aus der Auslage entfernt worden war.

Alle drei Krawatten fehlten, und der Prokurist Settemanzi tat einen langen, melancholischen Seufzer. Er war also nicht der einzige Ehemann, der zu Weihnachten von der besseren Hälfte eine Krawatte geschenkt bekam. Und es gab also auch noch andere Frauen, die den gleichen Geschmack hatten wie seine Frau. Der Prokurist Settemanzi überlegte, daß der Krawattengeschmack der Ehefrauen ziemlich standardisiert sein mußte, und er gedachte der erleichterten Seufzer der anderen Ehemänner, daß diese Krawatten aus den Auslagen verschwunden waren.

Für einen Augenblick gab er sich der Illusion hin, daß seine Frau zu spät gekommen war zum Einkauf, aber dann resignierte er sofort: seine Frau kam nie zu spät, wenn sie eine Krawatte dieser Art kaufen wollte.

Nun, welche der drei hatte sie gewählt?

Bald würde er es wissen.

So kam der Weihnachtstag heran, und der Prokurist Settemanzi erhob sich leicht bebend, wie immer am Weihnachtsmorgen.

Da stand der Baum, und da lagen die Geschenke.

Drei Päckchen in Krawattenform lagen dort und enthielten die drei Krawatten, von denen er gewußt hatte, daß sie seiner Frau gefallen würden.

Zu der Krawatte seiner Frau hatten sich in wahrhaft edlem Wettstreit des guten Geschmackes die seiner älteren und die seiner jüngeren Tochter gesellt.

Und jede hatte ihre Krawatte ohne Wissen der anderen

ausgesucht! Eben an diesem Weihnachtstag geschah es, daß der Prokurist Settemanzi angesichts dieser Familienharmonie den Entschluß faßte, sich einen Bart wachsen zu lassen – bis zum ersten Jackenknopf.

Reine Bürokratie

Ich betrete den großen Saal des Finanzamtes. Ein Riesenraum, vollgestopft mit einer unglaublichen Menschenmenge. Lange Schlangen stehen vor den Schaltern, Leute kommen und gehen. Man glaubt, auf einem Bahnhof zu sein zu Beginn der Sommerferien, nur daß nicht einer einen Koffer oder eine Reisetasche trägt. Aber warum sollten diese Menschen hier Koffer oder Reisetaschen tragen, da sie ja nicht abreisen und nicht einmal auf einem Bahnhof sind?! Ich gehe also hinein, schaue mich um, suche in meiner Tasche und hole einen gelben Zettel heraus. Alle, die vor den Schaltern waren, haben auch einen gelben Zettel in der Hand und warten, daß sie drankommen.

Aber es gibt so viele Schalter, und ich weiß nicht, an welchem ich mich anstellen soll. Sie wissen ja, wie das ist. Sicher waren auch Sie schon in der gleichen Lage. Aber die Organisation hier funktioniert tadellos. Um ein Tischchen steht eine kleine Menschenmenge, die einen gelben Zettel vorzeigt und sich erkundigt, an welchen Schalter sie gehen muß. Der Auskunftsmensch setzt seine Brille auf, beschaut den jeweiligen Zettel und sagt Ihnen dann Ihre Schalternummer.

Im Grund ist alles einfach, man braucht sich nur umzusehen,

um im Bild zu sein. Dann sind auch noch die Plakate da, die Anzeigen und alles übrige.

Ich warte auf meinen Turnus. Um mich herum sind auch Leute, die ihren Turnus erwarten. Alle haben einen gelben Zettel in der Hand, und alle sind ungeduldig.

»Man verliert einen Haufen Zeit«, sagt einer.

»Aber einmal muß man halt herkommen«, sagt ein anderer, »ich habe eine Konferenz abgesagt und erledige heute den ganzen, lästigen Kram.«

»Es ist auch besser, man bringt den ganzen Blödsinn hinter sich«, sagt ein dritter.

»Hier«, sage ich zu dem Mann an der Auskunft und zeige ihm meinen gelben Zettel, »wo muß ich hin?«

»Schalter 12«, sagt er, nachdem er den gelben Zettel genau angesehen hat, »haben Sie ein Hemd mit langen Ärmeln an?«

»Nein, mit kurzen«, sage ich.

»Dann Schalter 23«, sagt der Auskunftsbeamte.

Ich suche Schalter 23, er ist am Ende des Saales, und vor ihm steht eine besonders lange Schlange.

Ich reihe mich ein.

»Die sind langweilig wie der Hunger«, sagt eine Frau etwas weiter vorne in der Reihe, »seit dreiviertel Stunden stehe ich hier und bin noch nicht einen Schritt vorwärts gekommen.«

»Man muß Geduld haben«, sagt der vor mir.

»Viel zu viel haben wir«, sagt ein dritter und wedelt mit seinem gelben Zettel.

Einige lesen Zeitung, andere rauchen, und wieder andere schauen gelangweilt herum und treten von einem Fuß auf den anderen.

»Warm ist's hier, sie könnten das Glasdach aufmachen.«

»Ich war schon gestern hier, aber nach einer Stunde war es

mir zu dumm, und ich bin weggegangen. Ich wäre beinahe erstickt.«

»Aber gestern war das Glasdach ein bißchen offen.«

»Aber dann haben sie es zugemacht, weil die Beamten die Zugluft gestört hat.«

Das sind so die Gespräche vor den Schaltern, damit die Zeit vergeht. Zwei Frauen vertrauen sich ihre Intimitäten an, zwei Männer sprechen von Geschäften, und eine Gruppe diskutiert über Sport.

Die Zeit vergeht, wenn man von Sport spricht, und nach und nach wird die Schlange fast unmerklich kürzer. Man glaubt unbeweglich zu stehen, aber nein, millimeterweise kommt man doch vorwärts.

»Man müßte Schlangenrennen veranstalten«, sage ich zu einem Herrn, der sich hinter mir anstellt, »ich meine, man müßte feststellen, welche Schlange sich am schnellsten verkürzt.«

»Das wäre interessant«, sagt ein Herr, »die Schlange hinter uns scheint sich viel schneller zu verkürzen, schauen Sie nur, sie ist schon ganz klein.«

»Ja, aber wir können uns ja unsere Schlangen nicht aussuchen«, sage ich, »jeder Schalter hat seine Nummer, und diese Nummer muß mit der auf unserem Zettel übereinstimmen. Das Schlangenrennen habe ich nur aus sportlichen Gründen vorgeschlagen. Wollen Sie auf die Schlangen unserer Seite wetten?«

»Ich wette nie«, sagt der Herr, »einmal habe ich bei einem Pferderennen gesetzt und verloren. Seither wette ich nie mehr.«

Wir warten schweigend, quasi unbeweglich auf unseren Turnus. Millimeterweise nähern wir uns dem Schalter. 23 Vordermänner, dann 22, dann 21, dann noch 20. Dann eine lange Diskussion am Schalter mit Protesten aus der

Schlange, dann einer, der sich um einen Platz vorschmuggeln möchte.

»Sie sind nach mir gekommen.«

Mit der in diesen Fällen unvermeidlichen Fortsetzung.

Drei Personen noch. Der vor mir strahlt.

»Endlich bin ich dran«, sagt er und fächelt sich mit dem gelben Zettel.

»Dann komme ich«, sage ich zufrieden.

Dann ist endlich der vor mir dran.

»Haben Sie ein Hemd mit kurzen Ärmeln?« fragt der Beamte.

»Nein, mit langen«, sagt der vor mir und krempelt die Jackenärmel auf, um dem Beamten die Manschetten seines Hemdes zu zeigen.

»Dann tut's mir leid, aber Sie müssen an Schalter 22«, sagt der Beamte und gibt ihm den gelben Zettel zurück.

Der Mann vor mir protestiert. Er sagt, man hat ihn an diesen Schalter gewiesen, und er hat nicht so viel Zeit.

Der Beamte breitet die Arme aus und sagt, es tue ihm sehr leid, aber er könne nichts machen ... er hätte sich besser informieren sollen. Der Mann vor mir nimmt seinen gelben Zettel und schimpft auf jene, die ihn soviel Zeit haben verlieren lassen. Eine Stunde zwanzig Minuten anstehen für nichts.

Ich bin dran. Ich übergebe dem Beamten meinen gelben Zettel. Er kontrolliert peinlich genau, was alles draufsteht. Ich zeige ihm mein kurzärmeliges Hemd. Nun nimmt der Beamte den gelben Zettel, taucht ihn in seine Schüssel mit Wasser und gibt ihn mir naß zurück.

»Jetzt müssen Sie zum Schalter B«, sagt er.

Ich nehme den nassen Zettel und gehe zu Schalter B.

Die Schlange dort ist nicht ganz so lang wie bei dem Schalter, von dem ich komme. Alle haben den nassen, gelben Zettel in der Hand und halten ihn vorsichtig, daß das Wasser auf den Boden tropft.

Wir sprechen wieder von allem möglichen, von dem seltsamen Sommerwetter, den letzten Radrennen, von der Höhe des Montblanc bei Vollmond und von den verschiedenen Schuhgrößen.

Die Reihe bewegt sich sehr langsam, wieder kommen wir millimeterweise dem Schalter näher. Ich überlege, daß es vielleicht günstiger wäre, stehen zu bleiben und die vor mir sich bewegen zu lassen, dann könnte ich den Abstand zwischen mir und meinem Vordermann, wenn er genügend groß ist, mit einem Sprung durchmessen, aber ich lasse diese Idee wieder fallen. Wenn Neuangekommene den Zwischenraum sehen, werden sie sofort versuchen, sich hineinzudrängen, statt sich ordnungsgemäß am Ende der Schlange anzustellen. Beim Schlangenstehen kommen einem, wie man sieht, alle möglichen Ideen, und nicht gerade die besten. Wieder schaut man sich im Saal um, in dem Saal, der wie ein Bahnhof aussieht mit den vielen Leuten, die kommen und gehen, nur daß man keine Lokomotive pfeifen hört.

Dann die alte Leier.

»Wieviel Zeit man hier verliert!«

»Seit zwei Stunden bin ich da, eigentlich möchte ich gehen und es morgen noch einmal versuchen.«

»Warum nur alle bis zum letzten Tag warten, gleich sollte man gehen, wenn man den Zettel bekommt, dann gäbe es kein solches Gedränge.«

»Man kommt, wann man kann. Man muß sich seine Zeit einteilen. Und dann die Beamten, man meint, sie schlafen alle.«

»Sie sind auch arm dran, mit dem ganzen Durcheinander hier, sie tun, was sie können.«

»Dann diese Hitze hier, zum Verschmachten. Ich halte es keine Minute mehr aus.«

Aber die Reihe verkürzt sich doch mit der Zeit. Noch vier, noch drei, noch zwei, noch einer. Wir haben es geschafft. Ich halte den Beamten den nassen, gelben Zettel hin, er nimmt ihn, kontrolliert, was draufsteht, dann legt er ihn in ein Kästchen neben einer Maschine, die Warmluft ausbläst. Der Zettel ist in wenigen Sekunden trocken, der Beamte nimmt ihn wieder, kontrolliert, ob er auch wirklich trocken ist, und gibt ihn mir zurück.

»Jetzt gehen Sie zu Schalter 3 B«, sagt er.

Noch eine Schlange an Schalter 3 B. Dieselben Leute, dieselbe Erwartung, dieselben Gespräche.

»Das nimmt kein Ende hier.«

»Sie könnten endlich die ganze Bürokratie vereinfachen!«

»Was wollen Sie, diese Leute brauchen auch eine Arbeit.«

»Und wir verlieren hier unsere Zeit.«

»Mit all dem, was ich heute früh noch zu erledigen habe!«

Die Schlange verkürzt sich langsam, millimeterweise, und inzwischen kommen und gehen die Menschen, streiten, protestieren, reklamieren.

Noch drei, noch zwei, noch einer, es ist so weit. Ich halte dem Beamten meinen gelben Zettel hin. Er schaut ihn an, kontrolliert ihn, überprüft ihn.

Dann zerreißt er ihn in viele Fetzchen und wirft sie in den Papierkorb.

Aus! Endlich darf ich hinaus in den Sonnenschein.

Wir waren drei: Luca, Graffo und ich. Luca und ich saßen in Graffos Salon, während er stand. Niemand sonst war im Haus: Signora Graffo war ausgegangen auf der Suche nach einem Reißverschluß, der sich nicht nur schnell öffnen, sondern auch ebenso schnell schließen ließ, vor Sonnenuntergang würde sie also kaum zurücksein. Wir plauderten von diesem und sogar von jenem und betrachteten einige Zeichnungen von Kirschkernen, die Graffo aus fernen Ländern mitgebracht hatte. Diese Zeichnungen waren ein wenig vergilbt, aber klar erkennbar, und Graffo, der sehr viel von diesen Dingen verstand, wollte sie jetzt von oben her betrachten. Deshalb hatte er die Blätter auf den Boden gelegt und stand davor, um ihre Wirkung auch noch in dieser Position zu begutachten. Das alles sage ich nur, um zu erklären, warum Graffo stand und nicht bei uns saß.

Dann hörten wir die Haustürklingel, und das Zimmermädchen führte einen Menschen herein in einer nicht näher definierbaren Uniform. Eine Uniform war es, denn sie hatte Metallknöpfe und einen Ledergürtel um die Mitte. Kaum war dieser Mensch mit einer Mappe unter dem Arm eingetreten, verlangte er unsere Personalien mit der Begründung, daß er Kontrolloffizier sei.

Er zeigte auf uns, die wir saßen, und wollte unseren Führerschein sehen.

»Was für einen Führerschein?« fragte Luca. »Wir haben kein Auto und deshalb auch keinen Führerschein.«

»Nicht diesen Führerschein«, sagte der Mensch, »den Stuhlführerschein.«

Unnötigerweise fielen wir aus den Wolken, begriffen aber sofort, daß es der helle Blödsinn wäre, an so einem prächtigen Tag aus den Wolken zu fallen. Nichtsdestotrotz veränderten wir unsere Lage nicht. Wir zeigten uns weiterhin erstaunt, bis der Mensch grinsend sagte: »Sie wollen mir hoffentlich nicht weismachen, daß Sie nichts davon wissen. Seit geraumer Zeit veröffentlichen alle Tagesblätter, daß man zum Sitzen einen Führerschein braucht.«

»Um bei der Wahrheit zu bleiben«, sagte ich, »nie habe ich in letzter Zeit etwas Ähnliches gelesen. Wir sind nicht verpflichtet, Zeitungen zu kaufen und sie zu lesen. Einige von uns kaufen sie sogar, sie lesen sie jedoch nicht.«

»Ich«, sagte Graffo, »kaufe Zeitungen, um Sachen einzuwikkeln, bevor ich sie in die Truhe lege.«

Er deutete auf eine antike Truhe und öffnete sie, nahm ein kleines Paket heraus und zeigte es dem Menschen.

»Das will ich gar nicht sehen«, sagte der Mensch, »ich weiß nur, daß Sie keinen Sitzführerschein haben und deshalb ein Strafmandat erhalten werden.«

»Ich stehe aber«, sagte Graffo.

»Sie ja, aber diese beiden Herren«, sagte der Mensch, »saßen und sitzen immer noch.«

Tatsächlich saßen wir immer noch und konnten dem Menschen nicht widersprechen. Wir schickten uns an, aufzustehen, aber der Mensch gab uns zu verstehen, daß wir uns nicht von unseren Plätzen rühren sollten.

»Jetzt ist's ganz unnötig, daß Sie aufstehen«, sagte er, »auch wenn Sie jetzt aufstehen, bekommen Sie trotzdem Ihr Strafmandat, das können Sie ebensogut und bequemer im Sitzen entgegennehmen.«

»Kann man endlich erfahren, was die Geschichte mit dem Sitzschein eigentlich soll?« wollte Luca wissen, »wir wissen absolut nichts davon und konnten nicht im entferntesten ahnen, daß man zum Sitzen einen Erlaubnisschein braucht.«

»Das kann ich Ihnen mit wenigen Worten erklären«, sagte

der Mensch, »weil es eigentlich wenig zu erklären gibt. Es handelt sich um ein neues Gesetz aus jüngster Zeit. Wenn man die Sache aufmerksam verfolgt, ist sie mehr als logisch. Was ist ein Stuhl? Denken wir ein wenig darüber nach. Wenn wir das tun, kommen wir darauf, daß ein Stuhl eine Maschine ist. Eine ganz einfache Maschine zum Draufsitzen.«

»Eine unbewegliche Maschine«, sagte ich, »für deren Gebrauch ein Führerschein nicht Vorschrift ist.«

»Das scheint nur so«, sagte der Mensch, »aber es ist nicht. Ich spreche jetzt nicht von den fahrbaren Stühlen auf Rädern, die Sie alle kennen, nein, von denen rede ich nicht, weil für sie ohnehin ein Führerschein II obligatorisch ist. Ich spreche von ganz gewöhnlichen Stühlen. Natürlich handelt es sich nicht um einen richtigen Führerschein, sondern um einen Erlaubnisschein, ohne dabei zu berücksichtigen, daß Stühle ganz und gar nicht unbeweglich sind. Sie können den Stuhl jederzeit bewegen, wo und wie Sie wollen. Sie können auch in Gefahr kommen, wenn Sie sich auf einen Stuhl setzen. Da hat es Leute von unwahrscheinlichem Leichtsinn gegeben, der sich nur mit der Unvorsichtigkeit anfängerhafter Autofahrer vergleichen läßt. Wie oft schon haben Sie Leute gesehen, die auf den Hinterbeinen eines Stuhles hin- und herschaukeln? Sehr wahrscheinlich haben Sie auch schon öfter so geschaukelt, obwohl Sie keinen Führerschein haben.«

»Ich jedenfalls habe das noch nie getan«, sagte ich.

»Ah, ich doch auch nicht!« rief Luca aus.

»Na, na«, sagte der Mensch grinsend, »das sagen Sie mir, aber Sie werden hoffentlich nicht verlangen, daß ich Ihnen blind glaube. Ich bin ganz sicher, daß Sie es ab und zu getan haben. Keiner kann auf die Dauer dem Anreiz, auf den Hinterbeinen eines Stuhles zu balancieren, widerstehen.

Von mir aus gern, es ist ein begreiflicher Wunsch, aber wir haben das Recht, unsere Mitbürger vor ihren Unvorsichtigkeiten zu schützen. Sie wissen nicht, wieviele Leute sich den Kopf aufschlagen, weil sie nicht richtig sitzen können und deshalb keinen Führerschein haben. Sie wissen auch nicht, wieviele Stühle auf diese Weise nach hinten rutschen, und der Daraufbalancierende landet mit dem Kopf auf dem Boden oder stößt gegen ein Möbelstück. Sie müßten in die Statistiken Einsicht nehmen und könnten daraus ersehen, daß Unglücksfälle dieser Art sehr häufig, wenn auch leichter Natur sind.«

»So ist das?« fragte Luca.

»Genau«, sagte der Mensch, »deshalb brauchen Sie einen Führerschein, um sich mit einer gewissen Sicherheit setzen zu können. Wir haben die Pflicht, uns darum zu kümmern, daß alle, die sich setzen wollen, eine gewisse Erfahrung im Umgang mit Stühlen bekommen, um Unfälle zu vermeiden.«

»Entschuldigen Sie«, sagte ich, »was muß man nun eigentlich tun?«

»Na ja«, ungefähr das gleiche wie bei anderen Führerscheinen«, sagte der Mensch. »Man nimmt Unterricht und muß dann eine Prüfung machen. Es gibt ein spezielles Amt zur Ausfertigung der Scheine, aber vorher muß man durch eine Prüfung beweisen, daß man mit Stühlen umgehen kann.«

»Nehmen wir einmal an«, sagte Luca, »daß einer dann trotzdem nicht mit Stühlen umgehen kann? So was gibt's doch.«

»Sicher gibt's das«, antwortete der Mensch, »wenn der Betreffende nicht mit Stühlen umgehen kann, erhält er eben keinen Führerschein.«

»Und was macht er dann?« fragte Graffo.

»Er steht«, sagte der Mensch, »er darf sich nicht setzen. Sagen Sie mir doch, ob einer, der keinen Führerschein hat, ein Auto steuern darf?«

»Natürlich nicht«, sagte ich, »aber das ist nun doch etwas ganz anderes.«

»Genau so, wie der Führerschein für ein Auto ganz anders ist als der für einen Stuhl«, sagte der Mensch. »Alles muß seine Ordnung haben.«

»Und wenn einer müde ist?« fragte Luca.

»Dann kann er sich auf einen Divan setzen«, sagte der Mensch, »oder sich auf seinem Bett ausstrecken. Aber ich glaube, ich habe Ihnen nun genau erläutert, um was es geht. Sie haben die Pflicht, auf dem Laufenden zu sein in diesen Dingen. Heute habe ich Sie ohne Führerschein ertappt. Stehen Sie bitte auf und bezahlen Sie Ihre Strafe. Verschaffen Sie sich schnellstens einen Führerschein, wenn Sie in Zukunft nicht laufend Strafmandate bekommen wollen.«

Er füllte eine Quittung aus, und wir bezahlten.

»Ein Glück, daß wenigstens ich stand«, sagte Graffo, aber in dem Augenblick kam ein anderer Mensch herein und fragte, ob wir im Besitz eines Führerscheins zum Zu-Fuß-Gehen seien.

Natürlich hatten wir keinen, und so bezahlten wir auch ihm Strafe mit der Auflage, am nächsten Tag zum Sitz- und Geh-Unterricht zu kommen, damit uns beide Führerscheine ausgestellt werden konnten. Wir glauben nun, daß in absehbarer Zeit ein Gesetz für Eß- und Trink-Führerscheine herauskommen wird, denn gar mancher ißt wenig appetitlich, und beim Trinken kann einem ein Tropfen in die falsche Kehle kommen, und man riskiert den Erstickungstod.

Wer einen Schatten hat, bezahlt

Wir kamen an, als es bereits dunkel war, wir konnten nichts mehr von der Gegend sehen und uns kein Bild machen von dem Ort, den wir betraten. Es war eine wolkenlose Herbstnacht, die Sterne funkelten, die Auslagen waren beleuchtet und warfen ihr hartes Licht auf das Trottoir.

Wir bemerkten sofort etwas Seltsames im Verhalten der Leute. Alle vermieden, die von den Schaufenstern beleuchteten Stellen zu betreten. Sie gingen beiseite und setzten ihren Weg da fort, wo das Licht der Lampen nicht hinreichte. Kurz gesagt, sie hielten sich im Dunkeln.

Die Ursache dafür konnten wir nicht ergründen und fragten uns anfangs, ob diese Leute nicht einen geheimen Grund hatten, sich vor ihren Mitmenschen zu verstecken. Aber konnten alle, wirklich alle, einen solchen Grund haben, um sich zu verbergen? Das erschien uns unmöglich.

Erstaunt schauten wir einander an und konnten uns über dieses Verhalten nicht klar werden.

Wir gingen die Hauptstraße entlang und konnten erkennen, daß die Menschen uns auf seltsame Art anstarrten. Wir gingen auf dem Trottoir und ohne jede Zurückhaltung an den beleuchteten Schaufenstern vorbei, dachten auch nicht daran, die beleuchteten Stellen zu meiden. Deshalb wohl betrachteten uns die Leute, drehten sich nach uns um und hielten uns für Ausländer.

»Das muß eine Gewohnheit von diesen Menschen hier sein«, meinte einer von uns, »vielleicht ist's Schüchternheit. Kann sein, wir sind in einer Stadt von Schüchternen.«

»Lauter Schüchterne vom ersten bis zum letzten?« fragte ich, »das gibt's doch gar nicht.«

»Vielleicht handelt es sich um ein Verbot der Stadtverwaltung«, meinte ein anderer. »Der Bürgermeister dieses Städtchens kann ein Dekret erlassen haben, das den Bürgern das Betreten der beleuchteten Schaufensterzone verbietet. Einen Grund wird es wohl geben.«

Wir beschlossen, uns später über diese seltsame Angelegenheit zu unterhalten und setzten uns einstweilen an einen Tisch in einem Kaffee. Nun bemerkten wir eine neue Seltsamkeit. Viele Leute bemühten sich, ausnehmend lange Schritte zu machen. Einige setzten sogar zu langen Sprüngen an, blieben nach jedem Sprung stehen und nahmen genau Maß, bevor sie den nächsten riskierten.

»Kollektiv-Irrsinn«, sagte einer unserer Freunde.

»Glaube ich nicht«, meinte ein anderer, »auch dafür muß es einen Grund geben.«

Wir schauten nun ganz genau und merkten, daß der Durchschnitt dieser Leute sehr lange, weit über das Normalmaß hinausgehende Schritte machte. Alle schienen irgendwo hinzueilen, und keiner machte den Eindruck, nur zum Zeitvertreib herumzugehen. In dieser Stadt gab es keine Spaziergänger.

Mit einem kolossalen Sprung landete der Kellner vor unserem Tisch und fragte, was wir zu trinken wünschten. Wir bestellten Bier, und der Kellner brachte uns die Gläser in normaler Gangart. Auch darüber wunderten wir uns, und unser Erstaunen wuchs noch, als wir auf der Rechnung außer dem üblichen Preis auch noch einen Extraposten fanden für achtzehn Schritte.

Wir fragten den Kellner, was das Ganze bedeuten solle, der Kellner grinste und klärte uns auf, daß es sich um berufliche Schritte handle, die dem Preis für die Konsumation aufgerechnet werden müßten. »Achtzehn«, sagte ich, »das scheint mir sehr übertrieben. Mit einem einzigen Sprung sind Sie bis zu unserem Tisch gekommen, als Sie unsere

Bestellung entgegennahmen, und dann, als Sie uns das Bier brachten, haben Sie höchstens vier Schritte gemacht.«

»Und alle die von meinem Kollegen, der das Bier eingeschenkt hat?« sagte der Kellner, »und meine, die ich noch machen muß, um den Tisch abzuräumen und für neue Gäste in Ordnung zu bringen? Achtzehn Schritte sind ganz normal, und wir berechnen sie immer.«

»Sind Sie fremd hier?« fragte der Kellner.

»Eben angekommen«, sagte ich.

»Dann verstehe ich«, sagte der Kellner, »die Einheimischen sind schon daran gewöhnt, und da ist keine Gefahr mehr, daß mich einer fragt.«

»Aber was ist das für eine Geschichte mit den Schritten?« fragte ich, »ich sehe, daß die Menschen hier enorm lange Schritte machen, viel längere als wir.«

»Steuern«, sagte der Kellner. »Wir zahlen Schrittsteuern. Es ist eine Sondersteuer für Fußgänger. Die Wagenbesitzer zahlen Steuer, also ist es ungerecht, daß Fußgänger keine Steuer zahlen. Deshalb hat man die Schrittsteuer eingeführt. Wir zahlen soundsoviel pro hundert Schritte, je nach Beschäftigung natürlich. Nicht alle zahlen dasselbe. Einige, wir Kellner zum Beispiel, haben einen Sondertarif und können die Steuer auf die Konsumation der Gäste aufrechnen.«

»Jetzt verstehe ich«, sagte ich. »Aber wie werden die Schritte gezählt?«

»Jeder von uns hat einen Schrittmesser. Einen Apparat, der die Schritte zählt. Jedes Vierteljahr wird er vom Finanzamt kontrolliert. Dann wissen wir, wieviele Schritte wir in den vergangenen drei Monaten gemacht haben. Natürlich versucht jeder von uns, so wenig Schritte wie möglich zu machen, weil die Schrittlänge bis jetzt noch nicht festgesetzt ist.«

»Aber könnten Sie Ihren Schrittmesser nicht zu Hause lassen?« fragte ich leise, »und dann vor der Kontrolle die Schrittzahl einsetzen, die Ihnen paßt?«

Der Kellner zwinkerte mir zu. »Ich dürfte es eigentlich nicht sagen«, flüsterte er, »aber die meisten lassen ihn zu Hause.«

»Und warum dann diese Riesenschritte?« fragte ich.

»Um nicht aufzufallen«, sagte der Kellner. »Wenn einer normal geht, schöpft das Finanzamt Verdacht. Die Steuerfahnder fragen sich: Warum geht dieser oder jener normal? Er wird seinen Schrittmesser zu Hause gelassen haben. Sie halten ihn an, kontrollieren ihn, sehen, daß er seinen Schrittmesser zu Hause gelassen hat und hauen ihm eine gesalzene Strafe drauf. Dreitausend Schritte pro Tag muß er nachzahlen.«

»Donnerwetter!« rief ich aus.

»Es muß aber unter uns bleiben«, bat mich der Kellner.

»Keine Angst«, beruhigte ich ihn und wollte nun auch noch Aufklärung haben wegen der beleuchteten Trottoirzonen.

»Wegen dem Schatten«, sagte der Kellner.

»Schatten?« fragte ich verblüfft.

»Also sehen Sie«, sagte der Kellner, »die Geschichte mit den Schatten ist noch komplizierter. Jeder hier zahlt Steuer für seinen Schatten.«

»Das ist ja noch außerordentlicher«, sagte ich.

»Außerordentlich, wenn man an die Konsequenzen denkt«, sagte der Kellner. »Sie müssen wissen, daß es ihnen noch nicht gelungen ist, diese Schattengeschichte einigermaßen befriedigend zu lösen, und so geht sie zum großen Schaden der Bürger weiter. Weder Proteste noch Vernunftgründe haben Erfolg. Sie wissen ja, wie das Finanzamt vorgeht: Vernunftgründen sind die da oben einfach nicht zugänglich. Sie können Gründe vorbringen, so viele Sie wollen, Sie können sogar beweisen, daß es so nicht geht, es ist trotzdem nichts zu machen. Das Finanzamt sagt: schaut, wie ihr zurechtkommt. Dann schauen die Leute eben, wie sie zurechtkommen und vermeiden, an sonnigen Tagen aus dem Haus zu gehen und am Abend die beleuchteten Schaufensterzonen zu betreten. Einmal im Jahr hat man die Schattensteuer zu zahlen. Man kommt in einen großen Saal, da sitzt ein Steuerbeamter und läßt Sie vor einer Lampe vorbeipassieren. Die Lampe wirft Ihren Schatten mit allen Konturen scharf an die Wand. ›Ist das Ihr Schatten?‹ fragt dann der Beamte. Sie sagen ja, und der Beamte drückt einen Stempel auf Ihren Schatten. Sie zahlen Ihre Steuer und können gehen. Sie gehen auf der Straße, und die Sonne wirft Ihren Schatten auf die Straße. Sie gehen ruhig vor sich hin, und auf einmal klopft Ihnen einer auf die Schulter. Ein Steuerfahnder fragt Sie: ›Ist das Ihr Schatten?‹ Sie sagen ja, und der Beamte grinst. ›Er ist nicht gestempelt‹, sagt er. Dem können Sie brav erzählen, daß Sie ihn eben haben stempeln lassen, der Beamte sagt nur: ›Wo ist er dann, der Stempel?‹ Klar, daß der Stempel nicht zu sehen ist; denn sagen Sie mir, kann ein Stempel dem Schatten folgen? Aber da hilft kein Erklären. Sie haben auf jeden Fall unrecht, und wenn es Ihnen nicht doch einmal gelingt, den Stempel dem Schatten folgen zu lassen, zahlen Sie eben Strafe.«

»Unerhört«, sagte ich.

»Wirklich unerhört«, sagte der Kellner, »aber da ist gar nichts zu machen. Sie wissen ja, wie das Finanzamt ist.«

»Ich weiß«, sagte ich.

Wir standen auf, zahlten unsere Biere und verließen auf dem schnellsten Weg diese komische Stadt.

Der Maler

Zum Donnerwetter nein, ich war nicht eingeschlafen, also konnte es kein Traum sein. Aber wie sollte ich an die Wirklichkeit glauben können? Und doch: dieses Monstrum da sprach, bewegte sich und sagte sogar ganz vernünftige Sachen.

Es erinnerte mich an einen gewissen Gino Tuttibaci; wir sind zusammen in die Schule gegangen. Damals war er ein normaler Junge, vielleicht ein bißchen exzentrisch. Jedenfalls hatte er zwei Augen am richtigen Fleck, zwei Arme rechts und links und zwei Beine da, wo sie hingehörten. Ein Bub wie hundert andere. Wir spielten mit Federn, Briefmarken oder bunten Pfeilen.

Ich erinnere mich auch deshalb genau an ihn, weil wir in derselben Straße wohnten und so auch nach der Schule miteinander spielten. Ich ging zu ihm, und er kam zu mir, um miteinander die Aufgaben zu machen. Dann zogen wir um, und unsere Wege trennten sich.

Wir begegneten uns nie mehr, und ich hörte auch nichts mehr von ihm. Genau so, wie es fast immer geht mit unseren Mitschülern. Man verliert sich aus den Augen, begegnet sich vielleicht hie und da einmal. »Servus, wie geht's dir? Erinnerst du dich an mich? Wie du dich verändert hast! Erzähl mir was von deiner Familie. Wieviele Kinder?« usw. usw., das obligate Gerede.

Manchmal erinnert man sich nicht, vor allem nicht an den Namen. Brontolati? Aber ja, dieser Blonde, der immer Tinte über die Rechenaufgaben schüttete! Causilio? Nein, Rubaldi. Er war immer in der hintersten Bank und blieb sogar sitzen, wenn ich vorrückte. Ich glaube, der ist's.

Gut also. So passiert es eben, daß man hie und da einem

von ihnen begegnet. Aber an jenem Tag geschah etwas völlig Außergewöhnliches: Ich reparierte gerade einen Schalter, als es an der Wohnungstür läutete. Ich war allein zu Hause, meine Familie war zu Besuch bei Onkel Soave, um ihm beim Pfeifenrauchen zuzusehen.

Ich machte also auf, und ein lebendig gewordener Alptraum stand vor mir. Keiner von Ihnen hat je einen Mann gesehen, der an Stelle des Bauches ein Fahrrad hat und statt des Kopfes eine Kaffeemühle. Der einen Arm da hat, wo ein Bein sein sollte und der mit einem Schraubenzieher endet statt mit einer Hand. Der die Beine oben und die Arme unten hat, und ich weiß nicht mehr, was noch alles. In diesem Augenblick sah ich nur ein monströses Durcheinander von Dingen vor mir, in dem auch irgendwo ein Auge saß, ich weiß nur nicht mehr genau, wo. Auch an den Platz des Mundes erinnere ich mich nicht, ich glaube, er war zwischen den Radspeichen und hatte smaragdgrüne Lippen.

Kaum war die Türe offen, sprang dieses seltsame Konglomerat von Dingen auf mich zu und umarmte mich. Ich weiß nicht recht, ob man von Umarmen reden konnte. In Wirklichkeit schmiß er mir ein Bein und ein Stück von einer Lenkstange mit einer Glocke um den Hals, und eine Ecke der Kaffeemühle traf meine Wange. Dann löste sich die konfuse Masse von mir und begann zu sprechen.

»Mein Lieber«, sagte sie, und so bemerkte ich endlich den sich bewegenden Mund zwischen den Radspeichen − »du hast dich überhaupt nicht verändert. Natürlich etwas reifer, aber sonst ganz der alte. Wieviele Jahre haben wir uns nicht gesehen! Erkennst du mich nicht wieder?«

Ich schaute ihn an, aber ich war immer noch wie vor den Kopf geschlagen.

»Ich bin Gino. Gino Tuttibaci, wir sind zusammen in die Schule gegangen. Erinnerst du dich jetzt?«

An den Namen erinnerte ich mich wohl, aber nicht, daß ich je mit einem Fahrrad in die Schule gegangen bin, das als Kopf eine Kaffeemühle hatte. »Gino Tuttibaci«, rief ich verblüfft, »komm herein.«

Ich ließ ihn eintreten, und das schaurige Ding folgte mir in den Salon und warf sich dort in ein Fauteuil. Sitzend sah das Ganze wieder anders aus... Die Kaffeemühle war nicht mehr an der Stelle des Kopfes, sondern auf einer Hüfte, und das Auge war auf den Unterarm gerutscht. Ich bemerkte, daß es eine Träne auf den Wimpern hatte und sie sich mit einer Zahnbürste wegputzte.

»Ich bin ehrlich gerührt«, sagte das seltsame Ding mit Namen Gino Tuttibaci, »dich nach so langer Zeit wiederzusehen. Aber es tut mir weh, daß du dich scheinbar immer noch nicht an mich erinnerst.«

Ich sagte, daß ich mich wohl erinnere, aber ihn sehr verändert fände, so sehr, daß ich ihn, bei einer zufälligen Begegnung auf der Straße, nicht wiedererkannt hätte.

Ein tiefer Seufzer entstieg einer Schachtel, in der ein gestärkter Kragen lag. »Ich verstehe«, sagte Gino, »und es ist auch ganz natürlich. Ich habe mich sehr verändert seit damals. Vielleicht ist mein Auge noch dasselbe, aber das genügt wohl nicht. Aber ich versichere dir, daß ich überhaupt nicht gealtert bin, wenn ich auch einige graue Speichen bekommen habe.«

»Ich sehe es«, sagte ich, »aber wie ist das passiert?«

»Die Kunst«, sagte Gino, »die Kunst hat mir so übel mitgespielt. Du wirst dich erinnern, daß ich schon damals gern mit Pinsel und Farben herumspielte.«

»Ich erinnere mich«, sagte ich. »Trinkst du etwas, vielleicht einen Kognak?«

»Danke schön, gern«, sagte Gino. Ich goß ein Glas Kognak ein, er nahm es mit einer Pinzette und schüttete den Inhalt in ein Knopfloch seines Ärmels.

»Großartig«, sagte er. »Also, das Malen machte mir Spaß, und ich schrieb mich in der Kunstakademie ein. Ich wurde Maler, ein guter Maler. Meine Porträts waren sprechend ähnlich. Ich malte auch Landschaften und Stilleben. Aber leider wollte sie mir niemand abkaufen. Meine Kollegen verachteten mich. Sie sagten, ich sei ohne jede Phantasie, ein kalter Kopist der Realität, aber kein Maler. Gedemütigt und ausgelacht, wollte ich trotzdem der klassischen Malerei treu bleiben, aber es ging nicht. Ich begann, Galerien und Ausstellungen zu besuchen und die moderne Malerei zu studieren. Ich mußte mich anpassen, wenn ich in Künstler-kreisen ernst genommen werden wollte. Entweder den Beruf wechseln oder mich anpassen. Meinen Beruf wollte ich nicht wechseln, und so probierte ich es eben eines Tages.«

Die Fahrradglocke klingelte, und ich stand auf, weil ich dachte, es habe an der Tür geläutet.

»Ich habe nur geniest«, sagte er, »entschuldige, ich habe mich erkältet.«

»Gesundheit!« sagte ich und setzte mich wieder.

»Danke. Also, eines Tages probierte ich es. Stufenweise begann ich, den menschlichen Körper zu deformieren. Ich malte ein Porträt und setzte das rechte Auge etwas herun-ter, auf die Wange. Es schien mir, einen guten Schritt vorwärts gekommen zu sein auf dem Weg zum Modernis-mus. Als ich am Morgen aufwachte, saß mein rechtes Auge nicht mehr an seinem alten Platz: es hatte sich auf die rechte Wange verlagert. Ich machte mir Sorgen. Es schien mir wie eine Mahnung, mein altes System nicht aufzugeben.

Aber das Porträt war ein großer Erfolg. Ein Großindustriel-ler, Besitzer einer der größten Kartoffelfärbereien unseres Landes, kaufte es mir um einen Phantasiepreis ab. Ein Dilemma tat sich vor mir auf: Wenn ich so weitermachte, wurde ich reich, wenn nicht, blieb ich ein armer Teufel. Aber das Auge auf der Wange war eine Warnung, oder vielleicht doch nur eine neue Krankheit? Ich ging zu einem Arzt, der mich untersuchte und dann vollkommen verstört sagte, daß ihm so etwas noch nie untergekommen sei. Ich sah tadellos mit dem Auge und konnte es auch auf- und zumachen wie das andere. Ich kehrte in mein Atelier zurück und arbeitete weiter. Ich wollte weiterprobieren und malte eine sitzende Frau, deren Ohr ich auf ihren linken Arm verlegte.

Als ich am nächsten Morgen aufwachte, hatte ich ein Ohr tatsächlich in der Höhe des Ellbogens. Es war also doch eine Warnung. Ich mußte aufhören und zu meiner alten Malweise zurückkehren. Leider wurde auch dieses Gemälde als Meisterwerk gelobt. Die Summe, die ich dafür bekam, überstieg alle meine Erwartungen. Alle Kritiker begannen mich in den Himmel zu heben. Sie sagten, daß ich endlich den Weg zur wahren Kunst gefunden und ich die Straße der Unsterblichkeit beschritten habe. Berühmtheit und Reichtum. Ich war ein Genie.

Ich verlor den Kopf. Ich ließ mich von diesem Hosianna singenden Chor einlullen, ich arbeitete wie wild, ich malte einen Mann, der statt eines Beines einen Besenstiel hatte. Am nächsten Morgen hatte ich einen Besenstiel statt einem Bein. Den dazugehörenden Schuh warf ich in die Abfalltonne.«

Gino goß sich noch einen Kognak in die Schachtel, und sein Mund zwischen den Radspeichen lächelte.

»Der Weg zur Kunst ist mit Dornen übersät«, sagte er, »ein Künstler muß alle Schwierigkeiten überwinden, er muß sich seiner Kunst aufopfern. Von diesem Tag an nahm ich keinerlei Rücksicht mehr. Ich verdiente mehr Geld als ein Großbierbrauer, meine Werke hatten die Hunderttausendergrenze überschritten. Ich malte die abstrusesten Dinge, und alle fanden ihren Niederschlag in meiner Person. Ich bin der große Meister.«

»Meinen Glückwunsch«, sagte ich.

In diesem Moment kam meine Schwester nach Hause. Sie schaute in den Salon.

»Was hast du denn da für eine gräßliche Unordnung angerichtet?« fragte sie.

»Das ist keine Unordnung«, sagte ich, »das ist mein Schulfreund Gino.«

Der Alptraum namens Gino sprang auf und ging zur Tür. Die Kaffeemühle errötete vor Zorn und das Auge blitzte.

»Unordnung«, rief er schon an der Tür, »ihr seid eben Banausen ohne den leisesten Kunstsinn!«

Er schlug die Türe hinter sich zu und verschwand tödlich beleidigt. Meine Schwester fiel in Ohnmacht, womit ich die Bestätigung hatte, daß dies alles kein Traum war.

Ein Kunstwerk von heute

Ich habe einen Freund, der Maler ist. Ein guter Maler. Sehr bekannt auch im Ausland. Er heißt Pancrazio Poz. Fragen Sie nur einmal in irgendeinem Ausland nach Pancrazio Poz, und sofort wird man Ihnen antworten: »Donnerwetter!« Natürlich in einer von der Ihren ganz verschiedenen Sprache, weil man im Ausland nicht Ihre Sprache spricht, sondern eine andere. Früher einmal arbeitete eine Pinselfabrik exklusiv für ihn, aber die Fabrik mußte dann schließen wegen der neuen Erfordernisse, die von der modernen Malerei gestellt werden.

Man muß sich von P. P. seine Theorie über die moderne Malerei erläutern lassen. Ich bin dazu leider nicht imstande. Eine schaurige Konfusion würde die Folge sein; denn ich bin noch einer von denen, die ein gut gemaltes Bild mit Vergnügen betrachten, und bin auf die Erzeugnisse der modernen Maler noch nicht umgeschult.

Vielleicht in einiger Zeit, wenn ich genügend gelernt habe und Mangel an Kultur mich bei der Beurteilung dieser Werke nicht mehr ungerecht werden läßt.

Ich bin mitnichten der Typ, auf alten Ideen sitzen zu bleiben oder vom Fortschritt, der neuen Schule und den avantgardistischen Malern nichts wissen zu wollen. Im Gegenteil, ich bemühe mich ehrlich, ihre Arbeiten zu verstehen und von ihnen zu lernen, wie man es macht, sie richtig zu sehen. Die Welt geht weiter, und da sie weitergeht, können wir nicht zurückbleiben. Man muß gleichen Schritt halten mit dieser unserer Welt, wenn man nicht den Kontakt verlieren will. Die Maschinen, die Raketen, die neuesten Erfindungen sind von enormer Wichtigkeit und beeinflussen den Geist des Menschen. Das Genie von heute ist grundverschieden vom Genie von gestern. Früher fuhr man in der Kutsche, und heute macht man tausend Kilometer in der Stunde, deshalb ist die Zeit für innere Einkehr sehr beschränkt. Gedanken, schnell wie unsere Transportmittel. Scharfe, jederzeit wache Intelligenz. Glatte Häuser, unbequeme, aber rationalisierte Sessel, in großen Flächen bemalte Wände, enorme Räume. Eines Tages betrachteten wir eine dieser Wände, ganz in einem zarten, ins Graue gehenden Blau getönt. Wir beschauten sie mit halbgeschlossenen Augen, wie man ein Meisterwerk betrachtet, und letzten Endes war es ein Meisterwerk. Der Maler, der es geschaffen hatte, setzte seinen Namen darunter und entfernte sich mit seinen langen Pinseln und dem Farbtopf. Pancrazio Poz sagte uns, daß diese

Maler der großen Flächen Kunstwerke kleineren Formats nur schwer ertragen können. Sie laufen vor den in Rahmen gepreßten davon. Man müßte die Rahmen zerbrechen, die Grenzen, die sie uns aufzwingen, überschreiten. Den Raum erobern. Der Raum ist der Herrscher der neuen Epoche. Unendliche Weiten, endlose Räume. Aus den Gemälden abwandern auf die Wand, auf die ganze Wand und auf die Dächer, und sich nicht in unnötigem Kleinkram zu verlieren, der nur dazu dient, unsere Gedanken zu lähmen. Formen und Farben sind Hindernisse für unsere Gedanken. Man muß ihnen die Möglichkeit geben, sich ins Unendliche zu schwingen, ungebunden und grenzenlos. Irgendeine Zeichnung, eine Form, eine Farbe befreien den Geist nicht, sie sperren ihn ein. Sie sind wie ein Hindernis im Flug einer Düsenmaschine. Diese Weltraummaler sind die Erneuerer der modernen Malerei, die sich von der Materie befreit. Sie lehnt die Materie in jeder Form ab, selbst die abstrakte. Der Weltraum ist das einzige Ziel, die wirkliche Eroberung der reinen Kunst, das All, in dem der Gedanke schneller sein kann als der Schall.

Pancrazio zeigte mir die Skizze eines anderen Werkes von seinem Freund. Es war ein Blatt Papier in der Größe eines normalen Briefbogens, ganz gleichmäßig rosa bemalt.

»Das wird die große Wand eines Lokales«, sagte er, »auch nicht die kleinste Andeutung einer Form darf den zerstreuen, der sie betrachtet. Eine wirklich gut gelungene Arbeit. Und dazu ist man erst nach largen Jahren der Unsicherheit, der inneren Zerrissenheit und schwerer Kämpfe gekommen. Schau dir die alten Bilder an. Nimm ein Stilleben. Welche Unruhe! Welch ein unnützes Durcheinander von Linien, Formen, Farben! Der Gedanke eines Menschen soll auf einer Birne oder einem Kerzenstummel verweilen! In die engen Grenzen eines Rahmens gesperrt! Nein, nein, das ist nicht mehr unsere Zeit!«

Einiges habe ich zu verstehen begonnen, aber nicht viel. P. P. spricht von Schnelligkeit, Turbinenreaktoren, von der Atomkraft, von den Raketen. Er behauptet, daß alle diese Dinge gewisse Ausdrucksformen, die veraltet und statisch geworden sind, ausschließen. Ein Stilleben ist wie eine Postkutsche, eine Landschaft wie ein Hochrad aus dem 19. Jahrhundert. Und wer fährt heute noch mit der Postkutsche oder mit dem Hochrad? Man muß mit dem Fortschritt gehen. Und wir gehen mit dem Fortschritt.

»Dann dürfen wir also das, was wir in unserem Inneren empfinden, nicht mehr ausdrücken? Dann ist die Poesie auch tot.«

»Oh, noch ist sie es nicht, aber bald wird auch sie leider sterben«, sagte Pancrazio Poz, »weil wir keine Zeit mehr haben werden für diese Dinge. Aber es wird etwas anderes kommen, das sie ersetzt. Wir Maler von heute haben die Pinsel abgeschafft und arbeiten mit anderen Mitteln. Die Pinsel sind wie die Postkutschen. Wir haben zwar mit ihnen gelernt, aber inzwischen haben wir Lokomotiven und Motoren konstruiert. Wir können nicht versteinern und mit den traditionellen Geräten weiterarbeiten. Uns sind alle Mittel recht, um unsere Gefühle auszudrücken. Moderne Mittel, ich sage nicht motorische, denn auch ein Pfriem kann gut sein, um eine Leinwand zu durchlöchern und damit unsere Intimsphäre bloßzulegen. Ich sage ein Pfriem, es kann auch ein Meißel sein, wenn das Material hart, oder eine Bleistiftspitze, wenn das Material weich genug ist. Schau einmal, mit wieviel Liebe und welcher Anhäufung von Gefühlen sind die Werke jenes Malers durchdrungen, der mit einem Hammer Nägel in ein Brett schlägt! Warum kommst du nicht einmal in mein Studio? Dann zeige ich dir einige meiner Werke. Ich bereite eine Ausstellung vor.«

So stieg ich eines Tages hinauf in das Atelier des Malers Pancrazio Poz. Verdrossen öffnete er mir. Es war evident, daß ich ihn in seiner Arbeit gestört hatte.

»Ich kann ja ein anderes Mal wiederkommen«, sagte ich.

»Nein, nein, komm nur herein«, sagte P. P., »du kannst mir bei der Arbeit zusehen, nur stören darfst du mich nicht.«

»Ich verspreche, daß ich ganz ruhig sein werde«, sagte ich. Ich betrat das Atelier des Malers. Ein Modell im Bikini lag hingestreckt auf einem Teppich, der auf einer kleinen Estrade ausgebreitet war. Er stellte mich vor, und wir plauderten ein wenig von Dingen, die mit Malerei nichts zu tun hatten. Dann sagte Pancrazio Poz, daß er sich wieder an seine Arbeit machen müsse. Er bat mich noch einmal, ihn nicht zu stören, und ersuchte das Modell, wieder die Stellung von vorhin einzunehmen. Dann setzte er sich an einen kleinen Tisch, und ich sah mit Staunen, daß er einen Lederschuh zur Hand nahm, auf den er die Sohle zu nageln begann.

Ich schaute ihm lange zu. Er tat die gleiche Arbeit, wie sie ein Schuster gemacht hätte, und ich hatte große Lust, ihn zu fragen, warum er das tat, aber ich hielt an mich. Hätte ich ihn gefragt, wäre er sicher beleidigt gewesen und hätte mich des Unverständnisses bezichtigt. Er schlug mit dem Hammer auf das Sohlenleder, machte ab und zu eine Pause und hielt mit halbgeschlossenen Augen sein Werk von sich ab, um es zu begutachten. Dann schaute er auf das Modell und klopfte weiter, schlug einen Nagel ein oder schnitt mit einem Schuhmachermesser feine Streifen ab, alles mit wahrhaft künstlerischer Sorgfalt und Hingabe. Ich sah ganz genau, daß es wirklich ein Schuh war. Vielleicht nicht meisterlich ausgeführt, wie es wahrscheinlich ein echter

Schuster gekonnt hätte, aber P. P. war schließlich kein Schuster, oder es lag gar nicht in seiner Absicht, einen Schuh zu machen. Nun schaute er ihn lange an, drehte ihn dann um.

»Du hast dich bewegt«, sagte er zu seinem Modell.

»Ich glaube nicht«, antwortete das Mädchen.

»Aber schau doch her«, sagte Pancrazio Poz und zeigte auf den Schuh, »ich finde die Armbewegung nicht mehr. Lehne dich etwas nach hinten. Ja, so ist's gut. Jetzt stimmt es wieder.« Er nahm das Messer wieder in die Hand und schnitt da und dort kleine Lederstückchen ab und fuhr dann fort, Nägel einzuschlagen. Eine Stunde störte ich ihn nicht. Dann erhob sich Pancrazio.

»Fertig«, sagte er. Er nahm den Schuh und stellte ihn auf ein Brettchen vor dem großen Fenster. Er bat mich, ihn zu begutachten. Es war tatsächlich ein Schuh mit Absatz, Sohle, Schnürsenkel und allem. Ich sagte jedoch nicht: Es scheint ein Schuh zu sein; diese Feststellung, die ich zwar auf den Lippen hatte, aber ich hielt mich zurück, weil ich mir klar wurde, daß dieser Schuh nie angezogen werden konnte, weder auf einen rechten noch auf einen linken Fuß. Seiner Form nach wäre er eher für einen Mittelfuß geeignet, wenn es überhaupt einen Mittelfuß gäbe.

Er fragte mich, was ich von seinem Werk hielte, und ich nickte mit dem Kopf, wenn ich auch nicht verstand, welche Beziehung zwischen dem Schuh und dem Modell bestehen sollte, um so mehr, als der Schuh höchstens einem Mann passen konnte. Aber ich getraute mich nicht zu fragen.

»Für euch Banausen«, sagte P. P., »ist es natürlich schwer, den künstlerischen Wert meiner ›Frau, am Strand hingestreckt‹, zu erkennen. Ihr seid an die Tradition der Pinsel gebunden und wollt die ganz anderen Ausdrucksformen der modernen Kunst nicht verstehen. Wir haben uns von den Pinseln befreit und versuchen die Materie zu veredeln, wir verwandeln sie und erheben sie zum Kunstwerk. Betrachte nur einmal die Dicke des Leders, wie sie mit der Oberfläche harmonisch zusammenfließt, sich in einer weichen Linie biegt und in der kurzen Zone endet bei den zwei kleinen Kratern, durch die sich eine feine Linie zieht, welche die beiden Oberflächen einander nähert und sie in einer einzigen, engen Umarmung verbindet. Eine warme, beruhigende Harmonie, eine zarte, morbide Symphonie, die plötzlich durch die große Öffnung in ein geheimnisvolles Dunkel stürzt, voll mit Geheimnisvollem und Unergründlichem. Das Mysterium des Unendlichen, in dem sich Materie und Abstraktes bewegen. Diese beiden Kontraste quälender Inspiration verschmelzen sich manchmal in eine einzige, undefinierbare Form. In die Form der Intelligenz und des Geistes. Schau dir nur an, welch glühende Weiblichkeit in diesem morbiden Vorsprung liegt mit seinen warmen, menschlichen Reflexen. Den ganzen Reiz einer Frau, hingestreckt in der Sonne, strömt diese gewellte Linie ohne jede falsche Scham aus.«

Ich kniff die Augen zusammen und schaute, aber ich konnte nichts anderes sehen als einen Schuh. Aber es war nun einmal kein Schuh, sondern ein Gegenstand, geschaffen von einem Künstler und nicht von einem Schuster, ein dem schöpferischen Geist entsprungenes Kunstwerk und nicht das Erzeugnis einer Serienfabrikation.

Hätte Pancrazio Poz einen zweiten Schuh angefertigt, um ein Paar zu haben, es wäre sicher ein ganz anderes, neues Kunstwerk entstanden, wenn auch aus demselben Material.

»Das ist eines der Werke für meine nächste Ausstellung«, sagte er.

»Ich habe schon ein neues im Kopf, das ich sofort in Angriff nehmen muß, ehe die Inspiration entflieht.«

Er nahm ein Glas und füllte es mit Wasser. Ich bemerkte, daß er es mit besonderer Sorgfalt füllte, ganz anders wie ein Mensch ohne künstlerische Ader es getan hätte.

Er setzte es auf ein Regal und stellte sich in Betrachtung versunken davor. Dann ging er auf den Balkon, kam wieder herein und ließ ein Steinchen in das Glas fallen, holte dann ein Fläschchen, aus dem er zwei Tropfen rote Tinte ins Wasser fallen ließ. Ein rosaroter Streifen senkte sich langsam auf den Boden des Glases. Noch ein blauer Tropfen, und P. P. beschaute aus größerer Entfernung sein Werk.

»Fertig«, sagte er.

»Wie heißt es?« fragte ich.

»Komplex Nummer Sieben«, sagte Pancrazio Poz. Dann gingen wir zur Türe.

P. P. nahm seinen Hut, und ich betrachtete diesen Hut mit halbgeschlossenen Augen. Ich versuchte so, eine intime Aussage in diesem Kunstwerk zu finden.

Aber Pancrazio bemerkte es und grinste.

»Man sieht, daß du nichts verstehst«, sagte er, »das ist einfach ein Hut und nichts als ein Hut.«

Er setzte ihn auf, und wir gingen.

Künstlerleben

Ein Künstler ist nicht gerade das, was man vernünftig nennt – von unserem Standpunkt aus betrachtet, vom Standpunkt des normalen Menschen.

Wir halten uns für normal und bilden uns ein, in der Wirklichkeit zu leben: Wir stehen morgens auf, trinken unseren Kaffee, gehen ins Büro und tun alle die Dinge, die in den Grenzen des Normalen liegen.

Kaum tut einer etwas außerhalb dieser Grenzen, bezeichnen wir ihn als anomal, wir sagen, er hat nicht alle Tassen im Schrank. Es ist zum Beispiel nicht normal, das Bier in einen Schuh zu schütten, und wir finden sicher keinen Bankbeamten, der sein Bier in einen Schuh schüttet, ein Bankbeamter hat eben seinen Kopf da, wo er hingehört, nämlich auf den Schultern.

Ein Kunstmaler dagegen kann sein Bier in einen Schuh schütten. Oder auch die Milch oder sonst etwas Flüssiges. Dann kann er den Schuh in den Ofen stecken und den Ofen im Comersee schwimmen lassen.

Die Kindheit eines Künstlers ist immer schwierig, abenteuerlich, seltsam. Aus diesem Grund haben die Künstler später nicht alle Tassen im Schrank, wie der Normalverbraucher zu sagen pflegt. Hier beginnt die Geschichte eines Künstlers, den ich kännte, das Leben des Giulio Trementina. Giulio Trementina kam an einem Oktobermorgen zur Welt. Es regnete, und die Blätter der Bäume waren schon gelb. In dieser Gegend jedoch gab es keine Bäume, der Regen fiel auf die Straße, in der Giulio Trementina geboren wurde. Es wurde plötzlich ganz dunkel im Haus, eine durchgebrannte Sicherung hatte einen Kurzschluß verursacht. Man mußte einige Kerzen anzünden. Giulio Trementina erblickte also sozusagen das Kerzenlicht der Welt. Dies war sein erstes Abenteuer.

Als er acht Monate alt war, vergaß ihn seine Mutter in der Straßenbahn. Sie bemerkte sein Verschwinden erst einige Stunden später. Sie konnte sich nicht mehr erinnern, ob sie das Baby bei sich gehabt oder zu Hause gelassen hatte. Dann fiel ihr ein, daß sie es mitgenommen hatte, und sie machte sich eilig auf die Suche nach ihrem Kind.

Nicht nur das Kind fand sie im Fundbüro der Straßenbahn, sondern auch den Regenschirm ihres Mannes, den er vor einigen Monaten verloren hatte.

Etwas später kam der kleine Giulio in die Schule. Von Anfang an, schon in der Volksschule, war er ein derart ungehorsames und renitentes Geschöpf, daß die Lehrer ihn nach Hause schickten. Man brachte ihn in ein Internat, von wo er schon am zweiten Tag davonlief. Seine Mutter bestrafte ihn, indem sie ihn ohne Abendessen ins Bett schickte. Er rächte sich und aß das halbe Leintuch auf. Am nächsten Morgen türmte er und ging in die weite Welt. Damals war die Welt ungefähr so wie heute. Ein Zehnjähriger hatte auch zu dieser Zeit nicht viele Möglichkeiten, einen Job zu finden oder sonst irgendwie sein Glück zu machen, aber der kleine Giulio hatte schon eine ganz bestimmte Vorstellung von seinem Leben: er wollte es der Kunst weihen. Diese Leidenschaft für die Kunst begann sich in ihm zu regen.

Er stand auf den Straßen herum und bewunderte die Kapitelle der Säulen, die Balkongeländer, die Brückenbögen und die Wandgemälde. Er schaute und schaute. Er lernte Farben, Linien und Formen auswendig. Die Statuen hatten es ihm am meisten angetan, und er verbrachte ganze Tage damit, die Marmorfiguren an den Brunnen zu betrachten. In dieser Zeit nach seiner Flucht gelang es ihm, sich von Kleinigkeiten, die er da und dort in den Geschäften mitgehen ließ, zu ernähren. Er nahm sich fest vor, den Kaufleuten alles zu vergüten, wenn er erst berühmt geworden war. Man stellte ihn dann in einem letztklassigen Gasthaus als Küchenjungen an, und er wusch zwei Jahre lang Teller und Gläser.

Aber er konnte nicht sein Leben lang Teller waschen. So machte er sich eines Abends wieder davon und überstieg eine Ziegelmauer mit seinen kleinen Ersparnissen in der Tasche.

Diese Ersparnisse verwendete er zum Ankauf einer Fahrkarte, die er mit Aufschlag wiederverkaufte, wodurch sein kleines Kapital etwas weniger klein wurde. Damit erstand er nun Farben und Pinsel. Er wollte malen, denn endlich glaubte er, in der Malerei das Ziel seiner brennenden Leidenschaft gefunden zu haben. War sie es wirklich? Er hoffte es.

Mit seinem Farbkasten ging er in die berühmten Gemäldegalerien der Stadt. Er verbrachte seine Tage, indem er die Meisterwerke der ganz Großen betrachtete. Da er nicht wußte, wo er schlafen sollte, versteckte er sich, wenn die Säle geschlossen wurden, und verbrachte seine Nächte auf Diwanen und Teppichen der Museen. Er fing dann tatsächlich zu malen an, aber schon beim ersten Pinselstrich wurde er sich klar darüber, daß dies nicht sein Weg war. Aber er verlor den Mut nicht. Es gelang ihm, Pinsel und Farben recht günstig einem Sonntagsmaler zu verkaufen. Von dem Erlös erstand er einen Klumpen Ton.

Ein befreundeter Künstler nahm ihn bei sich auf, und er begann zu modellieren. In dieser seiner ersten Schaffensperiode verfertigte er eine lange Reihe von Tonkugeln, von einer fast vollendeten Rundung. Das war der richtige Weg, er fühlte es. Er modellierte mit nie erlahmender Schaffenskraft und ließ nicht nach, sein Ziel, eine vollendet runde Kugel zu schaffen, zu erreichen. Die Kugeln gelangen immer vollkommener, aber von der Vollendung war er noch weit entfernt.

Er beschickte die Ausstellung moderner Bildhauerei in Paris mit 32 schönen runden Kugeln, aber — es muß gesagt werden — keine von ihnen war vollkommen rund. Die Kritiker bedachten ihn mit harten Worten, aber auch dies konnte dem Bildhauer seinen Mut nicht nehmen.

Später ergab er sich wegen einer unglücklichen Liebe dem Suff.

In dieser Periode arbeitete er nur unter Alkohol. Die Kritiker definierten sie als seine beste. Er formte Kugeln, die alles andere als rund waren, er gab ihnen die bizarrsten Formen, länglich, oval, mit Stacheln, zusammengedrückt und sogar mit scharfen Ecken.

Eine absolut neue Interpretation der Kugelform, sagten die Kritiker. Man kann die traditionellen runden Kugeln schon nicht mehr sehen. Der Künstler muß einfach in seinem Werk seine Persönlichkeit ausdrücken können.

Die Arbeiten Trementinas aus dieser Zeit waren effektiv von persönlichster Originalität, aber als der Bildhauer das Mädchen vergessen hatte, trank er auch nicht mehr und sah die Kugeln wieder so, wie sie eben waren, und er versuchte, seinen Kugeln wieder die traditionelle Form zu geben.

Dies war sein Untergang. Von allen verfemt, mußte er das Land verlassen und zog sich in eine armselige Gegend im hohen Norden zurück. Er tat weiterhin eine Unmenge Dinge, die ein Normalmensch nie getan hätte, jedoch es würde zu lange dauern, sie alle aufzuzählen.

Aber eines Tages, von plötzlicher Freude gepackt, ging er ins Freie und fing an, die Vorübergehenden mit Schneebällen zu bewerfen. Und gerade während dieses Spieles gelang es ihm zum ersten Mal, eine vollkommen runde Kugel aus dem Schnee zu drehen.

Er bemerkte es im Augenblick, als er den Schneeball werfen wollte. Statt dessen warf er die Arme in die Luft, mit der einen Hand sein Meisterwerk zärtlich umklammernd. Er stieß einen Schrei aus, und als er den Schneeball noch einmal betrachtete, füllten sich seine Augen mit Tränen.

Endlich hatte er das Ziel seines Lebens erreicht. Er hatte das vollbracht, wonach er sich immer gesehnt hatte: die vollkommen runde Kugel. Er betrachtete sie Stunden um Stunden. Er war glücklich, endlich wirklich glücklich, bis die Sonne sein Meisterwerk in nichts zergehen ließ und ihm nur eine tropfende Hand blieb.

Das war zu viel. Er starb.

Das Telefon

»Männer sind sentimental.« Dies sagte Emilio Trebucca und schrieb es auch auf ein Blatt Papier, das dann verlorenging, wie so viele Dinge in der Welt verlorengehen. Über diesen Satz befragt, blickte Emilio Trebucca ins Leere und begann dann seine Erzählung.

»Ich spreche von Federico Asperita, dem Feuerwehrmann«, sagte Trebucca, »er war jung und voll der schönsten Hoffnungen wie alle jungen Leute seines Alters. Dies ist natürlich eine Liebesgeschichte, die aber nie das Licht der Welt erblickte. Sie blieb im Klingeln eines Telefons stecken, wenigstens in der Phantasie von Federico Asperita, denn er war sentimental und deshalb ein Träumer.

Er glaubte mehr den Träumen als der Wirklichkeit, denn sie gaben ihm alles, was er sich erwartete. Der Wirklichkeit dagegen gelang es nie, ihn zufriedenzustellen, nicht nur das, sie bereitete ihm nur Enttäuschung und Bitterkeit.

Vielleicht ist der Anfang meiner Geschichte ein wenig wirr«, sagte Trebucca, »aber wir können nicht immer präzis sein. Laßt sie mich trotzdem erzählen, dann werdet ihr meine Gedanken besser verstehen und auch den Seelenzustand, in dem sich Federico Asperita am Ende seines Abenteuers befand.

Also, die Sache begann an einem Frühlingsnachmittag. Die Szenerie war typisch für diese Jahreszeit: Blumen, blauer Himmel, fliegende Schwalben. Kaum stand das Mädchen vor ihm, geschah ihm, was wir alle so gut kennen, wenn auch jeder von uns anders darauf reagiert. Sein Herz begann heftig zu schlagen, das Blut stieg ihm zu Kopf, ihre Schönheit hatte ihn bis ins Innerste getroffen. Aber ängstlich verbarg er seine Gefühle, so schwer es ihm auch fiel, damit niemand seine Verwirrung bemerke. Es war eine vergnügte Gesellschaft, das Mädchen lächelte und zeigte in ihrer Unbefangenheit keinerlei Antipathie gegen ihn. Nichts weiter geschah an diesem Nachmittag, aber in den Augen Verliebter gewinnen auch die kleinsten Gesten große Bedeutung. Federico glaubte einem Lächeln, einem freundlichen Blick, einer Kopfwendung entnehmen zu können, daß er dem Mädchen nicht gleichgültig war.

Als sich die Gesellschaft auflöste, hielt er ihre Hand lange in der seinen, und sein Herz klopfte wieder stürmisch. Ich weiß nicht, wieso er so mutig war, denn ich kenne ihn und weiß, wie schüchtern er ist. Deshalb wunderte ich mich sehr, daß er die Courage hatte, sie um ein Wiedersehen zu bitten, aber ich kann ihm seine damalige Erregung nachfühlen, als sie antwortete, daß sie ihn gerne wiedersehen würde. Er kritzelte schnell seine Telefonnummer auf ein Stück Papier und gab es ihr. Sie tat es in ihre Tasche, lächelte und sagte, daß sie ihn vielleicht morgen anrufen würde.

›Nach achtzehn Uhr habe ich Wache‹, sagte er, ›und warte auf Ihren Anruf.‹

›Ich weiß noch nicht‹, sagte sie, ›kann sein, daß ich anrufe.‹

Ihr könnt euch vorstellen, wie Federico diesen Tag durchstand. Es war der längste Tag seines Lebens.

Die Stunden vergingen überhaupt nicht, und alle Uhren schienen stehengeblieben zu sein.

Endlich war es achtzehn Uhr. Von dieser Stunde an verließ Federico seinen Platz am Telefon nicht mehr. Er schloß die Augen und sah wieder das Mädchen vor sich, fühlte wieder sein Herz schlagen beim Gedanken an das, was sie sich gesagt hatten. Er stellte sich vor, wie auch sie diese Stunde erwartete. Jetzt stand sie·wahrscheinlich auf, suchte in der Tasche sein Blatt Papier und wählte seine Nummer. Jetzt mußte es läuten. Noch nicht. Noch läutete es nicht. Federico schaute das Telefon an und betete im Innern: Läute, läute doch schon, worauf wartest du noch?

Die Minuten vergingen, und er dachte schon an irgendein Hindernis. Aber nein ... er hatte gesagt, nach achtzehn Uhr, nicht um achtzehn Uhr. Sie konnte auch in einer halben Stunde oder noch später anrufen. Dann hatte sie gesagt ... vielleicht ... wie, wenn sie überhaupt nicht anrief?

Plötzlich läutete das Telefon. Federico sprang auf, sein Herz klopfte heftig. Er streckte die Hand aus und berührte den Telefonhörer. Und wenn nicht sie es war? Alles wäre zusammengebrochen, sein Traum wäre zu Ende. Sie hatte – vielleicht – gesagt, aber wenn sie nicht anrief, wenn sie ihn einfach vergessen hatte?

Das Telefon läutete weiter.

Federico schloß die Augen und dachte an sie. Er sah sie am Telefon stehen mit dem Hörer in der Hand. Er sah sie vor sich, wie sie mit Herzklopfen auf den Klang seiner Stimme wartete. Er zog die Hand wieder zurück und träumte weiter von ihr, so wie er sie gestern gesehen hatte, mit demselben Kleid und demselben Lächeln.

Wieder streckte er die Hand aus und berührte den Hörer. Noch immer hob er nicht ab. Das Telefon läutete weiter. War sie es, war sie es nicht? Dieses Dilemma war furchtbar. Wenn er nun eine andere Stimme hörte und nicht die ihrige? War es nicht besser, weiter zu träumen und sie sich vorzustellen mit dem Hörer in der Hand, genauso aufgeregt wie er selber, in Erwartung seiner Stimme? Ihm schien aus dem Läuten ihre Stimme zu erklingen, die seinen Namen rief: ›Federico ... Federico ...‹

Er bezwang seine Erregung, packte den Hörer und wartete noch ein Läuten ab. Dann entschloß er sich, zur Wirklichkeit zurückzukehren und hoffte trotzdem, daß sich sein Traum erfülle. Er hob ab, preßte den Hörer ans Ohr und hörte das Freizeichen. Er legte auf und wartete.

Wahrscheinlich hatte sie die Geduld verloren oder glaubte, sich verwählt zu haben. Sicher stand sie dort und verglich die Nummer auf seinem Blatt Papier und wählte nun noch einmal.

Er legte den Hörer auf und wartete.

Wieder läutete es. Sie war es, ganz sicher war sie es. Er hörte sie ganz deutlich, wie ihre zarte Stimme rief: ›Federico ...‹ Das gleiche Spiel von vorhin begann. Er preßte den Hörer mit der rechten Hand und nahm ihn wieder nicht auf. Es war so schön, zu hören, wie sie ihn immer wieder rief: ›Federico – Federico –‹. Und wenn sie es doch nicht war? War es dann nicht erst recht besser, den Traum weiterzuträumen, statt in die unfreundliche Wirklichkeit zurückzufallen?

Er ließ das Telefon noch mehrere Male läuten, bis es endlich schwieg.

Vielleicht tut ihr das Warten gut, sagte er sich, sie wird nun wahrscheinlich erst wieder in einer viertel oder halben Stunde anrufen.

Aber das Telefon läutete wieder, und Fredericos Herz verfiel augenblicklich wieder in seinen beschleunigten Rhythmus. Wie schön war ihre Beharrlichkeit! Sicher machte sie sich schon Sorgen um ihn. Jetzt nahm er sein Herz in beide Hände: Er hob den Hörer ab und preßte ihn ans

Ohr. Sofort malträtierte eine wütende männliche Stimme sein Trommelfell: ›Seit einer halben Stunde rufe ich die Feuerwehr!‹ bellte die Stimme. ›Das ganze Haus brennt!‹ Federico Asperita seufzte tief und gab Alarm. Der Traum war aus. Wenige Sekunden später war der gesamte Wagenpark der Feuerwehr unterwegs, aber das Feuer hatte sich schon im ganzen Viertel ausgebreitet.

Federico Asperita verlor seine Stellung und sah das Mädchen nie wieder«, sagte Emilio Trebucca, »die Geschichte ist aus.«

Erlebnisse im Theater

Wir beschlossen, ins Theater zu gehen. Vor dem Theater standen schon eine Menge Leute und wollten hinein. Viele taten es auch, aber bei der großen Menschenmenge warteten eben viele, daß andere hineingingen, um dann bequemer hineinzukommen.

So geht's eben zu. Wir überquerten die Straße, um zum Theatereingang zu gelangen, und studierten erst die Plakate. Wir wollten wissen, welches Ensemble an diesem Abend spielte.

Die Plakate waren rechts und links vom Eingang angeklebt, und es stand nur darauf, wann die Aufführung begann. Eben zu der Stunde, an der normalerweise Theateraufführungen beginnen.

Aber der Titel des Schauspieles fehlte. Ich will damit sagen, daß nicht daraufstand, was eigentlich gegeben wurde. Nur die Stunde des Beginns und die Namen der Schauspieler.

Vielleicht improvisierte man an diesem Abend? Es kann ja vorkommen, daß ein Ensemble eines Tages nicht weiß, was für ein Stück es aufführen soll oder das Textbuch ging verloren, und so erfindet man halt irgend etwas.

Kann so etwas vorkommen? Einige sagen nein, so etwas kann nicht vorkommen, aber in dieser unserer Welt kann im Grund alles passieren, davor kann man nie sicher sein. Nur eine Sache im Leben ist todsicher: daß man vor nichts sicher ist. Manchmal glauben wir, daß ein Stuhl uns sicher trägt, wir setzen uns vertrauensvoll darauf, ein Bein bricht ab, und wir sitzen am Boden. Diesen Abend würde das nicht der Fall sein: ganz sicher würden wir uns nicht auf den Boden setzen. Einmal ist es mir jedoch passiert, und deshalb sage ich, daß man vor nichts sicher sein kann. Jedenfalls war es ganz unnötig, erraten zu wollen, was heute in diesem Theater gespielt wird. Wir mußten nur das tun, was alle taten: Karten kaufen, die Mäntel in der Garderobe abgeben, unsere Plätze suchen und uns daraufsetzen.

Und das taten wir denn auch.

An der Kasse bekamen wir Karten, die genau so aussahen wie alle Theaterkarten, die Platznummern waren mit Blaustift daraufgeschrieben. Dann gingen wir hinein. Ihr alle kennt das charakteristische Summen in einem Theater voller Menschen. Menschen, die sitzen, Menschen, die stehen oder sich eben setzen wollen. Menschen, die zwischen den Reihen umhergehen, Menschen, die schon Sitzende zum Aufstehen zwingen, Menschen, die herumspazieren und rauchen. Menschen, die miteinander schwatzen. Der Saal ist sehr hell, weil alle Lichter brennen, und man sieht alles ganz genau. Dann endlich sitzen alle und erwarten den Anfang der Vorstellung. Die Lichter erlöschen nach und nach, und der große Vorhang hebt sich langsam.

Die Bühne zeigt einen großen, vollständig leeren Raum.

Inhalt

HEYNE BÜCHER

HEITERES

Humor und Herz in Romanen, Geschichten und Erzählungen, die echte Erholung und vergnügliche Entspannung garantieren

01/6692 - DM 6,80

01/6685 - DM 5,80

01/6736 - DM 6,80

01/6769 - DM 5,80

01/6787 - DM 6,80

01/6752 - DM 5,80

01/6243 - DM 5,80

01/6774 - DM 5,80